愛の夜明けを待て！

樋口美沙緒

白泉社花丸文庫

愛の夜明けを待て！　もくじ

イラスト／街子《まちこ》マドカ

「原初の夢って、見たことある？」

あれは十二歳の夏のことだったと、黄辺高也《きべたかや》は記憶している。

幼馴染みで同級生の志波久史《しばひさふみ》が、声を潜《ひそ》めてそんなふうに訊いてきた。

夏休み、当時毎年のように泊っていた山荘での夜。幼かった黄辺は寝返りを打ち、同じベッドに寝そべっていた志波の、端整な顔を見上げたと思う。

引率役に志波の家政婦がついてきている以外には、大人はおらず、広い山荘にはいつも黄辺と志波の二人だけだった。

夜は大きな窓のあるだだっ広い部屋のローベッドで、二人並んで眠った。長い長い夏休み。野山を駆け、夜には星を見て過ごした。

「原初の夢って、なに？」

黄辺は志波に、訊き返した。

静かな森の中にいると、自分の声はひどく大きく響く。夜になると、いつも頭を寄せ合うようにくっついて、小さな声で話す癖がついていた。

頭上の窓には天の川。星々が降ってきそうにきらめいていた。幼い子ども二人にとって、夜はとてつもなく長く、いくら話しても明けないようにすら思えた。

「俺たちが太古《たいこ》の昔、節足動物《せっそくどうぶつ》だったころの記憶を、夢に見るってやつ。たまに見る人がいるんだって」

そういう都市伝説みたいな話が、世の中にあることは黄辺も知ってはいた。

そのときは、どうして急にそんなこと気になったの？　と、頭の隅《すみ》で不思議に思っていただけだった。そしてまだ子どもだったので、ただ「ふうん」と頷くばかりで、その疑問を口にもしなかった。

「久史、今日、何時まで起きてられるかな。夜更かししてみようよ」

「そう言って黄辺、昨日もすぐ寝ちゃったくせに」

こそこそと囁き合う、秘密のようなやりとりがくすぐったくて笑った。一晩中起きていて、夜明けの空を見てみたいというのは、十二歳にとってはとてつもなく壮大な夢に思えた。深い夜のしじまの中でも、志波と二人ならきっと心細くない……。

そんなふうに話し合いながら、結局その日も夜更けになると黄辺は寝てしまったのだと思う。あのころ、志波と二人で夜明けの空を見た記憶は一度もないから。

ただ大人になった黄辺が覚えているのは、あの夜、山荘の窓から見えた夏の星空があまりにまばゆく、まるで志波と二人、星の海の中で眠っている気がしたこと。

虫の声と木々のざわめきに包まれて聞こえた、志波の呼吸の音が愛おしかったこと。

甘く切ない初恋の芽が、自分の胸にかすかにくすぶっていたこと。

十二歳のあの夏が最後の、幸せな夏だったという――悲しい事実だけだった。

一

四月のはじめ、得意先への営業を終えた黄辺髙也《きべたかや》は、勤務している大手広告代理店、白廣社《はくこうしゃ》に戻ってきた。昼下がりの営業フロアに入ると、いつも忙《せわ》しく働いている同僚たちがそこかしこで立ち話をしており、なにやら社内にはざわついた雰囲気があった。

（なんだ？）

黄辺は思わず、首を傾《かし》げてフロアを見渡した。起源種の影響で視野が広いから、一瞬で全体像が頭に入ってくる。フロアの脇に固まった女性社員たちや、立ち話をする男性社員はみんな、奥のブースにちらちらと視線を送っていた。

（誰か、なにかしくじったかな）

大卒から入社して、今年で五年目に突入した。

二十六歳のまだ若手の社員だが、黄辺は目端《めはし》が利《き》くほうで、場の空気を読むことにも長《た》けていた。だからとりあえず、誰の注意も引かないよう、そっと自分の席へ戻る。

「よ、お帰り。髙也」

デスクに鞄《かばん》を置くと、さすがに隣席の先輩には気づかれて声をかけられた。黄辺は愛想良く微笑み、「ただいま戻りました、古山《こやま》さん」と丁寧に返事をした。

「……なにかありました？　雰囲気、いつもと違うみたいですけど」

さりげなく訊ねると、古山は片眉を上げて面白そうに笑い、「ちょっと付き合えよ」とスーツの内ポケットからタバコを出して見せた。

華やかな広告業界。社内にはデザイナーやメディア関係者も多いが、黄辺の所属する営業部には、昔ながらの体育会系気質のようなものがまだ根強く残っており、先輩に誘われて断るのは難しい。

「じゃあ、コーヒー持っていきます」

タバコを吸わない黄辺はそう言って、あとから喫煙室へ行くことを約束した。帰ってきて早々、連れだって喫煙室にしけこめば、ブースの奥でなにがあったか探っているのは歴然とする。些細なことだが、大企業である分、社内にはいくつもの派閥があるので、黄辺はそういうものに属さないよう、いつも細心の注意を払っていた。

二歳上の先輩社員、古山は起源種をコヤマトンボとする大柄な男で、営業成績もよく出世頭《しゅっせがしら》の一人である。当然目立つ派閥に属しているから、黄辺は「隣席の先輩後輩」以上にならないよう、気をつけて行動していた。

（俺には出世欲もないし、なるべく気持ち良く仕事したい）

仕事は好きだし、真面目にやる。ただ、争いごとは苦手だから、揉《も》め事には巻き込まれたくない。

そんな黄辺の考えを見透かしたように古山は肩を竦《すく》めて笑い、先に喫煙室へと歩いていった。黄辺は自分の小賢《こざか》しさを、古山が不快に思わなかったことにホッと息をついて、休憩室でコーヒーを二杯、淹《い》れた。

全自動式のドリップコーヒーは落とすのに少し時間がかかる。待っている間に、壁に貼られた鏡で全身を見て、さっと身だしなみを整えた。

キベリタテハが起源種の黄辺は、明るい色の髪に、青みがかった瞳をしている。顔だちは甘やかに整い、優しげに見える。起源種が「高原の貴婦人」などと呼ばれるチョウだからだろうか。

身長はそこそこあるし、けっして華奢《きゃしゃ》ではないのだが、全体的にほっそりとして、中性的な艶めかしさがある。だからこそ黄辺は、体に合ったオーダーのスーツを、襟元《えりもと》まで詰めてストイックに着るようにしていた。ネクタイはシンプルなプレーンノット。シャツはレギュラーカラー。顔だちが華やかだからこそ、軽薄に見られないよう気をつけている。

外の風に煽《あお》られて、緩く跳《は》ねていた横髪を直したところで、コーヒーが二杯入る。

ちょうどそのとき女性社員が数名、喋《しゃべ》りながら近づいてくる気配がした。休憩室のブースを出ると、彼女たちにばったりと出くわす。黄辺はにこ、と感じよく微笑んだ。同じ営業部の、先輩女性社員の三人だった。とたんに、きゃあ、と黄色い声があがった。

「黄辺くん、帰ってたの？　相変わらず今日もきれーい、眼福《がんぷく》だわ」

黄辺の容姿は、妙に女性受けがいい。男くさくないところが、逆に安心させるのだろう。

「なに、また古山にパシられてんの？　黄辺くん優しいんだから」

「いえ、ちょうどコーヒー飲みたくて、ついでです」

はやし立てられると、黄辺はどう返したものか困ってしまう。

「そういえば豆、変わったみたいでしたよ」

コーヒーメーカーに入っている豆の種類が、どうやら変更されたらしいと伝える。

彼女たちはとたんに黄辺のことなど忘れて、「えっ、どれどれ」と休憩室に入って行った。自分の容姿の良さなんて、コーヒー豆の種類と同じ重みだ。黄辺は自分を過大評価してうぬぼれるようなことはなかった。


この世界の人間は、二種類に分かれている。

一つがハイクラス。そうしてもう一つが、ロウクラスだ。

遠い昔、地球に栄えていた文明は滅亡し、人類は生き残るために強い生命力を持つ節足動物と融合《ゆうごう》した。

今の人類は、ムシの特性を受け継ぎ、弱肉強食の『強』に立つハイクラスと、『弱』に立つロウクラスとの二種類に分かれている。

ハイクラスにはタランチュラ、カブトムシ、クロオオアリ、そして——オオムラサキなどがいる。ロウクラスはもっと小さく、弱く、脆《もろ》い種族を起源とした人々だ。

ハイクラスの能力は高く、体も強いので、彼らが就《つ》く仕事は自然と決まってきて、世界の富と権力はいつしかハイクラスが握るようになった。

ムシの世界の弱肉強食が、人間の世界でも階級となって現れている。

黄辺の起源種は、キベリタテハ。

高地に住まうタテハチョウの一種であり、「高原の貴婦人」とも呼ばれる美しいチョウだ。ベルベットのような小豆《あずき》色の表翅《おもてばね》に黄色の縁取りと、青い斑《まだら》がある。

タテハチョウの中では中型だが、ハイクラスに入る。

キベリタテハが優美なチョウなのは間違いないし、高地に住まうチョウなので一般的には珍しい。だが、世界的に見るとさほど珍しいというわけでもなく、涼しい場所なら市街地の林でも見かける。北半球の広範な地域に生息しているチョウであり、それは環境順応力が高いからとも言われていて、黄辺は周囲と合わせるのが得意な自分の性格も、起源種が原因なのでは……と思うことがある。

なんにせよ、キベリタテハは優美だが、もっと優美なチョウはいくらでもいる。特にオオムラサキなどにはどうあがいても敵《かな》わない。

それなりに一目置かれて、それなりに愛されて。けれど一番ではなく、飛び抜けもせず。ほどほどで、そこそこ。

そんな形容が似合うのが自分の起源種であり、自分自身でもあるなと、黄辺はなにかにつけて思ってしまうのだった。


「井出《いで》さんだよ。部長に呼ばれてブースの中で話し合ってんの」

フロアの片隅に設《もう》けられた、狭い喫煙室には幸い、黄辺と古山しかいなかった。古山はタバコに火をつけながら、社内でなにがあったのか、黄辺に教えてくれた。

「井出さんて……出向してましたよね？　こっちに戻ってらっしゃるんですか？」

コーヒーを差し出しながら、心持ち潜めた声で訊《き》く。入社五年目の黄辺は、二年前から大口の取引先に出向していた営業部の先輩、井出のことをあまりよく知らなかった。

半年に一回ほど社に顔を出す井出は、ひょろりとしており、気弱そうな印象だった。営業部にはハイクラス出身者しかいないはずなので、気弱そうと言ってもそれなりの起源種なのだろうが、一度聞いたそれを黄辺はとっさに思い出せなくて首をひねった。

「どうなんだろうな。けどさっき急にやって来て部長とブースにこもってさ。部長が課長に、井出のかわり考えとけって言ってたから、出向先でなにかやらかしたんじゃないかってみんな耳澄ましてたわけよ」

「……なるほど」

なにせ相手が相手だから、と古山が言うのは、取引先のことだ。問題を起こして呼び出されたとしたら大ごとだと、営業部全員が肝を冷やしているところなのだろう。

「井出さんのかわり考えとけってことは、なにかはあったんだろ？」

井出が出向している相手先は大手製薬会社。その中でも井出は化粧品の部門を担当していた。

年間を通してのプロジェクトから、細かなネット上のキャンペーンまで、白廣社が一手に宣伝を引き受けており、毎年巨額の売り上げが入る。もしここでの仕事を失ったら、社が傾くと言っても過言ではない。

そのため、白廣社としても大きな企画には個別に営業をつかせ、社内随一のデザインチームを取り立てる。だが、低予算の小さなプロモーションは、井出がとりまとめていた。

「うちとしちゃ、小さい仕事でも繋いでりゃデカい広告やらせてもらえるし、あっちからすれば、使いやすい雑用係が一人増えるわけだからな。しかも給料払うのはうちだし、出向万歳ってわけだ。井出さんは偉いと思うよ、大口の仕事は他の担当にとられて、文句一つ言わねえんだから。つまんねえ仕事だろ」

そうですね、と黄辺はおとなしく相づちを打ったが、内心では古山とは違う意見だった。井出のように大きな取引先に出向し、雑用仕事を任されるなんて、出世を狙う層からすればたしかに旨《うま》みのない仕事だろうと思う。

だが仕事に出世を望んでいない黄辺からすると、やりがいもあるのではと思う。ささやかなプロモーションは、関わる人が少数な分、緊密に関係が築ける利点があるし、顧客の喜びもダイレクトに伝わる。黄辺はそういう案件も好んで引き受けるほうだ。愛社精神はないが、仕事への愛着はある。結局のところ、人間が好きなんだよな……と、自分を分析している。

「井出さん、穏やかな感じでしたよね。出向には向いてると思ってましたけど……」

「お、暗に俺には向いてないって言ってんのか？」

「そういうつもりはないですけど。でもたしかに、古山さんには向いてないですね」

黄辺は苦笑まじりに、正直な感想を伝えた。誰がどう見たって、全方位に気を使って過ごすことは、好戦的な性格の古山には無理だと思う。本人も自覚があるからか、黄辺に向いてないと言われても怒らず、

「相変わらず生意気だねぇ、高也は」

と、面白がるような顔で笑っているだけだ。

「まあでもほら、仕事的な問題じゃないかもしれないよな」

二本目のタバコを取り出しながら、古山が話を変える。

「だって相手先はあの――志波製薬《しばせいやく》だろ。オオムラサキ出身者だらけの」

その言葉を聞いた途端に、今まで落ち着いていたはずの黄辺の心臓がぎくり、と跳ねた。

志波製薬。オオムラサキ。

普段なるべく、避けている言葉だ。

「でも……井出さんは、妻帯者ですよね」

遠回しに窘《たしな》めるよう、口を挟む。失礼ですよとも言わないし、この手の話はしたくないとも言わなかったが、言外《げんがい》にその意味をこめた。古山は気づいていないのか、喫煙室のやや黄ばんだ壁に凭《もた》れて、ニヤニヤと下世話な笑みを浮かべている。

「妻帯者だから、かもしれないだろ。オオムラサキは寝取るのが趣味なんだから」

「……志波製薬の社内にいるオオムラサキ出身者の方は、みなさんお子さんがいらっしゃると聞きますよ。そんなことはないと思いますけど」

胸の奥に、いやな気持ちが湧《わ》いてくる。

根拠のない、蔑《べっ》視を含んだ噂話をする古山に腹が立っているのか、それとも過去の自分の行状を思い出して、嫌悪感を抱いているのかよく分からないけれど、この話はこれ以上したくなかった。古山はそれでも、「そうかあ？」とまだ面白がるような表情だった。

「ま、冗談だって。こんなこと言ってたらコンプラに引っかかっちまうわな」

社内倫理、社内倫理、と冗談まじりに言いながら紫煙《しえん》をくゆらせる古山に、黄辺は愛想笑いを浮かべて、腕時計を見た。

「あ、すいません。三時半から伊勢崎《いせざき》さんと電話の約束があるので。古山さん、情報ありがとうございました」

嘘だ。電話の約束などないが、この場を立ち去りたいのでそう言った。

「ああ、あの零細《れいさい》印刷会社？　お前まだ付き合いあんの？　関わっても得ないだろ」

呆れたように言う古山に笑いながら頭を下げて、黄辺は喫煙室を出る。一人になると貼り付いた笑顔が消えて、かわりにため息がこぼれた。

（……志波製薬。久史《ひさふみ》の会社か）

苦い気持ちが、胸にこみあげてくる。

志波久史。それは初恋相手の名前だった。

三歳からの幼馴染みで、キスもセックスも、黄辺の初めての相手は志波久史だった。長い間ずっと一緒にいたけれど、二十歳のころからもう六年、会っていない。電話一つしていない。

これからも一生会うつもりはないし、その機会すらないだろうと思っていたのに、職場で志波の名前を聞くようになるなんて、因果《いんが》なものだと思う。

（幸い俺は、志波製薬の担当になったことないけど）

自社の大口取引先に幼馴染みの会社があると知ってから、黄辺は全力で志波製薬関連の仕事を遠ざけてきた。今のところは要領よくかわせている。もしも古山が言っていたように、課長が志波製薬の出向社員を探しているのなら、その候補にはなりたくない。

（あいつのいる会社に行くなんて、冗談じゃない）

そんなことを考えている間も、頭の隅に小さな苛立ちの芽が残っているのを、黄辺はわずかに感じていた。

——オオムラサキは寝取るのが趣味なんだから。

ついさっき聞いた古山の言葉に、言いようのない悔しさを覚えているのだ。

（自分だってオオムラサキを避けてるくせに……）

悔しくなるのは単に、差別的表現が嫌いだからなのか、黄辺個人の問題なのか。

名付けるのも難しい不快な感情を、飲み残したコーヒーと一緒に給湯室で流してから、黄辺は仕事に戻った。

時々、黄辺は考えることがある。

——どうやって生きてきたんだろう、これまで。

六年前、黄辺にとっては初恋の相手であり、初めてセックスをした相手でもある志波久史が、二十歳で学生結婚をした。

そのあとどう自分が生きてきたのか、黄辺はあまり思い出せない。

有名な私立大学で勉強し、卒業して就職し、きちんと仕事で評価もされて生きてきた。それなりに、そこそこに送ってきたはずの六年間は、振り返ればどれももやがかかったように曖昧《あいまい》で、ぼんやりとした記憶だった。

激しい喜びも悲しみもない人生。要領よくこなしてきて、それなりに満足しているのに、中身はなくて空っぽ。黄辺は自分がずっと、長く明《あ》けることのない夜にいるような、そんな錯覚に陥ることがある。光のない闇の中では、未来を思ってもなにも見えない。

この先どうしよう？　と思っても、「今までどおり、とりあえず生きてく」という答えしか出てこない。自暴自棄《じぼうじき》なわけではなく、なんの目標も願いも黄辺にはないからだった。

曖昧にしか思い描けない未来に比べて、三歳から二十歳までの志波との思い出はどれもくっきりと思い出せた。あのころは、黄辺は志波のために生きていたと思う。

なかでも志波の結婚式で、友人代表としてスピーチをし、若い二人の結婚を言祝《ことほ》いだことはまるで昨日のことのように鮮明だった。

志波は恋愛結婚ではなかった。

親に決められた相手と、二十歳になったとたんに入籍させられた。オオムラサキ出身者は総じて早婚で、それは珍しいことではない。志波の上に二人いた兄も、同じように家が決めた相手と、二十歳のときに結婚している。

オオムラサキには、同じオオムラサキの、違う個体のフェロモンをまとった相手を本能的に寝取ってしまう……という厄介《やっかい》な性質がある。

ムシを起源種とした人類には、それぞれ特有のフェロモンが備わっていて、セックスをすれば上位種の香りが下位種に強く残る。

オオムラサキは同種の香りを嗅《か》ぐと、理性を保てずに寝取るが、自分の子どもが生まれるとその習性はぱたりとやむ。そのため、オオムラサキ出身者は早婚になる。

オオムラサキは圧倒的なハイクラスであり、比類《ひるい》ない資質を持っているが、寝取りの本能ゆえに他のハイクラスから冷ややかな眼で見られたり、ときにはあからさまな侮蔑《ぶべつ》を受ける。一方では、見目麗《みめうるわ》しい彼らに、寝取られたいと羨望《せんぼう》する者もいる。どちらにしろ、種の本能に振り回されるオオムラサキ出身者にとっては、不本意な扱われ方かもしれない。

幼いころは親友、そして思春期を迎えてから結婚するまで、セフレのような立場だった黄辺にとって、志波の結婚は素直に受け入れられるものではなかった。

それでも子どもが生まれることで、志波が厄介な本能から解放されて——幸せになれるのならと、笑顔で祝福した。そのあとは、昔のセフレがうろついていたら、いくら知らなくても志波の妻はいやだろうと思って、徹底的に離れた。

そこから六年、黄辺はキスもセックスも誰ともしていない。

誰のことも、志波のように愛せなかったからだ。

——黄辺くんて、恋愛しない主義なの？

同僚と飲みに行ったりすると、たまにそんなことを訊かれる。

華やかな見た目とは裏腹に、浮いた話一つない黄辺のことを、社内の人間は不思議に思うようだった。

黄辺はそう訊かれると、「仕事が面白くて」と混ぜっ返して終わらせている。

恋愛をしない主義なのではなくて、もう恋愛ができないのだと自分では思うことがある。

二十六歳の、いい年をした大人になってもまだ、黄辺は六年前の結婚式で、花びらのシャワーを浴び、新婦を伴って歩いていた志波の姿を夢に見たりする。

それは美しい陽光の下、真っ白な礼服を着た幼馴染みがきれいな花嫁と腕を組み、自分の前を通り過ぎてどんどん離れていく姿で、黄辺は笑みを貼り付けて拍手をしている。音はせずシンと静まりかえっているのに、ガーデンウェディングの晴れやかな日差しと舞う花びらと、集まった人々の笑顔がその場の賑わいを伝えてくるのだった。

めでたく、朗《ほが》らかなお祭り騒ぎの中で、黄辺だけが一人浮いている記憶。

あたたかな愛の循環の中に、自分だけが入れずにのけ者になったような心地だった。

十四歳で初めて体を重ねてから、二十歳までの六年。黄辺は志波にすべてを捧げたのに、最後まで告白一つできなかった。好きだとさえ言えずに、スピーチなんて引き受けて、心にもないおめでとうを言った。そんな自分の臆病《おくびょう》さのせいで、いまだに志波のことを引きずっているのかもしれない。きちんと伝えてフラれておけばよかった……と思う気持ちと、

（フラれてたって、他の人に恋できたとは思えない）

という気持ちを抱えたまま、気がつけば二十六歳になっていた。

誰かを愛したいとは、いつも思っている。

けれど黄辺は最近、志波以外の誰かを愛することはできないのかも……と思い始めた。

志波に会いたいとか、振り向いてほしいとは考えないけれど、志波の会社の名前や、オオムラサキを蔑《さげす》む発言を聞くだけで心が乱れるくらいに、今もまだ割り切れていない。

（……久史も二十六歳。もう娘もいるって聞いたし、普通に働いて、今ごろは人並みに親、やってるんだろうに）

共通の友人からたまにもたらされる情報では、志波は結婚して一年で子どもに恵まれ、大学卒業後は、実家の会社に入ったという。きっと志波のほうは、もう黄辺のことなど覚えてすらいないだろう。

（だって一度も……連絡なかったし）

結婚式のあと、黄辺は電話番号を変え、それまで住んでいたマンションも引っ越した。短期留学に申し込んで、三ヶ月海外に行った。だが、そんなふうにして離れても、共通の友人には連絡先を教えていたし、家同士もうっすらと付き合いがあるから、その気になれ

ば志波はいくらでも黄辺とコンタクトがとれた。

けれど六年間、一度もそれらしい連絡をもらったことはない。だから志波はとっくに黄辺を忘れていて、いまだに立ち止まっているのは自分だけなのだろうと思う。

もやもやとしながらも仕事は効率的にこなし、一時間ほど残業してから黄辺は退社した。

社屋を出るとあたりはもう薄暗く、オレンジ色の外灯《がいとう》が点《つ》いていた。広い道路を、車が忙《せわ》しなく走っていく。空を見上げても、ビルの灯《あか》りに邪魔されて月も星も見えない。

「あ……、井出さん、イラガ出身か」

ふと今になって井出の起源種を思い出して、黄辺は独りごちた。ハイクラスに属す蛾《が》の一種だ。青白い顔とひょろりと細い体も、起源種を思うとなるほどと思う。

と、社屋の前から「髙也、髙也」と呼びかけられて足を止めた。黄辺のことを下の名前で呼ぶ人物は珍しい。振り向くと、案の定古山が手を振っていた。隣には井出がいて、古山に肩を抱かれている。背丈は同じくらいだが、体の幅が違うせいか井出が猫背なためか、まるで取り押さえられているように見える。

「古山さん。……井出さんも。お疲れ様です」

頭を下げると、井出も細い眉尻を下げて笑ってくれた。古山が「これから『銀魚』で飲もう」と誘ってくる。『銀魚』は会社の裏手にある居酒屋だった。いやだな、と思う。

強引な古山と飲むのがいやというより、志波製薬に出向している——現状まだ、している扱いのはずの――井出と飲むのは気が進まなかった。

「明日、営業先に直行なので……」

一応一言断ってみたが、

「中野坂上《なかのさかうえ》だろ？　二杯めで帰ればいいじゃん」

古山はぴしゃりと決めつけてきた。さらにトンボ種特有のギラギラした眼を細めて、

「おいおい、お前。また逃げるつもりかよ？」

と、つけ足した。黄辺は気まずく、笑顔を取り繕《つくろ》った。

古山はだてに営業部のエースなわけではない。頭の回転が早く、聡《さと》いのだ。黄辺だって立ち回りは上手いほうだが、今日の午後、喫煙室でいやな話題を避けるために嘘をついて退出したことはとっくにバレていたらしい。

（……仕方ない。いいか、志波製薬の情報は摑《つか》んどきたいし）

断るのは諦めて、黄辺は「じゃあ、二杯だけ」と受け入れた。

三人で向かった『銀魚』は盛況だった。狭い店内には、テーブル席と座敷、L字のカウンターがぎゅっとつまっている。焼き豚の煙がもくもくと厨房から漂い、仕事帰りのサラリーマンが身を寄せ合うようにして座っていた。

うるさい店の奥に座ると、黄辺は三人分の飲み物とつまみを注文した。

古山はネクタイも解き、寛《くつろ》いだ様子でタバコを吸いだす。先輩の前で失礼じゃないかと

黄辺は思ったが、井出はにこにこしていて気にしていない様子だった。

「井出さんとは、こうして飲ませていただくの初めてですよね？」

ビールが来たので率先して配り、乾杯したあと気を利かせて井出に話しかける。井出は「そうかもしれないね」とやはり穏やかな雰囲気で、なにか大問題を起こしてここにいるようにはとても見えなかった。

「高也、さっきお前が来る前に聞いたんだけどさ。井出さん、出向辞めるっていうか、会社辞めんだって」

「えっ」

古山が面白そうに言うのに、どう反応したものか分からずにひとまず驚いてみせ、井出の様子を窺《うかが》った。井出は変わらず微笑んでいるから、どうやら悪い話ではないらしい。

「騒がせてしまってごめんね。ごくごく個人的な事情で……嫁さんの実家が東北なんだけど……先月、一人住まいの義母が転んじゃって」

聞いてみると、妻の実母が骨折し、治って元気にはなったものの以前ほど動けなくなった。雪深い地域なので、雪が降ると生活に難儀する。夫婦で話し合い、親元へ移動して、同居することにしたから、会社を辞めるのだという。

「田舎じゃ井出さんの経験、活かせる仕事少ないっしょ。どうせならもう起業しちゃったらどうです？　退職金もどーんと出るだろうし。我が社、井出さんのおかげで成り立ってるとこありますからねー」

運ばれてきた枝豆をつまみながら、古山は調子よく言う。井出は人がよさそうに苦笑して、「起業かあ……あんまり性に合わないかなあ」と応じていた。

「まあ、小さい広告会社はあるみたいだから応募してみるよ。雇ってもらえなかったら、いくつか資格もあるし、職が見つかるまでは介護の勉強でもしようと思ってるんだ」

役立つ場面はこれから多いだろうし、と井出が言うと、古山は一瞬つまらなさそうな顔をした。が、先輩相手にそれを見せるようなことはせず、

「介護もできる営業マンですか、需要ありそうっすね。ま、井出さんが育ててくれたお客さんは、なんとか若手で引き継ぎますよ。務まるのかって話ですけどね、なあ高也」

いやなタイミングで話を振られ、黄辺は古山を小突きたい気持ちになった。

これではまるで、自分が井出の仕事を引き継ぎたいようではないか、と思いつつも、井出のことは労《ねぎら》いたくて、「もちろん」と微笑む。

これ以上、井出から引き出す情報もないと思ったらしく、「ちょっとご不浄《ふじょう》行ってきまーす」と、古山は席を立った。片手を手刀《てがたな》のようにして、ちょいちょい、と顔の前で動かす仕草など、「オヤジ」めいているが、いかにも営業マンという感じで若いくせにやけに堂に入っている。こういうところが、取引先のお偉いさんに可愛がられるんだよなと、黄辺は思う。

騒がしい先輩が離席すると、井出と二人きりになった。プライベートを探りたくはないし、志波製薬の話も聞きたくない。話題を探した黄辺は、思い出したことを振ってみた。

「……あの、去年の秋ごろの、エスのプロモーション。井出さんの担当ですよね」

顧客の名前は、居酒屋などでは頭文字を英字にして言う不文律《ふぶんりつ》がある。

志波製薬のことは、エスというと大体通じる。黄辺は社内の宣伝案件を毎月チェックしていて、気になったものは自分でも細部まで把握《はあく》するようにしていた。

去年の秋、井出が出向している志波製薬の化粧品部門で、既存ラインナップのプロモーションがあったのを覚えている。駅などに貼るポスターと、ネットでの広告のみの比較的小規模な企画だったので、担当は井出、デザインチームは若手が務めていた。

「あれ、よかったですよね。化粧品のポスターなのに女優さんも商品の画像もなくて、コピーと写真で勝負してて」

化粧品の宣伝は、人気のある女優が使われることが多い。そうでないときも、肌に直接つけるものなので商品画像と一緒に使用感をイメージしたデザインをする。だが、秋のポスターは夜空の写真に、『一日の終わりには、肌に星をまとって』のコピーだけが書かれていて、黄辺にとっては印象的だった。単純に、美しいと思ったのだ。が、古山はのんびりと「あれ、予算なかったからねー」と謙遜《けんそん》した。

「でも商品のイメージを浸透させたいから、こういうのやりたいってデザインチームに言われてさ。ラインナップの写真すら出ないのはどうなんだって、当初エスの部長にダメ出しされたんだけど……商品開発の担当さんが『いいんじゃないですか』って言ってくれたから、通ったんだよね」

「……素敵な話ですね」

いい話を聞いて、胸があたたかくなった。やっぱり井出の仕事はいいな、と思う。

「まあ、そんな売れなかったけどね。アクセスはそこそこあって、リピーターがちょっとついたくらい」

「少しでも興味持ってくれた人がいたなら、意味ありましたよ。俺はネットであの広告出てきたとき、気になってつい見に行っちゃいましたから」

井出はビールを少し飲んでから「黄辺くんて、いい子だねえ」としみじみと呟《つぶや》いた。

その声音《こわね》には嘘がなく、本当にそう思われているようで、どうしてか胸が詰まり、黄辺は黙ってしまった。そのとき古山が戻ってきて、「お、なに？　二人、盛り上がってます？」などとはやし立ててくる。

「井出さーん、辞めるならここでちょろっと、暴露大会しましょうよ。井出さん、入社十五年めでしょ。いろいろ知ってんじゃないですか」

古山はタバコを取り出しつつ、いやな切り口で話を持っていく。

さっきまで、いい話してたのにな、と黄辺の胸中は不快だったが、一応邪魔せずに古山のためにハイボールを頼んでやった。古山は二杯めから、毎度ハイボールなのだ。

「田舎引っ込む前にもう一回くらい飲みに行きましょうよ。次はもっとメンツ集めるんで、井出さんの武勇伝披露《ひろう》しちゃってください」

二時間ほど飲んだあと、黄辺が「明日直行なんで……」と水を向けるとあっさり会はお開きになった。

古山は「井出さんち、お子さんもいますしね、引き留めちゃってすいません」と、もっともらしいことを言っていたし、今だって少し離れた駅まで歩くという井出を見送りながら、いかにも調子よく持ち上げていたが、黄辺にはこの場限りのものだと分かる。

井出も、いくら穏やかな性格とはいえ、生き馬の目を抜く広告業界にいたのだ。井出のおべんちゃらなど見抜いていそうなものだが、「またね。ありがとう」と笑いながら、ほろ酔い気味の赤い顔で帰って行った。

井出の背中が遠ざかり、雑踏《ざっとう》の中に紛れると、古山が小さくため息をついた。

「バカだよなあ、井出さん。窓際でもなんでも、うちに残ってりゃ稼げたのに」

ド田舎に引っ込んで、どうするんだか。と、古山は呆れている。

黄辺はその言い草にわずかにムッとした。

「俺はいいなと思いましたけど」

嘘ではなく本心から、口を挟んでいた。いつもは先輩をたてているが、酒も入っているので、まあいいかと思い口答えした。

「会社辞めてもいいくらい、大切な人がいるって素敵なことですよ。普通に羨《うらや》ましいなと思いますけどね」

嘘ではない。黄辺は「へえ～？」と揶揄《やゆ》するように見てくる古山のことはもう気にせずに、井出が消えた方角をもう一度見た。

夜の九時をすぎても人が多く、井出の背中はもう見えなかったが、出世は見込めなくともそれなりに実入りのいい仕事、大企業の社員であるという肩書きを捨ててまで、仕事があるかどうかも分からない場所へ、家族のために行く……という人生があるのは、それがいかに大変なことか分かっていても、やっぱり少し羨ましかった。

（愛のある生活ってこと、だろ）

高齢者の介護や雪深い土地での暮らしを思うと、愛という言葉で片付けていいのか分からない。自分が都会に生まれて、気楽な独身だから井出を羨ましがれるのかもしれない。だとしても、やっぱり素直にいいな、と思う。

（愛し愛される人生。俺には、手に入らないものだ）

そんな人生に憧れている……というのとも違う。好奇心でもない。その立場にけっしてなれない自分が、時折ひどく虚《むな》しい存在に思える。

（誰かを、愛して生きていたい）

きっと心の底に、拭《ぬぐ》いきれないほど強烈にそんな気持ちがあるからだ。

愛の循環の中に自分はいない。だからいつまで経《た》っても、深い闇の中にいるような心地なのだと思うことがある。志波といたころは、片想いで苦しかったけれど……それでも、志波のために尽くし、愛するために生きることに満たされていた。

（……あれがいい生き方だったとも思ってないけど）

「なに、淋しい？　分かった。最近誰ともヤってねえんだろ。俺でよかったら付き合おうか、髙也ちゃん」

古山が肩に腕を乗せてきて、耳元で囁く。黄辺はそっと体を離しながら、「いえ、間に合っております」と断った。

「会社いるときは可愛いのに、こういうときは素っ気なくなるよなあ、お前」

「尊敬してる古山さんと、そういうことはしたくないってだけです」

にっこり微笑んで言うと、古山は「可愛くないやつ」と鼻で嗤《わら》ったが、それ以上誘ってはこなかった。酒が入った古山に、セックスに誘われたことはこれまでに数回ある。黄辺の働く白廣社の男性社員は男女両方いける、というタイプが多く、営業部に至ってはセックスは一種のスポーツという感覚だ。

黄辺はそれなりにモテるので、入社してからずっと、男女問わず粉をかけられてきた。恋人として、とかではなく、一夜の相手としてだ。

きっと、過不足のない相手に見えるのだろう。割り切れて、面倒がなさそうに。

（実際の俺は重たくて、相当面倒くさいタイプなのにな）

なにしろ六年も、片恋を引きずっている。そのせいで黄辺は誰と恋愛することもできず、仕事が終われば家に帰って自炊し、休日は映画を見たり美術館に行くくらいの、ごくおとなしい、侘《わび》しさすら感じる生活を送っているのだ。

「高也にフラれて今日はお通夜だな。ま、いいや。俺は今から接待行くわ」

ばん、と尻を叩かれる。九時も過ぎて接待か、と思うが、広告代理店の営業、それも営業成績が常に上位の古山のようなタイプは、真夜中の二時三時まで得意先に呼ばれれば駆けつけて、何軒もはしごしながら接待するなんて、ざらだった。

「……古山さんも程々にしてくださいね。ウコン持ってます？」

「トンボ種はざるなんだよ、平気平気」

なんの根拠もないことを言って、古山はさっとネクタイを締めなおし、上着も羽織って身だしなみを整え、携帯電話でどこぞへとかけて、「あ、白廣の古山です。すいません、着信気づかなくって。今からお邪魔してもいいですかね？」と明るく話し始めた。黄辺のことなど忘れたように、背を向けて雑踏へ紛れる古山を見送りながら、やっぱりすごい人ではあるな、と黄辺は思う。

——黄辺くんて、いい子だねえ。

そのとき、しみじみと呟いていた、井出の言葉が蘇って黄辺は胸がじわりと痛んだ。

（いい子なんかじゃない。もし俺がいい子だったら、きっと今ごろ、ちゃんと愛し愛されて暮らせてた……）

反射的に浮かんでくる気持ちを、ぐっと押し込めて消す。

「帰ろ」

気持ちを切り替えるように囁くと、黄辺は足早《あしばや》に駅構内へ続く階段を下りていった。

黄辺が住むマンションは、会社から地下鉄で十分ほどの場所にある。地下鉄の車内は人が少なく、シートも空いていたが、すぐ降りるので立っておいた。天井近くに貼られた車内広告に、見知った顔がある。目薬と一緒に力強くラケットを振っている姿。

「村崎大和《むらさきやまと》選手だ。私、好きなんだよね」

「この前の大会見た？」

並んで座った女子大生らしき二人が、ひそひそ声でそんな話をしているのが聞こえた。

空いている車内には、学生らしきカップルが手をつないで座っていたり、眠っている小さな子どもを抱っこしている若い夫婦の姿などもある。

寄り添い合う人々を眺めながら、胸の内に常にある孤独を、ぼんやりと味わった。

最寄り駅で電車を降りると、駅は人がまばらだった。

マンションまでは駅から徒歩で四分ほど。駅近の１ＬＤＫは、当然家賃が高いが、金のかかる趣味もなければ、結婚の予定もないので時間を買う感覚で払っている。黄辺の息抜きは会社帰りにスーパーに寄って好きな料理をすることと、狭いベランダで育てている家庭菜園の世話くらいなものだった。

大通りから住宅街へ入ると、急に灯りが減る。そのタイミングで、黄辺はいつも空を見上げる。そびえたつマンション群の向こうに、東京の明るい夜空が見え、南側に星が一つだけ確認できた。

「スピカかな……」

――春は、空に霞がかかってるから、星が見えにくいんだって。

静かな、子どもの声が耳の奥にした。幼いころに聞いた、志波久史の声だった。

家が近かったこともあり、黄辺は志波の家に押しかけては、夜に二人で天体観測をした。星が好きだったわけではなく、そうすれば夜遅くまで志波と一緒にいる理由ができたから。

ある春の日、今夜なにが見えるかなと話すと、志波は亡くなった母親から昔もらったという星座盤を膝に置いて、そんなふうに答えた。

――あんまり見えないの？　じゃあ今日は星、そんなにきれいじゃないかな。

志波はけれど、こう答えた。

――ううん、きっときれいだと思う。

星がそれほど見えなくても、きれいだと思う。わずかな光一つ見えても、きれいだと思う。もしそうでなくて、夜空に雲がかかっても、それもきっときれいじゃないかな。

志波は淡々と、そう言っていた。

志波は自然物や無機物、人間のかかわらないものについて、きれいだと話すことがよくある子どもだった。志波がそんなふうになにかについて話すとき、黄辺は幼心にとても美しい詩を初めて聞いたような、不思議な感動に見舞われた。

（猫とか、飼おうかな……なんか、愛情を注ぐものがあったほうがいいのかも）

そんなことを思いながら、マンションの眼の前で、黄辺は立ち止まった。

視界の端に人影がかすめたのだ。見ると、入り口に誰かが立っていた。長身で、やや長めの髪。瑠璃色の瞳と、口元のほくろ。甘ったるくて妖艶な美貌――。

「久史……？」

黄辺はかすれた声で、相手の名前を呼んでいた。

まさか。こんなところにいるはずがない。

いるはずがない、会うはずがない男だった。

「やあ。黄辺、元気?」

数秒固まったまま立ち尽くしていた黄辺に、けれど相手はなんの気負《きお》いもない様子で、そう言った。

まるで昨日も会っていたかのような気楽な挨拶《あいさつ》。実際には、六年ぶりなのに。

妖しく微笑むその美貌の男——志波久史に、黄辺はしばらくの間、声を発することもできずに固まっていた。

二

頭の奥で警鐘《けいしょう》が鳴る。心臓が大きく跳ねて鼓動《こどう》する。

本能が告げている。危険だ。触れてはいけない。今すぐに逃げたほうがいい。そうでなければまた、心がずたずたに傷ついて、二度と立ち上がれなくなる――。

（なんでここに、久史《ひさふみ》が……）

幻でも見ているのかと思ったけれど、一秒経っても十秒経っても、志波《しば》久史の姿はその場から消えなかった。

マンションのエントランスからこぼれるわずかな光を受けて、志波の髪の淡色がぼんやりと夜の闇に浮かんで見える。

志波の背丈は最後に会ったときと変わらず黄辺《きべ》より頭半分高いくらいだが、体格は記憶よりもがっしりとしていて、顔つきも大人びて見えた。改めて六年の歳月を感じさせられたけれど、覇気《はき》がなく、人生になんの希望もないような――それでいて底なしに静かで、無垢《むく》にも見える美しい瑠璃色の瞳は変わっていないように見えた。

（見間違えじゃない、こいつは……志波久史だ）

そう思った。かつての黄辺の初恋相手、志波久史。

黄辺には二人の幼馴染みがいる。

一人は村崎大和《むらさきやまと》。一つ年下の彼は今、アメリカを拠点《きょてん》にして活躍するプロのテニス選手だ。世界ランキング四位に位置しており、日本中に名前を知られている有名人でもある。

もう一人が志波久史。大和と志波はいとこで、黄辺とは同い年だ。三人とも家が近く、黄辺と志波は幼稚園が同じで、大和とはテニスクラブが同じだったため仲良くなった。

黄辺が志波を好きになったのはたぶん、小学生のころだ。気がついたらほのかな恋情を抱いていた。

志波の眼差しを追っていれば、それは自然と分かってしまった。黄辺は昔から、人の機微《きび》に聡かった。志波への気持ちが報われないのは切なかったけれど、子どものころはそれでもよかった。そのころの志波はテニスをする以外は内向的な、おとなしい少年で、黄辺はよく、志波の家に泊まりにいった。広い家には家政婦以外に大人がおらず、黄辺はいつも、志波の生活の淋しさが気になっていた。

（お父さんもお母さんも、お兄さんたちもいなくて……久史、淋しくないのかな）

幼かった黄辺は、そんな不安を感じていた。

だから何度も泊まり込んでは、志波の家の屋上で、星座盤を覗《のぞ》いて星を観察したり、大きな本棚をひっくり返して図鑑という図鑑、本という本を二人で読んだりもした。

　オオムラサキという種は、チョウの中ではかなりの上位種に君臨《くんりん》する。そのせいか、志波は運動も勉強も黄辺とは比べものにならないくらいよくできたが、外でやんちゃに遊ぶよりも、家の中でおとなしく遊ぶのが好きな子どもで、黄辺はそれに合わせていた。

　大和は志波と同じオオムラサキ出身だったが、野原で跳ね回ったり運動をして遊ぶのが好きだった。黄辺は要領よく二人の間を取り持ちつつ、大和が一緒のときは体を動かして遊び、志波と二人きりのときは彼の好きな、静かな遊びに付き合っていた。

　小学校の担任にはその姿を見られて、「面倒見はよいが、主体性に欠ける」と通知表に書かれたりもした。気の良い両親は一度だけ、

「高也《たかや》も、好きなことして遊んだら」

　と言ってくれたが、黄辺からすると幼馴染みに合わせることが「好きなこと」だった。

　両親も二人いる姉もキベリタテハ出身で、穏やかな性格だ。ゆえに黄辺の「久史と大和に、合わせるのが好き」という主張も、「気持ちは分かるわね」という、母のゆるい一言で容認された。

（もし、あのままなにごともなく大人になっていたら……俺はもっと普通に、誰かを愛したり、愛されたりして生きてたのかな）

　黄辺は時々、益体《やくたい》もなくそんなことを思う。けれどどれだけ考えても、過去をなかった

ことにはできない。静かで穏やかだった日々は、黄辺と志波がそれぞれ十三歳になった年に一変した。オオムラサキという種にまつわる、強靭《きょうじん》な本能がすべてを壊したのだ。

いや、もっと言うとその本能の前に、欲望を抑えられなかった自分が壊したのだと、黄辺はずっと思い煩《わずら》っていた。

眼の前には二十六歳の志波が立っている。

夜中の往来で、黄辺はしばらく動けないでいた。けれど鼻腔《びくう》に甘い香りがよぎったとき、現実に引き戻された。懐かしいオオムラサキの匂いに頭がくらくらした。と同時に、昔と比べて志波のフェロモンがいくらか落ち着いていることにも気がついた。

（そっか……、結婚して子どもが生まれたから……変わったんだ）

凶暴な本能が匂いとともに薄れたのだと気がつくと、六年もの間、愛した男のことをなにも知らなかった事実を突きつけられるようで、胸の奥に痛みが走った。

志波は荷物を持っておらず、服装は平日だというのにラフな私服姿だった。今日は仕事ではなかったのだろうか……と思いながら、黄辺はそっと訊いた。

「なんで……お前がここにいるんだ？」

志波は黄辺の住所を知らないはずだった。自分を訪ねてきたのかすらよく分からなかっ

たが、なるべく平静を装って訊ねると、

「大和から住所訊いた」

そう答えが返ってくる。六年ぶりに会ったというのに、まるで緊張してなさそうな志波に、少し苛立った。黄辺の心臓は脈拍が早くなり、平静を保つのが精一杯だというのに。

（たしかに……大和には、ここの住所伝えてあるもんな）

共通の幼馴染みである志波のいとこ、大和とは、志波との連絡を絶ってからも交流を続けている。どちらにしろ、志波が黄辺を訪ねてくるとしたら、大和に居場所を訊くしかないのは分かっている。どちらにしろ、志波は偶然ここにいるのではなくて、自分に会いにきたのだと分かり、黄辺は内心混乱しながら、息を飲み込んで落ち着こうとした。

なんで今さら会いに？　と思ったし、ひどく緊張していたけれど、それを眼の前の男に悟《さと》られたくなかった。

「そうか。驚いたよ。……用事あるなら、部屋あがってく？」

たっぷり十秒は悩んでから、それでもなんでもないように部屋へ誘ったのは、友だちならそう訊くべきだと思ったからだ。

自分たちはずっと音信不通だったけれど、そもそも恋人だったわけではない。

六年前までは、たぶん「友だち」だった。セフレの時期もあったと思うけれど、高校を卒業するころには、セックスする頻度《ひんど》はかなり減っていた。

それならやっぱり友だちだったわけで、友だちなら一時期会わなくなることも、突然また会うことも普通にある。それなのに妙に意識して、追い返したりするのは変だ。六年間なんの連絡もしてこなかった志波がやって来たのだから、よほどの用があるのだろうし。

「じゃあお言葉に甘えて」

志波はあっさりと受け入れて、黄辺にくっついてマンション内に入ってきた。

(遠慮しないのかよ。俺とお前の関係性で)

俺がお前だったら、「いいの？」くらいは訊く、と黄辺はイライラしたが、そんな配慮をしないのが志波だとも知っている。

なるべく冷静に先導しながらも、黄辺は困惑したままだった。志波が自分を訪ねてくる理由が、まるで思いつかない。まあ部屋に着けば話すだろうと思い、エレベーターに並んで乗る。狭い場所で二人きりになると、志波の香りを強く感じて顔が熱くなった。そんな自分に、自己嫌悪が湧いてくる。

「お前は、元気だったの？」

努めて自然になるよう気をつけて訊くと、「まあまあね」と気のない返事が返ってくる。

「そっちは？」と訊ねられて、どう答えたものか分からず、結局同じように「まあまあだよ」と返した。上手く会話ができない。以前ならもっとなめらかに話せていたはずなのに、そのころ自分がどうやって志波と会話していたのか、もう思い出せなかった。

（そもそも久史って、あんまりおしゃべりじゃなかったしな……）

他の人相手では違ったと思うが、黄辺と二人きりのときには、黙っていることが多かった気がする。けれどそれで気まずい空気になったことはなかった。

それは六年前まで、黄辺が気を使っていたせいもある。どんなにいやなことを言われても、俺だけはお前の理解者だよ、という顔をしてニコニコと笑っていた。今思えば、まるで下僕《げぼく》のように傅《かしず》いていた。そうしていたのには理由があったけれど——でも、今もそうするのは変だと思う。あまりに長い間、会っていなかったのだ。

部屋に着くと、志波は初めてやって来たにもかかわらず、なんの遠慮も気負いもない様子であがってきた。

風呂やトイレへの扉がある廊下を進むと、リビングダイニングになっており、隣には寝室がある。眺望《ちょうぼう》がよく、マンションの長窓からは夜景も夜空もよく見える。黄辺はきれい好きだし、インテリアにも気を配っているから、室内は心地よく整っていた。

ぐるりと部屋を見渡して、志波は一言「黄辺っぽい部屋だね」と言った。

その一言に、黄辺はムッとした。

（俺っぽいってなに？　六年も会ってないのに）

お前にいいように使われていたころと、今の俺は違う。

そんな反発が胸の奥に湧いてきて、怒りに変わろうとしている。

黄辺はそれを押しのけていつもどおり寝室に入り、スーツをハンガーにかけ、部屋着に着替えてからリビングに戻った。見れば、志波は勝手にソファに寝転んでいた。

むかついたが、口にはせずにコーヒーメーカーのスイッチを入れる。

「……お前今日、仕事じゃなかったのか？　私服みたいだけど」

「あー、まあね」

余分な説明を一切する気がなさそうな、その素っ気ない返事に、黄辺は落胆《らくたん》した。志波はいつもそうだった。黄辺に対して、丁寧に接するという頭がない。俺がお前だったら……と、つい、考えてしまう。

――俺がお前だったら、六年前までは好きなときに抱いてた相手に、しかも自分が結婚したあと縁が切れてた相手に……そんなふうに接したりしない。

できるだけ懇切丁寧に、なぜ今さら相手の生活に立ち入ったのかを釈明するだろう。

（まあでも、お前はそういうやつじゃないもんな。期待してる俺がバカなんだ。久史にとっては、今も昔も俺なんてどうでもいい存在なんだろうし……）

再会してからこの部屋に入ってくるまでの間、眼が合った回数はわずか。まともに話す気もなさそうだし、志波は黄辺の気持ちや状況など、なにも考えていないのだろう。それなのに志波が、どうして黄辺のところに来たのかが不思議で、意味が分からなかった。

部屋の中に、コーヒーのいい香りが広がってくる。客用のカップに注いで志波に出してやると、志波はソファに寝そべったまま、窓に映る夜景を見ているところだった。

「ここ、丘の上だから見晴らしいいだろ」

と、黄辺は一応愛想良く声をかけてみた。「友だち」ならそんなふうに接するかなと思ったのだ。窓には室内の灯りが反射しているけれど、その向こうには住宅街の灯りがちらほらと点って見えている。それほど明るくはないが、遠くまで見渡せた。

「に、しても何年ぶりだ？　来るなら連絡くれればいいのに」

なにか喋っていないと間がもたない気もして、黄辺はそんなふうに言う。

志波が起き上がり、コーヒーを手に取って言ってくる。

「今の黄辺の電話番号、知らなかったからさ」

もしかしたら電話番号を変えたことを責められているのかと思ったが、即座にそれはないと断じた。連絡をよこさなかったのは、志波だって同じなのだから。

「今日来たのはさ――しばらくここに、僕のこと置いてくんないかと思って」

続いた言葉に、黄辺はぽかんと口を開けて固まった。

――僕のこと置いてくんないかと思って？

部屋を間借りしたいという意味だと飲み込めたのは、かなり経ってからだ。

「え？　な、なんで？」

ひたすらに驚いて、つい上擦った声が漏《も》れる。

「奥さんとお子さんは？　喧嘩《けんか》でもしたのか？」

志波は既婚者で、子どもはたしか、五歳になる娘だと大和から聞いていた。

喧嘩っていうか、と志波はしばらく黙ったあと、

「離婚した。妻に頼まれてたから」

あ、元妻か、と淡々と呟く。黄辺はただただ驚いて、硬直していた。

――頼まれた？　妻に？　離婚を？

疑問が顔に表れていたのだろう。志波は「あ、妻には結婚前から男がいたんだよね」と、軽い調子で肩を竦めた。

「娘はあっちが引き取って……円満離婚だよ。元妻と娘は近いうちに、新しい家庭を築くだろうし。まあ、僕はお払い箱ってこと」

住んでたマンションは、二人にあげたんだよね、と志波が言う。あまりにも淡白な様子に、黄辺は突っ込んでなにか言うこともできなくなった。

（え？　なに、どういうこと？）

混乱しているうちに、志波はどんどん話を進めてしまう。

「今日は引っ越しのために会社に休みもらったの。一週間くらい有給とってあるから、その間いさせてくんないかな」

「い、いや。でも、お前、他にも不動産持ってたろ……？」

志波の実家はうなるほどの資産を持っており、志波も祖父から生前贈与《せいぜんぞうよ》でいくつかの優良不動産を与えられていたはずだから、住む場所なんていくらでもあるはずなのだ。

まだ離婚の事実を飲み込めないまま、けれど居座られるのは困ると思って言うと、志波が「あー、あれね」となんでもないことのように答える。

「資産、売っちゃったんだよね。家も車も土地も、まるっと。僕の持ち物、今これだけ」

と、志波は言って、ブルゾンの内側から携帯電話と、マネークリップを出して見せた。マネークリップには数枚のお札と、ブラックカードが雑に挟んである。

「これだけって……、服とかは……どうしたんだよ」

「捨てた。必要ないでしょ、さほど」

動揺で、頭がふらついた。黄辺はまだ、今の状況がよく理解できていなかった。

「だからって……なんで俺のところに。ホテルとか……あるだろ」

声がわずかに震えている。だめだ、しっかりしないと、と思う。

「うーん……なんとなく？」

妻と別れた足で、志波は大和に連絡したと話した。一応報告だと思ったらしい。そしてそこでなんとなく黄辺の住所を訊きだして、ここまで来たのだと続けた。

（なんとなくって……なんだよそれ）

胸に激しく強く、苦しい感情が湧き上がった。

——奥さんがいる間は、俺なんて見向きもしなかったくせに。

人並みの幸せを味わってたくせに、今さらずるい——。

都合よく扱われているという悲しみが、胸に押し寄せてくる。それなのに一方で、

(もしかして久史、離婚して傷ついてる……? だから、俺のとこに来たのか?)

そんなことを心配してしまう。そしてすぐに、自分を愚かしく感じた。なぜいつも、志波に甘くなってしまうのだろう。こんな自分が嫌いだ。

六年前、志波から離れると決めたときに、愛情は全部捨てたつもりだったのに、本人を眼の前にすると呆気《あっけ》なく心が戻ってくる……。

「……一晩だけならいいけど」

黄辺は慎重に、言葉を選びながら言った。追い出してやりたい。だが、できなかった。もう二十六歳なのだ。大人なら、このくらいの譲歩はできるはずだと思った。離婚したばかりの友人を、冷たく追い返すのは逆に不自然で、ゆきすぎた反応だと思ってしまう。それに志波は子どもを持ったから、オオムラサキ特有の暴力的なまでのフェロモンや性欲はなくなっているはずだ。間違ってもセックスなんてことにはならないだろうし、第一俺は大人で、もう恋心に振り回されたりしない。こいつの言いなりになんてならない。だから一晩くらい泊められると——心の中で、自分に対して意地を張ってしまう。

「だけどそれ以上は困る。俺にもプライベートがあるから。明日には出て行ってくれ」

なるべく自然に、けれどきっぱりと言った。志波は黄辺の言葉を聞くと頰杖をつき、

「それって、黄辺には他に男がいるって話？」

と、訊いてきた。

黄辺は腹が立った。瞳は瑠璃色。その眼の中に、冷たい光が浮かんでいる。

「だとしたらなに？　お前には関係ないだろ」

久しぶりに会ったのに、相変わらず不躾《ぶしつけ》な男だ。

「関係あるんじゃない？　黄辺は僕のオナホだったんだから」

さらりと言われた言葉に、心がぐっさりと傷つくのを感じた。

――オナホ？

誰がそうさせたんだよ、と思う。俺が一体誰のために、そうなったんだよ――。

けれど同時に、志波の言葉に納得してもいた。

――そうだ。俺たち……俺はずっと、久史が大和とセックスをするための、橋渡し役だった。つまり性具で、久史にとって俺を抱くことは、自慰《じい》行為のようなものだった。

（本当は……友だちですらない）

大和が十六歳で恋人ができると、志波が黄辺を抱く頻度はぐっと減った。結婚前は、ほとんど没交渉だった。

分かっていたのに、美しい思い出になんてしていないつもりだったのに、愛した男から残酷な真実を突きつけられて、黄辺は震えた。怒りの感情がこみあげてくる。志波はひど

い言葉を言っておいて、なぜかじっと黄辺を見ている。まるで黄辺が、志波の言葉にどう反応するのか観察しているかのような眼差しだった。

「生憎《あいにく》もう、オナホになるつもりはない。やっぱりホテルとって帰ってくれ」

できるだけ冷静に言う。震える体を抑えて、志波のために入れたコーヒーを下げる。カップをキッチンに持って行こうとした矢先、志波の手が伸びてきて、黄辺の腕を掴んだ。

「うわ……っ」

ぐいと引っ張られて、黄辺はうつぶせに床に倒れた。手から落ちたカップが床に転がり、中に余っていたコーヒーがこぼれる。

ハッとして起き上がろうとしたとき、腹の上に志波がのっしりと覆《おお》い被《かぶ》さってきて、手首をとられ、そのまま簡単に組み伏せられていた。黄辺は怖くなって震え、放せと暴れた。けれど志波は構わずに、鼻先を黄辺のうなじに埋めてくる。そこですん、と匂いを嗅《か》いで「誰の匂いもしないじゃん」と言った。

気のなさそうな、つまらなさそうな声。乾いた嗤いが、志波の口からこぼれた。

「誰とも寝てない。男なんていないでしょ？　嘘つき」

嘲笑《ちょうしょう》する志波から、突然オオムラサキのフェロモン香がどっと溢《あふ》れてきた。

とたんに黄辺は、まるで躾けられた犬のようにぞくぞくと体がうずくのを止められなくなる。したくない。抱かれたくない。そう思うのに、前の性器が勝手に膨れてくる。

（やだ、いやだ）

抵抗しようと腕に力を入れるが、志波のほうが体格も腕力も上だ。キベリタテハが、同じタテハチョウ種の王者、オオムラサキに勝てるはずがない――。

「どうしようかな。する？　それとも、したくない？」

無邪気な顔で囁いて、志波は首を傾げた。

「し、し、しない……」

断る声が震えていた。体が熱く火照《ほて》り、六年間使っていない尻穴がきゅうっとうずいている。入れられたい、入れられたい、久史のがほしい、と体が訴えている。

（バカか、俺……）

自分の心が、体に裏切られたようで苦しくなる。まだ、志波を好きなままの自分がいる。幼いころからずっと、志波だけが好きだった。志波の好きなことを、なんでも一緒にしてあげたかったし、そばにいるためならどんなことでもした。そんな自分がまだ心の中にいて、どんな形でもいいから、抱かれたいと言っている。

「……僕が慰めてって言っても、黄辺は、断る？」

からかうわけではなく、ただ純粋に疑問に思っているような眼で見つめられて、黄辺はなにも言えなくなった。その一瞬、愚かなことにこう考えたからだ。

（慰めてって言うくらい、傷ついてるのか？　久史……）

幼いころの自分が、胸の中に蘇る気がした。久史、淋しい？　どうしたら淋しくなくなる？　と、心配している小さな黄辺高也。

久史、幸せでいて。

いつもそう思っていた自分の心。

「僕は……黄辺のイってる顔が、見たいかな」

そのときおかしそうに笑って志波が言った。とたんに小さな黄辺が消え、我に返る。

このゲス野郎。

声に出したかは分からない。こめかみに口づけられ、顎を囚《とら》われてキスされてからは――黄辺は昔と同じように、志波の言いなりになっていたから。


「ああ……、あっ、あ」

部屋の中に、自分の喘ぎ声が響いている。視界には、揺さぶられている下半身と、後孔《こうこう》を出入りする大きなペニスが映っている――。

中を突かれるたび、麻薬のような快感が背筋を駆け抜けていき、黄辺は泣きじゃくった。

「黄辺、きれいだね」

志波は、うっとりと呟いた。股間のあたりを寛《くつろ》げただけの着衣姿で、志波は額に汗をに

じませ、その唇に揶揄を乗せて微笑んでいた。

――ふざけんな、ふざけんな、ふざけんな！

心の中で、黄辺はわめいていた。それなのに、ここ好きだったよね、と志波の硬いもので中を擦《こす》られると、震えるほどの愉悦《ゆえつ》に全身が溶けて、白濁《はくだく》をこぼしてしまう。

「あ、あ、あー……っ」

涙でかすんだ眼に、笑っている志波が見える。

「イくときの顔、変わってないね……」

（それはお前もだ、ゲス野郎……！）

お前も、お前だってあのころと変わらない。身勝手でむごい、憎たらしい男――。

「黄辺」

志波が黄辺の体をぎゅうっと抱きしめてきて、囁いた。

「オナホなんて、言ってごめんね……。今の黄辺に言ったらどんな顔するのかなって、見たかっただけだよ――」

耳の裏に優しくキスされた。

激しく尻を打ち付けられて、中がきつく締まる。奥の奥で志波の性器がぐっと嵩《かさ》を増し、やがて精を吐き出されるのを感じた。

——背中が痛い。

床でセックスをしたら体が痛むと、黄辺は数年ぶりに思い出していた。

（くそ、むかつく……）

志波は三度も黄辺の中で果てたあと、ソファに寝転んでさっさと眠ってしまった。おかげで黄辺は、一人バスルームで後始末をしてみじめさに泣きたくなってうなだれていた。

いやだったのに、最後には甘く喘いで何度も達していた。ぎゅうぎゅうと志波の背中に抱きつき、久史、と名前も呼んだ気がする。背中は床にこすれたせいであちこち痛くて、途中、四つん這《ば》いの姿勢で後ろから突かれたので、腕にも擦り傷ができていた。

六年、セックスをしていなかったのに——と、思う。

誰にも、体を許さなかった。愛のないセックスは、二度とごめんだと思っていたから。

それなのに、体は志波に与えられる快楽を覚えていた。黄辺は最後、昔のように後ろだけで達してしまった。そのことに言いようのない後ろめたさを感じる。

（殴ってでも抵抗するべきだったのに……慰めてって言われて、絆《ほだ》された……）

離婚したばかりの志波が、万が一にも傷ついていたらと思ってしまった。けれど黄辺がシャワーからあがって居間に戻っても、志波は相変わらず気持ちよさそうに寝ている。

出すだけ出して、満足しきった平和そうな寝顔を見ると苛立ちが増した。

遠慮もなく寝ている志波を、ソファから蹴り落としてやりたい。けれど寝顔を覗き込んだとき、志波が寝返りを打った。そのとたん、腹にのせていたのだろう携帯電話が床にゴトリと落ち、衝撃で電源が入る。画面に写真が映ると、それは小さな女の子の写真だった。

胸の奥が、ずきりと痛む。娘さんかも、と思ったせいだ。

ひどいやつ、と感じた。苛立ちや悲しみ、怒りと苦しみが一緒くたに湧き上がってくる。自分は被害者のはずなのに、志波をかわいそうに思ってしまう。

志波の淋しさを消してあげたい。少しでも幸福になってほしい。

幼いころ抱き続けたその願いが、いとも簡単に蘇ってくるのだ。

黄辺は自分を要領のいい男だと思っている。にも関わらず、志波のことになると、とたんに不器用になる。

（久史を愛しても、俺じゃ幸せにできない……）

たとえば自分が女で、志波の子どもを産んであげられたら……と考えて、黄辺は自己嫌悪した。生まれてきた本当の娘やその子を産んでくれた元奥さんに対して失礼だと思う。

黄辺はそっと携帯電話を拾い上げ、サイドテーブルに置くと電源を落とした。それからブランケットを一枚、志波の上にかけてやる。長い足はソファからも、ブランケットからもはみ出ている。

「……今日、スピカが見えたよ。久史」

ぽつりと黄辺は呟いた。

――星がそれほど見えなくても、きれいだと思う。

幼かったころの志波が、夜空について言っていたあの言葉が、脳裏をよぎった。星の少ない都会の空を、眼をこらして見つめ、星を数えたこと。二人の淡い思い出を、志波はきっともう覚えていないだろう。

（なんで俺のところに来たんだ？　……お前は今、なにを思って生きてるんだ？　……お前は、今……幸せなのか？）

昔から熱病のように繰り返していた問いが、胸に湧く。

志波の幸せがなにか、どれだけそばにいても、黄辺には分からなかった。志波はほとんどの場合、生きることに無関心に見え、地に足がついていないようで、黄辺はそれを不安に思っていた。

それでも結婚したのなら、幸せに暮らしているはずだと勝手に納得して離れていられた。けれど、こともなげに離婚したと話していた志波の態度を思い出すと、自信がなくなった。

思い悩むのはやめて、明日には出て行ってもらおう。もう二度と、過ちは繰り返さない。

黄辺はそう思いながら、部屋の灯りを消した。

黄辺が志波に抱かれるようになったのには、きっかけがある。

それは中学時代にまで遡《さかのぼ》る。

日本の国蝶ともされるオオムラサキはタテハチョウの中でも大型で、強い飛翔力と気性の荒さ、激しい縄張り意識を持っている。攻撃的で勇敢な性質は人類にも受け継がれ、それゆえにアスリートに向くとも言われている。

しかしオオムラサキを起源種にする人間は、第二次性徴に伴って厄介な性癖を持つ運命にある。自分の遺伝子を継ぐ子どもがこの世に生まれるまで、他のオオムラサキのフェロモンをうつされた相手を、本能のまま抱いてしまう習慣だ。

フェロモンはセックスによってうつるから、強制的に寝取ることになってしまう。

志波の最初のセックス相手は、実の兄の恋人だった。

芽生えたばかりの本能に気づいていなかった志波は、たまたま家を訪れていたその人から兄の匂いを嗅ぎ取り、わけもわからず襲いかかってしまった。

それが、十三歳のときのこと。

もともと穏やかだった志波は、自分の行動にも種の本能にも怯えて、ひどいショックを受けていたことを——黄辺は覚えている。

——黄辺、どうしよう。

幼かった志波は、泣きながら黄辺に告白してきた。

——兄さんの恋人を寝取っちゃった……、僕が好きなのは大和なのに。

そう聞いたとき、黄辺はどうしていいか分からなかった。黄辺だってまだ十三歳。性愛のことなど、なにも知らなかった。

ただ志波がかわいそうで哀れで、同時に志波が自分以外の誰かを抱いたという事実と、知っていたけれど志波が好きなのは大和だということに、打ちのめされてもいた。あの日あのとき、黄辺の淡い初恋は破れたのだ。

そこはテニスクラブのロッカールームで、誰もいなかった。まだ十二歳で、種の本能など知らずにいる大和にはこんな話はできないと、志波は黄辺にだけ打ち明けてくれた。

志波は全身を震わせていて、雨の中うち捨てられた子猫のようだった。

黄辺は自分も混乱しながら、それでもその背をさすって、励まそうとした。

志波がショックを受けたのは、恋人を寝取られた二番目の兄、史彰《ふみあき》が怒らなかったせいもあった。史彰は泣きながら謝った志波に、「よくあることだろ」と笑い飛ばし、「お前もこれから寝取ったり寝取られたりするんだから」と言い放ったという。

——愛してると言った次の瞬間には、別の相手とセックスしている。それが俺たちオオムラサキだよ。一生誰も愛せない種だ。覚えとけ。

志波は史彰に、そう言われたらしい。

一生誰も愛せない種。

その言葉は、志波の心に深く突き刺さったようだった。

志波には二人の兄がいる。

一番上の史仁《ふみひと》が十二歳上、二番めの史彰は六歳上と年が離れており、兄弟の交流は黄辺から見ても少なそうだった。それでも志波は、それなりに兄たちを尊敬していたと思う。

それが不本意に兄の相手を強姦して寝取り、その兄から存在まるごと貶《おとし》められるような言葉をかけられたのだ。志波は傷ついていたが、その後も史彰の恋人を寝取る事件は、数回続いた。

どんなにいやだと思っていても無理。兄の匂いがするその人が近くにいるだけで、理性が消えて襲ってしまうと、志波は毎回黄辺に泣いて話した。史彰の相手は「慣れてるから」と面白がるらしい。さらに悪いことに、史彰はわざと弟に、自分の恋人を寝取らせていた。

弟の匂いがついた恋人を、寝取り返すときが最高に気持ちいいからと。

――こういう種なんだ。いずれお前も同じ遊びをするさ。

嘲笑《あざわら》うようにそう言う、史彰の言葉は呪詛《じゅそ》だった。

――セックスって汚い。すごく汚い。

あんなことしたくない、と志波は泣いていた。自分が醜いバケモノみたいになる、発情した獣のようだと、志波は情事に走る自分を嫌っていた。

兄に玩具《がんぐ》にされて傷つく志波に寄り添いながらも、ある日黄辺はとうとう我慢ができなくなって、言ってしまった。

――久史が、俺を抱いたら……どうかな。

場所はいつもと同じ、誰もいないテニスクラブのロッカールームだった。泣き濡れた眼をあげた志波が、黄辺のことを困惑したように見つめていたのを覚えている。

その瞬間、頭の中で「間違えたかもしれない」という声がした。

けれどもう引き返せなかった。黄辺は焦って、早口で説明した。

――他で性欲を発散させておいたら、本能の衝動もコントロールできるかもしれないよ。だから、久史が俺を抱けば……お兄さんの恋人のこと、我慢できないかな。

二人はそのとき、十四歳になっていた。

一年かけて、一緒に本能に抗う方法を考えてきた。テニスに打ち込んだり、くたくたになるまでランニングしたり、医療関係の本を片っ端から読んでみたり。

けれどなにをやってもダメだった。「十分すぎるほどセックスしておけば、本能に耐えられる」というのは、オオムラサキ出身者の体験談として、ネットかなにかで拾った話だ。最後の手段としてセックスをしてみようと、黄辺は提案した。

けれど志波は、信じられないものを見るように黄辺を見ていた。

――……そんなふうに、黄辺を使いたくない。

苦しそうに、呻《うめ》くように言われたが、黄辺は「いいから抱いてみて。なにか変わるかもしれない」と、何度も頼んだ。本音を言うと、その提案は志波のためではなかった。黄辺はたとえ恋が実らなくても、せめて志波に抱かれたかったのだ。史彰の恋人を抱けるのなら、自分でもいいはず……。そう、思っていた。

——お前まで、どうしてそんなこと言うの……？

けれど黄辺の提案は、思いのほか志波を傷つけたらしかった。

——お前も僕に、史彰と同じ人間になれって？　好きでもない相手を、簡単に抱くような……そういう人間だって、思ってるの？

あのとき志波の瑠璃色の瞳には、絶望があったように思う。暗い眼差しを向けられて、黄辺は息を呑《の》んだ。

二十六歳の黄辺なら、引き返したかもしれない。

けれどそのときの黄辺はまだ子どもで、一度言い出したことを引っ込められなかった。我《わ》が儘《まま》だと分かっていても、どうしても抱いてほしかった。

結局、その日黄辺は誰もいないロッカールームで、初めて志波に抱かれた。

あとから考えてみると、あまりいいセックスではなかったと思う。

志波は経験が浅く、怒っていたせいか乱暴だったし、黄辺は初めてでなにをどうしていいか分からなかった。無理やりねじ込まれた後孔からは血が出て、黄辺は痛みに泣いたけれど、志波も怒って泣きそうだった。

そんな志波がかわいそうで、申し訳なくて、黄辺は痛みの中で腕を伸ばした。背中を抱きしめたとき、幼い胸に甘く豊かな感情が溢れた——あれは、愛だったと思う。

そこまでならまだ、美しい思い出として忘れられたのかもしれない。

間違った初体験。青春の過《あやま》ちとして、片付けられたのかもしれない。実際セックスをしたあとも、黄辺と志波の関係はそれほど変わらずに友だちのままだった。

けれどその翌日、テニスクラブの帰りに訪れた志波の家で、黄辺は史彰と会ってしまった。史彰は弟の匂いをつけた黄辺に舌なめずりし——黄辺はあっという間に組み敷かれ、泣いてもわめいても離してもらえずに、志波家のリビングの床で強姦されたのだった。

かかった時間は、ほんの十分かそこらだった。

志波が自室に荷物を持っていって、着替えて一階のリビングに戻ってくるまでの、わずかな時間に起きたことだ。本当なら黄辺は志波を待って、二人でゲームでもして遊んでから、別れる予定だった。

幼かった黄辺は、分かっていなかった。

オオムラサキの本能がいかに恐ろしく残酷か。他のオオムラサキがいる場所に、べつのオオムラサキの匂いをまとって出向くことが、いかに無謀で危険なことか。

一年間、苦しむ志波に寄り添っていてもなお、本当の意味ではその恐ろしさに気づいていなかったし、それはたぶん志波も同じだった。

志波がリビングに戻ってきたのは、すべてが終わるまさにその瞬間だった。二階から続く階段の途中で、志波は階下の様子に気づいて立ち止まり、黄辺は泣き濡れた眼で志波の顔を見上げた。その直後、腹の中に史彰の精液が注がれていた。

散々な光景だったと思う。史彰は、やだ、と暴れた黄辺の頰をひっぱたいて、着ていたジャージを破るように脱がせてきたから。黄辺の下半身は血と精液にまみれていたし、顔は腫れ、鼻血と涙でぐちゃぐちゃになっていた。

志波の端整な顔が歪《ゆが》み、絶望と怒りに青ざめているのが分かった。汚物を見るような視線――冷たい眼差しを、黄辺ははっきりと向けられたのだ。

(……痛い)

今でもあのときの、志波の視線を思い出すと胸がえぐれるように痛む。

自分の存在が恥ずかしく、汚らしいもののように思える。

――俺、汚いものになったんだ。

はっきりとそう感じたのも、あの瞬間からだった。

志波の性格がねじ曲がったのは、確実にそのあとからだった。おとなしくて内向的、素直で優しかった少年は、急に黄辺を罵《ののし》るようになった。

黄辺だけではなく、兄や世界、自分のことも呪い始めた。

なにも見えない夜空でもきれい、と話していたような志波が、自分や兄を蔑み、自暴自棄になっていく様はそばで見ていて辛かった。

志波はもう、兄の恋人を寝取っても泣かなくなった。けしかけられれば平気で寝た。黄辺のことはけっして史彰に近づけなくなったが、大和がオオムラサキの本能を芽生えさせると、志波は自分が兄にされたことをそのまま、黄辺を使って大和にやるようになった。

——黄辺、僕が抱いてあげるから、そのあと大和に抱かれてきて。

いつもそう命令された。黄辺はきくしかなくて受け入れた。

志波は黄辺を抱くと大和の周りをうろつかせ、本能に負けた大和が怒りながら黄辺を抱く。大和の匂いをつけた黄辺が帰ってきたら、志波はそれに満足して黄辺を抱く。

中学三年生から、高校二年生の初夏まで、その「遊び」は続いた。

志波と大和に交互に抱かれながら、黄辺は志波が抱いているのは自分ではなくて、大和なのだ……と分かった。大和にとってはただの迷惑行為だっただろう。大和は根が純粋なので、一番最初に黄辺を寝取ったとき、黄辺を傷つけたのではと心配までしてくれた。

——大和、違うんだよ。これは久史が、お前とセックスしたくてやってることなんだ。

そうは言えなくて、黄辺はわざと露悪的《ろあくてき》に笑ってみせ、「セックス好きだからいいんだよ」と大和を突き放した。

大和は以降、黄辺を憐《あわ》れむことはなく、志波もろとも「汚いやつら」とひとくくりにして、寝取りゲームに巻き込まれるたび腹を立て、わめき、怒り散らしていた。いいようにしやがって、ふざけるなよと怒る大和に黄辺は申し訳なさを感じていたが、志波は嗤って、「誰も愛せない種なんだから、せめて楽しもうよ」と挑発した。

おとなしく気が優しかったはずの志波は、大和が怒っているときだけ楽しそうで、それ以外にはなんの興味もなくなったように見えた。

黄辺は内心で、志波は本当に史彰のようになってしまったのか、それとも傷ついてしまったがゆえに、今だけおかしくなっているのか——判別がつかずに言いなりになった。

歪んだ「遊び」が終わったのは、大和が本当に好きな人と結ばれたときだ。

本音を言うと、黄辺は志波の行動を間違っていると思っていたし、大和に対しては並々ならぬ罪悪感もあった。なにもかもが歪《いびつ》で、おかしくて、気が狂っているとさえ。けれど志波に、「僕と大和に抱かれてね」と言われてしまうと、到底断れなかった。

最初に抱いてほしいと言ったのは自分なのだから、責任を取らねば、と思っていた。

志波はあきらかにいやがっていたのに、自分が望んだ。

そうして自分の不注意で、史彰に犯された。

志波が一番嫌いなことを、自分がさせてしまった。結果志波が狂ったのだ。せめて大和が傷つかないよう、抱かれるときはこれは遊びだという顔をし、大和も志波も、自分を大切にしなくていいというフリをした。

時には本当に淫乱《いんらん》になってしまえば楽に違いないと、ネットで知り合った男とホテルに行ったりもした。結果的には失敗で、大和ですら抱かれるとき辛いのに、よく知らない男に触られ、犯されたあとは数日眠れないほど気持ち悪くて落ち込むハメになった。

（せめて久史を嫌いになれたら……他の誰かを好きになれたら……）

そう思ったが、そんなことはどうあがいても無理だった。

もうやめたい、久史。何度もそう言おうか悩んだが、志波のことを初めに傷つけてしまった自分が、痛みを訴えていいとも思えなかった。

大和が恋人を見つけたときは、大和が志波のように壊れなかったことにホッとした。けれど同時に、志波の行動が過激化したらどうしようとか、大和以外のオオムラサキと自分を寝取り合ったらどうしよう、という懸念はあった。

ところが、大和が一人の相手を見つけたあと、志波は抜け殻のようになってしまい、黄辺どころか他の誰とも寝なくなった。それでも志波が結婚する二十歳の初夏までは、何度か抱かれた。だがそれはただの性欲処理で、黄辺は他のオオムラサキに抱かれるよう、二度と命じられることはなくなった。

大和と寝取りゲームをしていたころの志波は露悪的で、いつも誰かを、なにより自分自身を軽侮《けいぶ》していた。

オオムラサキだから寝取るのは仕方ない、一生誰も愛せない種だと揶揄しながら、大和を怒らせて楽しんでいた。それは一時期の、史彰によく似ていた。

だが寝取りゲームをやめたあとの志波は、憑《つ》きものが落ちたようにおとなしくなった。いつも無気力そうで、笑うこともめったになくなった。

(唯一好きだった大和を失って、もう久史は、なにをしても幸せになれないのかも……)

黄辺はそんなふうに思い、なにもできない自分がみじめで一人こっそりと泣いたりした。

大和がアメリカに渡ったのは、黄辺と志波が高校三年生の夏だ。卒業を半年後に控えながら、黄辺は頭の隅っこで理解していた。

——二十歳になれば久史は誰かと結婚する。そうしたら俺とももう、終わり。

その終わりまではそばにいよう、と思った。

どう試しても他の男を好きになれなかったし、どんなひどい扱いを受けても志波のことが好きなままだった。

そのうえ、自分が犯した罪を数えれば、限りがないように思えた。

志波に抱いてと言った罪。そのあと、史彰に抱かれた罪。そのことで志波を傷つけた罪。なによりそれが引き金になって、志波を歪めてしまった罪と——なんの関係もない大和を巻き込み、苦しい経験をさせた罪は、どうやっても償《つぐな》えないと思っていた。

だから志波が結婚するまでは尽くす。

きっと家庭を持ったら、志波は黄辺のいないところでも幸せになれるはず。そう信じていた。信じなければ、生きていられなかった。

静かな部屋の中には、オオムラサキの香りが漂い、志波の寝息が規則的に聞こえている。夜の闇の中、自分の細い体を見下ろして、黄辺は自分を汚れてるな、と思った。空しさと孤独が、胸にこみあげてくる。理由もなく、ただ生きていることが息苦しくなる瞬間だった。

こんな気持ちになる夜を、あといくつ越えていけばいいのだろう。

窓の向こうには真っ暗な闇夜に浮かぶ夜景が見え、それは地上の星空のようだった。どこかの一軒家に点っていた赤い光が、ちらちらと点滅したあと、消えていく。都心とはいえ、あと二時間もすれば、光はほとんど消えて闇が広がる。

この星の上にはいつか朝がくるけれど、黄辺の夜には朝はこない気がする。

淋しさを胸に抱いたまま、どうすることもできずに明けるのを待つ夜。

十四歳で志波に抱かれたあの日から、その夜は今日までずっと続いている気がする。そしてこの先も、永遠に続く気がする。

黄辺は身じろぎもせずに、じっと窓の向こうを見つめていた。深い深い闇のどこかで、朝が始まるとはやはり到底思えなかった。

三

アメリカの現地時間は二十一時過ぎだった。

フロリダを拠点に活動する大和《やまと》は、この時間なら電話に出てくれる。黄辺《きべ》は会社の空いている会議室から電話をかけようとして、通話ボタンを押せないまましばらく悩んでいた。

(久史《ひさふみ》のことで電話するのも、申し訳ないかな)

大和は先日マイアミ・オープンを準優勝の結果で終え、次の試合に向けて調整中だと聞いていた。そんな大切な時期に、自分のことで煩《わずら》わせたくない。どんなに有名なアスリートになっても、黄辺にとって大和は弟のような存在だ。

そのとき、じっと見つめていた携帯電話が振動した。着信だ。見ると、たった今電話をしようか悩んでいた大和からだった。

「も、もしもし。大和?」

『あ、黄辺? 今いいか?』

慌てて出ると、半年ぶりくらいに聞く一歳年下の幼馴染みの声がした。

「大丈夫だけど……どうしたの？　練習は？」

大和は「もう終わって帰るとこ」と言う。

『久史が離婚したって聞いた？　昨日電話あってさ。黄辺の住所訊《き》かれたから伝えたんだけど……。事後報告になってごめん、言ってよかったか？』

訊かれて、黄辺は大和が連絡してくれたわけに納得した。

「うん、まあなんていうか……今、あいつ俺の家に泊ってる」

『うわ……マジかよ。大丈夫だったの？』

大和は気遣うように、少し焦った声になった。黄辺はどう言ったものか悩んで、小さくため息を漏らした。

今朝、出勤前に志波《しば》を叩き起こし、朝食とコーヒーを与えた。温情《おんじょう》はここまでと決めていたので、家を出るよう命じた。けれど志波はまるで聞く耳を持たず、

「しばらく置いてって言ったでしょ」

と、動かなかった。黄辺の部屋にこだわる理由が分からずに理由を訊いても、「べつに大して意味はないよ」とはぐらかされてしまい、問答を続けているうちに出社時間が迫ってきたので、仕方なく鍵を預けて、仕事から帰るまでに出て行けと釘を刺しておいた。

だがおそらく、志波は部屋に居座っているだろう。

（どうせ都合がいいから、俺のとこに来ただけだろうな）

志波が黄辺のところへ来た理由など、それ以外に思いつかない。

なんにせよ、これ以上志波に居座られるのは困る。

今日だって、黄辺は匂い消しの薬を持っていなかったので、出勤途中人目を気にしながら市販薬を買った。市販の匂い消しは、処方薬に比べると効き目が弱い。いけないことだと知りながら、表示の倍量を飲んで出社した。志波のフェロモンの匂いは消えたが、体がだるい。このまま居候《いそうろう》されて、志波の好きなときに抱かれるのは困る。

「実は……ちょっと困ってて」

大和に迷惑をかけるのは忍びなかったが、黄辺一人ではどうにもできなさそうなので、結局助言を求めることにした。

「久史のやつ、俺の家から出て行かないって言い張ってるんだけど……」

『マジか……悪かったな、俺が住所教えたせいだ』

大和は素直な性分《しょうぶん》だから、心底申し訳なさそうに謝る。黄辺は慌てて、「全然、それはいいよ」と取りなした。

「俺が大和の立場でも教えたと思うし……」

『単純に、離婚の報告に行くんだろうなって思ってたからさ。黄辺が式でスピーチしてたし……義理もあるから。まさか居座るとは思ってなかった』

電話口で、黄辺は小さく苦笑した。同じオオムラサキ出身、いとこ同士で幼いころから親交があっても、大和は性根がまっすぐで志波の複雑な思考回路を理解できない節がある。昨日無理やり抱かれたなんて言ったら、ますます恐縮されそうで、黄辺は大和に細かいことは言えなかった。

「大和は久史から、離婚についてなんて聞いてる？」

黄辺には軽くしか話さなかった志波だが、大和にはもっと詳細を伝えているかもしれないと思い、訊いてみる。大和はうーん、と言いにくそうにしばし黙った。

『なんか……もともと奥さんと別居してたっぽいんだよな。俺もよく知らねーけど、三年くらい前から』

「……え」

黄辺は口をつぐむ。別居していたという事実に、ショックを受けた。

「仲が、悪くなってたってこと？」

『いや、もっとさっぱりした感じ。久史ももとから、奥さんに男いること気にしてないっぽくてさ。結婚はしてたけど、愛情はなかったかもしんねーな』

（子どももいたのに？）

けれどそれを口にするのはなんとなく憚《はばか》られた。

「……大和、前から知ってたの？　久史の奥さんに、その、べつの相手がいること……」

昨日志波は、妻には「結婚前から男がいた」と話していた。正直、信じられなかった。

(だって結婚前、俺にはそんなこと一言も言わなかった)

一体いつから志波はそれを知っていたのだろう、と思う。混乱している黄辺に、大和は『俺は、薄々気づいてたって感じ』と言う。

『たまに連絡とっても、家が静かでさ。誰もいねーの？　って三年くらい前に訊いたとき、奥さんと娘さんはべつのマンションに住んでるって言ってた。パパがいなくていいのかよって言ったら、パパはちゃんと一緒だって言われて、変だなって思ってた』

あ、でも娘は正真正銘《しょうしんしょうめい》、久史の子どもらしいけど、と大和は慌てて付け足した。

『もしかしたら、結婚前から全部分かってたのかも。久史ん家は本家だから。伯父さんすげえ怖いし、結婚しないとか絶対許されなかったろうし』

「……」

(どういうこと？　三年間、ずっと別居してたのか……？　奥さんは恋人と娘と三人で暮らしてて……久史は一人で住んでた？)

額にじわりと汗が浮かび、なぜか胃が痛む。瞼《まぶた》の裏には、六年前の結婚式で花嫁と並んでいた志波の姿が浮かんだ。

(幸せになれるって思ってたのに……)

俺も突っ込んだことは聞けてなくてさ、と大和が困ったように言っている。

『あいつがあんまり話したくなさそうだったから。でも、昨日俺に電話してきたときも、べつに落ち込んでるふうではなかったし、娘さんとも険悪ではなさそうだったけどな。たまに会ってたっぽい。あれだけ淡々としてると、逆にこっちが不安になるよな』

あいつ消えそうなときあるからな、と大和が呟く。消えそう、という言葉に、黄辺は急に不安を覚えた。

（そういえば久史、不動産とか全部、売ったって言ってたっけ。どうしてそんなこと？）

黄辺が物思いにふけって黙り込んだのを察したのか、大和は明るい声を出して、「ま、黄辺は気にすんな」と励ましてくれる。

『俺からも、黄辺ん家出るよう言ってみるわ。うちの親戚が迷惑かけてごめんな』

「あ……ううん。久史は俺にとっても……」

なんと形容すべきか数秒迷い、結局「俺にとっても、幼馴染みなんだし」と返した。

黄辺が志波の結婚後、あえて避けていたことを知っている大和は、電話の向こうでなんとも言いがたい微妙な空気を醸《かも》していた。たぶん、同情されているのだと思う。

「大和からも伝えてくれたら助かる。ありがとう」

なるべく明るく、穏やかに言ってから電話を切る。通話を終えると、我知らず深くため息が漏れていた。今さっき大和から聞いたことが、頭の中をぐるぐると回っていた。

（……まともな家庭じゃ、なかったのか？）

六年前の初夏、晴れやかな空の下で花びらのシャワーを浴びながら、新婦を伴い、祝福されていた志波の姿が脳裏をよぎる。志波は黄辺の前を通り過ぎていったが、一度だけ振り向いて、眼と眼が合った。

瑠璃色の瞳は静かで、無感情で、諦念《ていねん》に満ちていて……いつもの志波の顔に見えた。

それでも家庭を持って、子どもも生まれたのなら、幸せなはずだと思っていた。結婚生活を続けていく中で、もしかしたら志波はもとの優しい男に戻るかもしれないとも。

黄辺にはふと、思い出す記憶がある。

式のあと、無理やり短期留学をねじこんで三ヶ月海外に行き、志波とは距離をとった。その間に電話番号も住所も変え、帰国してからは徹底的に志波のいそうな場所を避けた。もともと、黄辺は経済学部で志波は理工学部。行動範囲が全然違うから、黄辺が避ければ志波と会うことはなかった。志波が結婚するまでは、黄辺のほうから理工学部に顔を出し、そこの食堂で昼を食べたりしていただけで、志波が黄辺の学部の近くに寄りつくことは皆無《かいむ》だった。

それでもばったり出くわすかもしれないと、緊張して過ごしていたのは留学から帰国して、最初の半年くらいで、一年近く経つころには諦めていた。

志波から黄辺を訪ねてくることは、きっと一生ないのだと。

——『久史んとこ、子ども生まれたって。女の子』

そのころ大和からメールをもらって、一瞬眼の前が真っ暗になったのを覚えている。

喜ばしいニュースのはずなのに、襲ってきた感情はショックだった。絶望でもあった。とうとう志波が、自分とは縁のない人間になってしまったと突きつけられた。

一方で、ようやく志波は本能の呪縛《じゅばく》を解かれ、幸せになれるのだという思いもあった。

そう、おめでたいね。と大和に返信してから数日間、黄辺はずっとそわそわと落ち着かず、大学の授業にも身が入らなかった。

（久史、どうしてるんだろう。幸せそうな顔、してるのかな）

娘が生まれたのだ。人の子の親になったのだ。

結婚前までの、無気力で諦念に満ちていた、あの志波ではなくなっているかもしれない。最後に一目だけでもいい、志波の変化を眼にしたいという欲求を抑えられずに、大和からの知らせを受けて四日め、黄辺は昼の時間にこっそりと理工学部の学部棟に向かった。

中には広い食堂が一つあり、黄辺とつるんでいたころは、志波はいつもそこで昼食をとっていた。今はもう違うかもしれない。結婚したのだから、弁当を持って来ていることもある……と思いながら、他にあてもないのでそっと食堂の入り口に立ち、中を窺った。

探しているうちに、奥のテーブルに座っている志波の姿を見つけた。

見た瞬間、どきんと心臓が跳ねたのを覚えている。

一年数ヶ月ぶりに見る志波は、見た目はなにも変わっていなかった。

食堂の一番普通の定食を食べている。

窓から差し込む陽光に、淡い色の髪がきらきらと光って見えた。同じ学部生の誰かが、志波になにか話しかけると、志波は顔をあげて答えたが、その表情も素《そ》っ気《け》なく、なんの感情もないように見えた……。

娘が生まれて、志波が幸せなのかどうかは、遠目に見ていてもまるで分からなかった。

そのとき志波が顔をあげて、黄辺と眼が合った。瑠璃色の瞳が、躊躇《ちゅうちょ》なくじっと黄辺を見つめてきたとき、黄辺は息を呑み、後ろに後ずさっていた。

そしてそのまま踵《きびす》を返して、食堂を立ち去ってしまった。最初は歩きで、だんだん早足に、最後は駆け足になって理工学部の敷地を出た。

後ろを振り返っても、志波は追いかけてきておらず、ほんの数分前のことなのに、志波と本当に眼が合ったのか自信がなくなった。ただ一つ、身にしみて分かった。黄辺にとっては志波が必要でも、志波にとってはそうではないのだと。

一年以上会わなくても平気で、娘が生まれてもその報告にも来ないのだから――。

それから一年が経ち、二年が経って、黄辺は大学を卒業した。

大手企業に就職し、働きながらも時々志波を思い出して、「幸せにしてるかな」と考えた。同時に、なにを心配しているんだろうと自分を愚かしく思った。

引きずっている自分とは違い、家庭を持ち、仕事をしている志波のほうが絶対幸せに決まっているだろうと。

学部棟の食堂で、つまらなさそうに座っていた志波久史。

その映像が、生涯最後の志波の記憶になるはずだと黄辺は思って生きてきた。

それなのに、三年前には結婚生活が破綻《はたん》していたと聞かされて、黄辺は困惑していた。

志波の言葉だけから推量《すいりょう》すると、結婚前から割り切った関係だったのかもしれない。

（……大学のとき、避けないで話しかけてれば……俺に、そのこと教えてくれたのかな）

考えても無意味なことを、つい思ってしまう。

――久史は、俺の知らないところで傷ついていたのかも……。

小さなころの黄辺が、また蘇ってきそうだ。志波を心配し、憐れむ自分。黄辺はそれを払いのけて抑え込んだけれど、頭の片隅にちらりと井出《いで》の姿が浮かんだ。家族のためにキャリアを捨てると言っていた。はたから聞いただけなら、井出の生活には愛があり、黄辺には幸せにすら見える。だが、本当のところはどうなのだろう。

家族と過ごしていると思っていた男が、実際には一人ぼっちで家にいたのだとしたら。考えるだけで胸が震えた。けれど同時に、それを自分が慰める必要なんてないとも思う。体の中で、二つの感情が揺らめいている。志波をかわいそうに思い、寄り添いたい気持ち。そんなことは絶対にしてはならないという気持ち。

（バカか。常識的に考えて、さっさと追い出したほうがいいに決まってる）

黄辺は一人、自分に言い聞かせるだけで精一杯だった。

家にいる志波が出て行ったか気がかりで、その日はあまり仕事にならなかった。

結局定時で仕事をあがり、最寄りのスーパーで夕飯の材料を買って戻ることにした。が、スーパーでは異様なまでに時間を要してしまった。

二人分の材料を手に取り、「いやいや、なんで二人分だよ」と思って食材を棚に戻す。けれどやっぱり買わなければ不便がある気がして、かごに入れ直す。

(久史に作る気か？　出てってほしいと思ってるのに。バカじゃないか)

なにかしてあげたい気持ちがどうしてもついてまわり、そのたびに黄辺は自己嫌悪した。気がつけば一時間半も店内をうろつき、結局多めに材料を買ってしまって、黄辺は自分を恨めしく感じた。

部屋にたどり着くと、玄関の鍵は開いたままで、志波のスニーカーが今朝見たときと同じ位置にあった。

(……出てってない)

なかば予想していたとおりだが、どっと疲労感に襲われた。心が乱れそうになるのを無理やり押し込めて、黄辺は怖い顔を作った。

「久史！　出てけって言ったろ！」

ずかずかと居間に乗り込むと、志波はソファに寝転んでおり、「あ、おかえり」と返事をした。昨日と同じ格好で、だらだらとテレビを見ている。まるでヒモのような姿に黄辺は苛立ったが、胸の奥で少しだけ嬉《うれ》しいと感じている自分がいて、落ち込んだ。もしもいなくなっていたら、それはそれで拍子抜けして、淋しかった気がするからだ。

（しっかりしろ。なんですぐ甘やかそうとするんだ）

自分を叱咤《しった》して、黄辺は厳しい声を出す。

「なんでまだいる？　言ったよな、俺が帰るまでに出てけって」

買ってきた材料を放り出し、志波の横たわっているソファの前に仁王立《におうだ》ちした。ここで甘い顔をしたら終わりだ。睨《にら》みつけ、なんとしても出て行ってもらおうと腹を決める。

「いや、まだ出て行かないって言ったでしょ」

どうでもよさそうな口調で、志波が反論してくる。

（こいつ、一日中家にいたのか？）

おそらくそうだろう。服も昨日と同じだし、カップボードには冷蔵庫に入れておいたビールの缶がのっている。だがそれに腹を立てたところで志波は出ていかないだろう。黄辺は一度深呼吸して、冷静になろうとした。

「……お前の主張なんて知らない。今すぐ、荷物をまとめて出てってくれ」

低い声で命じたが、志波は壁の時計を見て、「もう遅いから無理じゃない？」と言う。

「まだ八時だろ。どこのホテルでも泊まれるだろ？　なんなら実家に帰れよ！」

志波の実家は都心にあるし、そもそも志波は金に困っていないのだから、タクシーでもなんでも拾えばいい。だが志波は、もうこの言い争いに飽きたらしい。

「なんか作るの？　ネギ見えてる」

のんびりした動きでソファにうつ伏せになると、床に置いたスーパーの袋を指さした。怒鳴ろうがわめこうが、志波には通用しない。黄辺は仕方なく作戦を変更した。志波を無視して部屋着に着替え、キッチンに立つ。

エプロンをつけていると、志波がのっそりとソファから起き上がって、カウンター越しに黄辺を覗きこんできた。

「豚肉？　野菜炒め作るの？」

「お前に関係ないだろ」

「関係ある。食べるから」

子どものように言い切る志波に、黄辺はムッとした。

「なんで俺がお前に、夕飯食べさせなきゃいけないんだよ」

「……食べさせるよ、黄辺は」

不意に眼を細めて、志波が黄辺を見た。視線が交わる。瑠璃色の瞳には冷たい光が宿っていて、それが黄辺を黙らせようとしてくる。高校生のころ、大和とのセックスを命じられていたときと同じように——。

背筋にぞくりと悪寒が走る。

「僕にご飯作ってくれるでしょ？　黄辺のご飯、見てみたい」

にっこりと笑われて、いやだ、と言いたいのに声が出ない。腹の底にもやもやとした気持ちがたまってくる。罪悪感、嫌悪、怒り……それと、ほの暗い喜び。志波に、してあげられることがあるという喜び——。

これ以上眼を合わせているのがいやで、黄辺はうつむいて準備を始めた。しっかりしろ、しっかりしろ、と心の中で念じる。

命令されて、むかつくはずだ。腹が立つはずだ。志波のことを恨めしく、憎く思う。嬉しいなんて思ってはいけない。なにかしてあげられると、浮かれてはいけない。

——久史は本当は俺のこと、微塵《みじん》も興味ないんだから。

「あっち行っててくれ。……見られてると作りにくい」

かろうじて出した声は力がなく、弱々しい。精一杯の抵抗という感じで、情けなくなる。二十六歳にもなって、自分のことを玩具のように扱ってくる男一人上手くあしらえない。けれど黄辺が一番いやなのは、相手が自分にしていることは暴力だと分かっているのに、それを受け入れようとする自分がいることだった。

志波は「じゃあテレビ見てよ」と、あっさりリビングに戻っていった。取り出したキャベツを洗い、包丁を入れているときに、急に悔しさがこみあげてきて、泣きたくなった。

……食べさせるよ、黄辺は。

決めつけるように言われた。そしてその通りになっている。

また言いなりになっている自分の無力さを、黄辺はひしひしと感じていた。


「意外と庶民的な男料理作るんだね」

豚肉とキャベツの中華風炒めと、ネギと豆腐の味噌汁、白米。買い足したゴボウサラダの惣菜《そうざい》。用意したものを二人がけのダイニングテーブルに出したら、そんなふうに言われた。黄辺は会社でも自炊すると話すと、「カナッぺとか作ってそう」と反応されたことがある。志波も似たような感想だったのだろう、と思った。

「文句あるなら食べなくていいよ」

「なんで。あるわけないでしょ。いただきます」

志波は長めの髪を耳にかけて、丁寧に手を合わせた。

心なしか嬉しそうで、声が弾んでいた。

志波はきれいに箸《はし》を使って、繊細な容姿とは裏腹に、口を大きく開けて炒《いた》め物《もの》を食べる。

普段ミステリアスで妖艶な雰囲気なのに、食事のときは急に肉食獣のように野性的に見

える。それでいて所作《しょさ》が上品で、育ちの良さがにじみ出ている。ただ、一口が想像より大きいのだ。

志波の食事場面を見ると（オオムラサキ種なんだな……）と思えて、黄辺は昔、志波の食べる姿が好きだった。今も、箸ですくいあげられた肉と野菜が、一気に口の中へ運ばれるのを見たとたん、どぎまぎして居心地が悪くなった。好きだった気持ちが強くぶり返すのが怖くて、視線を逸《そ》らして食事に集中するようにした。

「食べ終わったら出てってくれ」

志波は生返事だった。「そうだねえ」と曖昧に呟くだけだ。

黄辺はため息をついた。

「そもそも、なんで俺の家なの」

出て行けと言い続けても無意味だから、黄辺は箸を置くとそう訊いた。ここから先は、踏み込めば聞きたくない言葉を言われる可能性があると分かっていて、それでも埒《らち》があかないから切り出した言葉だった。

「六年、連絡よこさなかっただろ。久史は俺のこと、忘れてたんじゃないのか？　……俺はもうお前の……」

一度息を呑み、勇気を出して続きを紡《つむ》ぐ。

「もう、お前の性具になるつもりはない。昔みたいに都合よく使わないでほしい」

できるだけ冷静に、けれど強く、気持ちを伝えたつもりだ。眼をあげて、志波の顔を見る。志波は口に入れていたものをごくりと飲み下したあと、じっと黄辺を見つめてきた。瑠璃色の瞳が、光を含んだように一瞬きらめく。

「……黄辺さ」

そっと切り出されて、黄辺は身構えた。またなにか命じるつもりだと思った。絶対にきくものか、と腹の中で決める。

「味噌汁上手だね。出汁《だし》からとってんだ」

だが言われたのは、全然関係のないことだった。

「なにで出汁とってるの？　煮干し？」

「煮干しだけど……そんなこと、どうでもいい。俺が今話してるのは」

「どうでもよくなくないでしょ。煮干しってはらわたとったりもしてるの？　なんか黄辺らしい。そういえばベランダで植物育ててんだね。家庭菜園？　それも黄辺っぽいよね」

「……っ、お前、なんなんだよ」

声が震えた。泣きたくなるのを、必死でこらえる。真面目に伝えた言葉が軽く流されて、自分の存在そのものが無視されたような気持ちになる。

（どうして、俺の話いつも聞いてくれないんだ？　聞く価値もないから？）

向き合ってもらえないことが悔しい。耳触《みみざわ》りのいい言葉で、丸めこもうとしてくる。

そんなふうに扱われることも、簡単に絆されそうな自分がいることも腹立たしくて、怒りが湧いてくる。

「久史、聞いて」

黄辺は心を奮い立たせて、必死に懇願《こんがん》した。

「俺は、もう昔みたいなのはいやなんだ。お前に振り回されて……そりゃ、お前だけが悪かったわけじゃない。俺だって断れなかったから、悪かった。でも大和にひどいことしたり、お前の好きなときに抱かれて、なのに結婚式のスピーチして、祝福して……」

言いながら、心の中がじくじくと痛む。古傷が開き、うずくような気持ち。歪んだ自分たちの関係を思い出すたびに、自己嫌悪と罪悪感がないまぜになってこみあげてくる。

「全部おかしかったろ。変だろ。普通じゃないだろ、異常だよ。そういうのもういやなんだ、普通に暮らしてたいんだ。愛情もないセックスとか、もうごめんだし、お前の言うときいて暮らすのはもういやなんだ……！」

だから出て行ってくれ。頼むから。

黄辺は頭を下げていた。

過去のことを口にすると、蓋《ふた》をして押さえ込んでいた感情がぶり返し、体が震えた。志波は聞いているのかいないのか、顔色一つ変えずに味噌汁をすすっている。

「……あのさ。過去の話なんか、僕はしてないんだけど」

そうして椀《わん》を置くと、志波は面倒くさそうに呟いた。

「まあ昔は、いろいろあったよね。でも大和はお前に怒ってないし、僕にとってはもうどうでもいいことだよ。寝取りゲームのとき、お前は傷ついてたんだろうけど……過去は変えられないんだから、仕方なくない？　謝れっていうなら、謝罪くらいするけどさ」

なんか、ズレてんだよね、と志波に続けられて、黄辺は信じられない気持ちで顔をあげて、志波を見つめた。

「ズレてるって、それはお前だろ……っ？」

思わず、声が大きくなる。志波は冷静だ。用意しておいたむぎ茶を飲んでいる。

「僕はズレてるよ。そうじゃなくて、黄辺の考えてることと僕の考えてることがズレてんの。昨日はあんなことしたけど、あれはただ……言ったとおりだよ。黄辺のイってる顔見たかっただけ。二十六歳の黄辺がどんなか、知りたかったし見たかったんだよ。もう見たから勝手に抱いたりしないし……昔みたいに他の男に抱かれてこいなんて言わない。分かってないかもだけど、そういうの、本当は全然興味ないんだよね」

説得力ない？　と独りごちて、志波が肩を竦める。

「今回は、黄辺の生活してるとこが見たいなって思ったから来たんだよ」

「……はあ？　なに、言ってんの？」

志波の言っていることが、一ミリも理解できない。当惑が顔にも声にも表われていたのだろう、志波は「まあ分かんないよね」と、うっそりと笑った。

「でも、額面通り受け取ってほしいんだよね。黄辺の生活が見てみたいの。一通り見終えたら、ちゃんと出てくからさ」

（こいつ、頭どうかしてるのか？）

黄辺はそう思った。

（久史の考えなんて、昔から分かったことないけど）

それにしても今ほど、分からないと思ったことはない気がする。黄辺の生活が見たいと言われても、それをそのまま受け取るのには無理があった。志波が黄辺にそれほど興味があるのなら、六年間も放っておくはずがないし、そもそも中高生のころに大和とのセックスの道具に使うこともなかったはずだ。

頭の中で神経が、じりじりと焼かれるような気がした。

幼いころのことがふと思い出される。

――すきなものは、きれいなもの。

志波と出会ったのは同じ幼稚園に通っていたからだ。その園で、一人一人自分の好きなものを言っていきましょうと言われて、車や飛行機、恐竜と答える男の子たちの中で志波だけがそう答えた。

きれいなものがすき。

三歳の自分がそれについてどう思ったのかは覚えていない。

けれど志波がそう言ったことだけは、くっきりと黄辺の中に残っている。

きっと当時の自分は、あまりにびっくりしたのだろうと思う。そしてその答えに惹《ひ》かれたから、自分から志波に近づいていったのだろうという気がする。

すきなものはきれいなもの。と、静かに答える同い年の男の子の、心の中を自分は知りたかったのではないか。物心つく前のことなだけに、黄辺の人生にはそのファーストインプレッションが強く刷り込まれていた。志波が好きなもの興味を持つものは、志波の感性で言う「きれいなもの」で、だから今も自分は含まれていないはずだと思う。

じっと黙り込んでいると、志波は少し息をついて「つまりね」と言葉を足した。

「僕に怯えないでってこと。伝わらない？」

「怯えてなんかない。俺だってハイクラスなんだよ」

からかうように眼を覗かれて腹が立ち、反論する。

「知ってるよ。キベリタテハ。きれいなチョウだよね」

「……もういい。お前と話すと頭おかしくなりそう」

黄辺は我慢できなくなり、会話を放棄《ほうき》した。

意味の分からない応酬《おうしゅう》が続くことがストレスだったし、これ以上なにか言っても、自分だけが取り乱し、傷つくだけのように思えた。頭まで下げて懇願したのに聞いてもらえなかった。ムカムカといやな気持ちが腹から湧いてくる。

(ひどい男、いやな男、むかつく男……)

いくつも悪口を並べ立てたが、そんな男を憎みきれない自分がいるから、みじめだ。

――お前は傷ついてたんだろうけど……過去は変えられないんだから、仕方なくない？謝れっていうなら、謝罪くらいするけどさ。

ついさっき言われた志波の言葉を理不尽だと思う。

なのに言い負かすことができず、悔しい。それでも昔、自分が志波の言いなりになっていたのは自分の責任で、自分が選んだことだと分かっている。

「黄辺」

そのとき腕が伸びてきて、大きな手が黄辺の髪に触れた。思わず志波を見る。志波は数秒無言で、じっと黄辺の顔を観察していた。瑠璃色の瞳が、黄辺の心情を探るようにきらめいている。

やがて優しげに微笑んで、志波は黄辺の髪を撫でた。

「ごちそうさま。片付けは僕がするよ」

立ち上がって、音一つたてずに食器を片付けていく。黄辺は飲みかけの味噌汁を飲み干すと、もう志波の姿を見たくなかったから、さっさと風呂へ向かった。

——黄辺の生活が見てみたいの。一通り見終えたら、ちゃんと出てくからさ。

そう言った志波は、その後二日経っても三日経っても出て行く気配すらなかった。会社の休みは一週間と聞いているが、一体いつまでいるつもりだろうと思いながら、黄辺はもう出て行けと言うのは諦めてしまっていた。

口では勝てない。腕力でも勝てない。なら、飽きるのを待ってなるべく無視して暮らすしかないと思った。

黄辺の生活が見てみたいと言ったわりに、志波は黄辺に関心がある様子ではない。

飢えさせるのもいやだし、ずっと同じ服を着られていると汚くていやなので、食事は与え、風呂に入らせ、持っている服の中でサイズが大きくて着れなかったものや、ウエストがゴムのものなどをいくつか貸した。志波は与えられるままに飲んで食べて着ている。時々、料理しているところを覗いてきたり、黄辺が育てている家庭菜園の品種を訊いてはくるが、それも暇つぶしのようだった。

大半はリビングのソファでごろごろしていて、志波が家に転がり込んできて四日めには、「デカい猫が家にいる」ような気分になってしまった。黄辺が話しかけなければ、志波からなにか言ってくることはほとんどないので、会話のない状態だった。

ただ志波の話にも真実が一つだけあって、最初の夜以来、志波は黄辺に手を出してこなかった。

（……まあそんな、いいものでもなかったんだろうな）

と、黄辺は思った。久しぶりだから抱いてみたが、何度もしたいほどではない。そう思われたのだろう。黄辺の自尊心には傷が入り、落ち込んだ。けれど抱いてほしいわけではない。何度も抱かれたら、ずっとそばにいてと願ってしまいそうで怖い。

いつか飽きたら出て行くはず。それまではなるべく関わらないと決めて、黄辺は遅くまで仕事をしたり、早めに帰宅したらできるだけ寝室にこもったりした。

それでも、志波のことを考えずに済むわけではなかった。気がつくと志波の本音はどこにあるのかと思い悩んでいた。

（結局訊けてない。奥さんと娘さんと、本当に三年も前から別居してたのか……）

大和から聞いたことを確認したい気持ちはあった。けれど訊いてどうする、とも思う。

（……もしも久史がこの六年、ずっと幸せじゃなかったとしても）

黄辺は自分にはなにもできないと思う。ただ勝手に幸せなはずだと決めつけていた自分に、落胆するだけの気がする。志波が結婚したあと、意地を張らずにそばにいたほうがよかったのではと、そんなふうに後悔もしたくない。

なのに広いファミリー向けのマンションに、一人ぼっちで帰っていたかもしれない志波のことを想像すると、黄辺は胸を締めつけられて落ち込んだ。

黄辺は日に何度も、自分には関係ない、関係ないと頭を振ってその想像を振り払った。志波の幸せについていくら考えても、黄辺には到底答えなど思いつかなかった。

志波がやって来てから五日めの午後、出先から戻ってくると、いつものごとく隣席の古《こ》山《やま》に話しかけられた。

「髙也《たかや》、今応接室で話してんの誰だか知ってる？」

「いえ、知りませんけど……」

分かるわけもなく答えるが、社内の空気はまたざわついていた。古山など、今日は一日内勤なのにネクタイをきちんと締め、背広まで着込んでいる。

（また井出さん？　じゃ、なさそうだな）

古山が身だしなみを整えているということは、取引先のお偉いさんだろう。

井出は今月いっぱいで会社を辞めることになっているが、今はまだ志波製薬に出向いている。井出のかわりは上長たちが考えているようだが、黄辺は自分がそこに回されないよう、来月から億単位の売り上げが出る案件に入る予定だった。稟議《りんぎ》も通っているし、大きな企画なので、たぶん出向させられないはずだ。

「なんと社長まで入ってる。ま、急に志波製薬の役員が顔出したらそうなるよな」

ひそひそ声で教えられ、また志波がらみの話か、と思うと聞くのがいやになった。今その会社の、たぶん上のほうに在籍するだろう男が、自分の家でヒモみたいに寝ているとは言えない。

「へえ、なんの用でしょうね。井出さんの仕事を引き継ぐ人が決まったのかな」

「バカか、そんな程度の用事で、天下の志波製薬の役員サマが来るわけねえだろ」

黄辺は古山の言葉が聞こえなかったフリをして立ち上がった。コーヒー淹れてきます、と言うと、古山は「高也。お前、志波製薬の話題避けるよな」と、目ざとく訊いてくる。

「出向がいやなだけです。古山さんが部長に告げ口して俺を飛ばすかもなって」

しれっと嘘をつく。古山はニヤニヤし、「俺にそんな権力あるか。大体、お前くらいできるやつを飛ばしたりしねえよ」と言うが、黄辺の言葉を信じてはなさそうだ。古山みたいに野心的なタイプに、志波との繋がりがバレたらのちのち面倒そうで、黄辺はさっさと休憩室に向かった。コーヒーを淹れて、少し経ったら戻るつもりだ。

角を曲がると、ちょうど応接室の扉が開き、部長と社長が出てくる。中にいる客にぺこぺこと頭を下げながら、どうぞこちらからお帰りくださいと声をかけている。

（あ、やば）

鉢合わせしてしまう――。さっと壁際に寄り、回避しようとしたときだった。

「……高也くん？」

名前を呼ばれて、黄辺は固まった。思わず背筋を伸ばして、出てきた男を見る。

細いフレームの眼鏡をかけ、髪をきれいに撫でつけた背の高い男がいた。がっしりとした体格に、上等そうな三つ揃いのスーツを着て、シックな時計を腕にはめている。瞳は瑠璃色——面差しが誰かに、とてつもなく似ている。

黄辺は一瞬記憶の箱がひっくり返ったような気がした。この顔を、どこかで見た。たしか志波の結婚式で……。

「……ふ、史仁《ふみひと》さん？」

思い出した名前は、志波の一番上の兄のものだった。史彰《ふみあき》とは何度か面識があったが、史仁とは志波の結婚式でしか会ったことがなかった。しかし史仁は黄辺をきちんと覚えていたようだ。名前を呼ぶと目元を緩ませて微笑んだ。驚くほど優しげな笑みだった。

「立派になったね。……あ、今のは不適切な表現だったたか。きみは白廣社《はくこうしゃ》さんの社員だったんだね」

柔らかな口調と、言ったあとで少し気まずそうに口元に指をあてる素直な態度を見て、黄辺はびっくりした。

志波の兄というと史彰の印象が強かったので、乱暴で無慈悲なイメージが根付いていたのだ。だが史仁の表情は、穏やかで落ち着いていた。

（久史……）

その姿にふと、十三歳までの志波のイメージが重なった。幼いころの志波も、どちらかというとこういう雰囲気に近かった、と思い出す。

「志波専務、うちの黄辺をご存知なんですか？」

黄辺の直属の部長が、驚いたように史仁に訊いている。史仁は微笑んで頷き、

「髙也くんは弟の友人です。幼いころはよくうちに遊びに来てくれてたんです」

と、言ってしまった。ずっと隠してきたことをよりによって上長に知られてしまい、黄辺は内心焦ったが、外面だけは取り繕って笑顔でいた。

「え……っ、そうですか。弟さんの。それはそれは」

眼を丸くした部長が、じろじろと黄辺を見る。瞳の奥に「なんで今まで言わなかった」という色が見えて、黄辺は冷たい汗が背中に浮き出る。きっとこのあと、ちくちくイヤミを言われるだろう。社長のほうは普段黄辺と関わりがないので、ほお、と頷いている。

「……あの、もしよろしければ髙也くんのお時間をいただいて大丈夫ですか？　個人的なことで相談がありまして」

そのとき、史仁がそんなことを言い出した。部長は「もちろん、どうぞどうぞ。応接室をお使いください。黄辺、お前このあと予定なかったろ」と、早口にまくしたてる。黄辺はなぜ、史仁が自分に用事があるのかが分からずに困った。

（どう考えても久史のことだ）

それ以外、あるわけがない。だがほとんど初対面の志波の兄と、二人きりでなにを話せというのか——逃げたかったが、社長も見ているのだから逃げられるわけがない。相手は志波製薬の取締役なのだ。

数分ののち、黄辺は史仁と向かい合わせに座っていた。他に人はおらず、二人きりだ。

「悪かったね、仕事中に」

緊張で胃が痛くなっていたが、優しく声をかけられて、黄辺は「い、いえ。とんでもないです」と笑顔を返した。

「弊社にはなにかご用があったんですか？」

一応探ると、大した話ではなかった。昨年度、白廣社が行った志波製薬のプロモーションで広告賞をとったものがあったが、史仁はそれを祝う席に仕事で出られなかったので、近場を通ったついでに、社長にお礼を伝えに立ち寄ったという。

史仁のことはよく知らないが、この内容を聞いただけだと「いい人」という印象だ。

「それにしても、不思議な感じだね。きみに会ったのは久史の結婚式以来だから……あのころは大学生だったし」

いかにもオオムラサキ種の大柄な体軀《たいく》でありながら、史仁の口調はどこまでも柔らかい。同じく柔らかい口調でも、突然心を突き刺すひどい言葉を投げつけてくる志波のことを知っているので警戒していたものの、彼の左手薬指にいくらか古びたプラチナのリングが見えて、少しだけ緊張が解けた。

(史仁さんは……結婚生活が、続いてるんだ)

志波の二番めの兄、史彰はとっくに離婚している。あんなクズじゃ結婚生活は続かないよね、と十五歳の志波が罵《ののし》っていたのを覚えている。

「あの……私にご用件というのは」

そっと訊くと、史仁は急に心配げな表情になり、「もしかしたらきみの家に、弟がいるんじゃないかと思って……」と切り出してきた。

「……久史なら、たしかにうちに来てます」

隠しても仕方がないので、正直に答える。

「ああ、そうか。やっぱり……それは本当に、迷惑をかけてすまない」

史仁は申し訳なさそうな声を出し、頭を下げた。取引先の重役に謝られているという事実にぎょっとして、黄辺は腰を浮かせ、「あの、やめてください。史仁さんが謝ることではありませんから」と慌てて言い募った。

「大和の電話できみの家にいるとは聞いてたんだ。……白廣社で働いているとは知らなかったから、ご実家を訪ねてみようか悩んでいたところだった。今日会えてよかったよ」

実家は、大和の家とは家族同士の親交もあるのだが、志波の家とは疎遠《そえん》だった。ごく普通の一般家庭だし、もしも史仁が訪ねてきたらきっと驚くだろう。そうならなくてよかった、と黄辺はホッとする。

「俺の家はホテルがわりにしているだけで、そのうち出て行くと本人も言ってましたから、そんな大ごとに思わないでいただければ……」

実際には黄辺にとっては大ごとなのだが、志波の家族にまで騒いでほしくはない。

「いや……きみには大変失礼な話なのだけれど……実は、久史がホテルなどじゃなくて、きみの家にいてくれるのなら、そのほうが安心なんだ。きみには不便をかけて申し訳ないのに、こんなことを言って、心からすまなく思ってる」

史仁はけれど、黄辺の予想とは正反対のことを言った。

てっきり早めに出ていかせるとか、実家に戻るように言うとか、そんな会話になると思っていたので、黄辺の家にいてほしいという内容に驚いて固まってしまった。

（ど、どういうこと？）

二十六にもなるいい年の男が、他人の家に厄介になっている状況なんて、大企業を経営する一族にとってはとんでもないことだろう。外聞《がいぶん》が悪いし、黄辺という取引先の平社員に弱みを握られている、という見方もできる。

史仁は瞳を曇らせて、痛みをこらえるような表情をしていた。志波と似た顔で、こんなふうに感情を豊かに表すことのできる史仁を見ていると、なぜだか複雑な気持ちだった。

「とても言いにくい話だ。……父に言ってても取り合ってもらえないんだが……」

どう言葉を繋げればいいのか迷っているように、用心深い様子で史仁は続けた。

「俺は弟が……久史が、自死するんじゃないかと疑っていてね」

言われた言葉に、黄辺の思考が止まった。

自死。

信じられない単語だった。

――なに言ってんの？

まさか。ありえない、と思う。

「あの、言っていいことと悪いことがあります」

声が震えた。今聞いた言葉、単語を、口にしたくなかった。

「きみの言うとおりだ、もちろん間違いであってほしいし、何度も否定した。だが……」

言いにくそうに、けれどもきっぱりと、史仁はそのあとを続けた。

「久史は離婚したあと、持ち物をすべて捨ててしまってね。資産は売り払って、半分以上実の娘に生前贈与した……。実家の、あの子の部屋はずっと手つかずで残しておいたんだけれど、そこにあった荷物も廃棄業者に引き渡して……母親の形見《かたみ》もあったんだよ。それもいらないと捨ててしまった」

聞いているうちに、全身からすうっと血の気がひいていく。つま先が冷たくなり、背筋がぞくっと寒くなる。

「会社に置いてあった私物もほとんど処分したようだ。着の身着のままになっていくあの子の様子が不安になって、こっそりデスクを調べたら、引き継ぎの資料と……退職願が出てきた」

「……退職願」

まだ提出されていないが、と史仁は言い、そのあと両手を組んでそこに額を押しつけ、うなだれる。苦しそうに、息を吐く。

「姪《めい》に……久史の娘だ。彼女に、最近久史からなにかもらったかと聞くと、手紙をもらったと言うんだ。読ませてもらったら、遺書のような内容で……」

「まさか……！」

気がつくと、黄辺は叫んで立ち上がっていた。体がぶるぶると震えている。今聞いたことのすべてが飲み込めず、思考は混乱していた。

史仁は顔をあげて、辛そうに黄辺を見つめ、「死ぬとは書かれてなかった」と言う。

眼の前がぐらぐらと揺れているような気がした。鼓動が速くなり、息があがってくる。

「……死ぬとは書かれていなかったが、会えなくなったときのことが書かれていた。そうなっても姪を愛してくれる人はたくさんいるし、自分も姪のことは想っているから、安心していいと。……久史は悪い人間じゃない。だが、娘に父親らしかったこともあまりなくてね。長年別居していたのもあるが……手紙なんて送るような柄じゃない」

だからなにか、考えがあって手紙を送ったのだろうと、史仁は続けた。

数秒、沈黙が流れる。

応接室に流れる静寂に、小さく耳鳴りがした。

「つじ、辻褄《つじつま》が、辻褄が、合わないですよ」

沈黙の空気に耐えられず、黄辺はやっと声を出した。

「死のうと、してる人間が、俺のところに来ますか？　ずっと会ってなかったのに……」

喘ぐように反論したが、黄辺の脳裏には資産を売り払ったと話していた志波や、持ち物なんていらないと言っていた志波が浮かんだ。

三年前から別居していたのなら、なぜ今になって離婚したのだろうと思っていた。もしかしたら、史仁の言うように自死を考えたから？

大切な人たちは傷つけないよう遠ざけて、一番どうでもいい黄辺のところへ、死までの準備期間、居座るつもりだとか？

(なにを考えて、なんのために生きてるんだろうってずっと思ってきたけど……そもそも、生きるつもりがないなら……)

そこまで考えて、いや、そんなわけがない、と黄辺は自分の疑問に反論する。

「ひさ、久史は……その、自分から死ぬような、そういう性分《しょうぶん》じゃ、ないはずです」

「そう思う。おそらく。俺もそうは思ってる。ただ……あの子は生きるのに倦《う》んでるところがあるから。生きていたいと思っているようにも見えなくて……情けないことだけど、俺にも確証がない。なにを考えて生きているのか、さっぱり分からない子だから」

きみも知ってるだろうけど、と史仁はため息をついた。

「なにかあったのかと何度訊いても、のらくらとかわされてね。なにを考えているのだか、よく分からないままなんだ」

「……」

史仁が困っている様子は、容易に想像できた。黄辺も、志波とまともに話し合いができないでいるからだ。

（だけど……あんな図太いやつが自死、なんて……）

考えがまとまらずに、ただ呆然《ぼうぜん》と突っ立っていることしかできない。

史仁は、きみの眼の届くところにいてくれるなら、そのほうがいい、と続けた。

「俺の考えすぎかもしれない。だが、あの子の身辺整理の仕方は異様だ。……髙也くんさえよければ、弟を見張る……というか、あの子が妙なことをしないかだけ、見ててくれたら助かる。もちろん、あの子がきみの家を出たら気にしなくていいし、きみにはなんの責任もない。ただ……もしなにか気がついたら、連絡をもらえないだろうか……」

史仁は丁寧に言葉を選びながら名刺を出し、プライベートの番号を書き足した。

「我が家の問題なのにすまない。父は無関心だし、久史は史彰と折り合いが悪くてね。

……実家には寄りつかない。俺が騒ぐと父が、それならいっそ久史を放擲《ほうてき》してしまえと言いかねないんだ。長男以外、子どもは使いどころがないと思っているような人だから」

黄辺はごくりと息を呑むと、のろのろと座り直し、名刺を受け取った。指が震えていた。それでも自分の名刺も取り出して、携帯電話の番号を書いて渡した。

──久史が死ぬつもりかどうかなんて、なんで俺が見張ってなきゃいけないんだ？

そんなことしたくない。久史に、また振り回されたくない。久史に、また尽くしたくない。そう思っているのに、苦しそうな史仁の顔を見ていると断れなかった。

（死ぬわけない。あいつは、自死するほど覚悟のあるやつじゃない……）

けれど、ばかばかしい、くだらない話だと言って押しのけることができなかった。

（久史、あの星座盤も処分したんだ……）

幼いころ大事にしていた、母親の形見。志波の母が書き込んだ、「しば　ひさふみ」という名前も入っていた。夜一緒に星を見るとき、いつも必ず使っていたことを、黄辺は鮮明に覚えていた。

（あいつ今、本当になにも持ってないんだ……）

そのことに、ただ漠然と恐怖を感じた。

それは幼いころからたびたび、黄辺が志波に感じてきたものだ。昔から、志波は現実というものに根付いていないように見えた。

地に足がつかず、人間なのにどこか人間ぽくなく、放っておけば消えてしまいそう。体のどこかに空《うつ》ろがあって、風船みたいにふわふわ飛んでいきそうだった。

好きなものを訊かれて「きれいなもの」と答える子ども。物心ついてから、なにが志波にとってのきれいなものなのか訊いたら、それは夜の星や、ガラスについた雨粒や木漏れ日など、とりとめなく出てきたが、どれも確実にあるとは言いがたく、存在していても手に入れることは難しい、ともすれば消えてしまいそうな無機物ばかりだった。

なににも執着のない志波の様子が、幼い黄辺には不思議にも美しくも映ったが、時々は怖かった。

――久史って妖精なのかも……、それか、神さま？

子どもの時分、童話など読んでいて出てくる人ならざるものに、黄辺は志波を重ねた。地上に生まれ落ちたけれど、そのうち月に帰ってしまうお姫様のようにも思えた。

――俺が重しになったら、久史は消えないかな。

そんなふうに思ってそばにいた。ふわふわと浮いていってしまいそうな志波の体の内側の、どこか空っぽの場所に、愛を詰めればいいのかと必死に愛したし、尽くした。いつかそこが幸せに満たされれば、志波はどこにも行かずに生きてくれるかもしれない。

志波のことをそんなふうに、どこか捉《とら》えどころのない、地に足のつかないものと感じていたのは、どうやら史仁も同じなのだろう。史仁の雰囲気は幼いころの志波の穏やかさに似通っているが、性質はまるで違う気がした。

「あの……史仁さんて、子どものころ」

気がつくと突拍子《とつぴようし》もなく、そんなことを訊いていた。

「三歳とか、四歳とか五歳とか……そのくらい小さいとき、なにが好きでした？」

深刻な顔で押し黙っていた史仁は、黄辺の質問に不思議そうに眼をしばたたいた。

だがすぐに微笑んで、「平凡で恥ずかしいんだが……新幹線が好きでね」と眼を細めた。

「うちには三人息子がいるんだが……三人とも俺と同じで電車が好きなんだ。血は争えないね。大のハイクラスが、休暇に新幹線を見に子どもを連れて行ったりして……」

子どもの話をするとき、史仁は気まずげにしたが、それでも瑠璃色の瞳いっぱいに、幸福そうな色をのせた。それからすぐに、そういえば久史は、そういうものに興味がない子だったな、と囁いて悲しげになった。

——この人は、久史とは違う。

黄辺は強烈に、そう感じた。

史仁は久史とはまるで違う。愛し愛されて暮らしている。自分の子どもを愛し、一方で心から弟を心配できる。

……愛の循環の中にいる人。

脳裏にちらりと、そんな言葉がよぎって、胸が苦しくなる。

（俺は、久史が結婚したら……史仁さんみたいになれるって、思ってたんじゃないか？）

史仁の左手薬指にしっかりとおさまっている、プラチナリングを見ながらそう気づく。

志波が家庭を持つことになったとき、たしかに落ち込んだ。けれど、「家庭」という確固としたもの、重たくて地に足のついたものを志波が持てることには、感謝した。単純にホッとしたのだ。

このふわふわとした男を、しっかりと地面に縫い付けてくれるなにかができると。

だが今、志波は離婚して家族と離れ、仕事も辞めようとしている。

（……俺は結局、久史のことなにも分かってなかったんだな）

結婚しても、子どもができても、幸せになる男ではなかった。

それらが重しになる男でもなかった。

志波のことは、死ぬわけがないと思っている。けれど、いつ死んでもおかしくないとも思っている。もし今日志波が消えてしまっても、黄辺は納得してしまいそうだった。

ずっとそうだった。幼いころから――二十歳で離れるまで。

この世界のなかに、志波を引き留めるものがあると、黄辺には思えなかった。

四

——久史《ひさふみ》が、自死するんじゃないかと疑っている。

志波《しば》の兄から言われた言葉に、黄辺《きべ》は計りしれない衝撃を受けたけれど、しばらくするとその考え自体があまりに荒唐無稽《こうとうむけい》に思われた。それでも、ほんのわずかでもその可能性があったら……と考えると、落ち着かなかった。

憂うつな気持ちのまま史仁《ふみひと》と別れたあとは、案の定部長と社長に捕まって、質問攻めにされた。黄辺は「志波家の三男と学生のときに付き合いがあった。ただ現在は疎遠で、コネクションと呼べるほどの関係ではないので言わなかった」と弁解した。完全に真実ではないが、嘘というわけでもない。

信じてもらえたかというと微妙だったが、今後志波製薬とのパイプとして使えるならい い、ということでそれ以上は追求されなかった。

「お前が仲良くしてた三男って、開発部にいる切れ者？　下の名前、たしか久史サン」

「ああ、うんまあ、そうですね」

社長室から解放されて自席に戻ると、古山《こやま》にそんなことを言われたが、黄辺はこのときまで志波が商品開発に携《たずさ》わっていることすら知らなかった。

「俺、お前に散々メシやら酒奢ってやったよな。忘れるなよ、髙也《たかや》」

古山に上機嫌で言われ、黄辺はさすがに辟易《へきえき》しながらその日は早めに帰宅した。急がなければ社長に会食に誘われると思い、わざと仕事用の携帯電話をデスクに置き去りにした。いつもなら絶対にやらない失礼なことだけれど、これ以上志波家との関係を根掘り葉掘り聞かれたくなかったのだ。それに今日は、一刻も早く志波の顔を確かめたかった。

自死、という言葉が頭の隅にこびりついているせいだ。

(なにを不安になってるんだ、俺は)

そう思うのに、地下鉄に乗っている間も、たった数駅がもどかしく感じた。

(久史に訊いた方がいいのかな。お前、死ぬつもりなのって……いや、無理か。奥さんとの別居のことさえ、訊けてないのに)

黄辺の不安とは裏腹に、帰宅すると志波はいつもどおりのんびりとソファで寛いでいた。

「おかえり」

声をかけられて、黄辺は端整な顔を見つめた。その中に憂《うれ》いや厭世《えんせい》の色がないか、死にたいという気持ちがないか、探すように。

志波は黄辺の買っておいた雑誌を、勝手に寝室から持ってきたらしい。ソファに寝転んで退屈そうにページをめくっている。やがて「なに?」と不思議そうに首を傾げた。

(……お前のお兄さんに会った。お前が死ぬんじゃないかって、言ってた)

喉元までこみあげてきた台詞を飲み込み、黄辺は「なんでもない」と眼を逸らした。

(死ぬわけない。こんな図太いやつ)

黄辺の家にあがりこんで、好き勝手に過ごしている。冷蔵庫も本棚も持ち主に訊かずに好きに扱う男だ。到底死ぬなんて思えない。

けれどふと、不安がよぎる。志波は黄辺が貸してやったスウェットパンツをはいているが、背丈が違うのでやや寸足らずだ。どこかに出かけた様子もなく、ゴミ箱を見ても今朝から増えたゴミがない。

「……あのさ、いつも昼飯どうしてんの?」

寝室に引っ込む前に訊いてみる。朝と夜は黄辺が自分のものを作るついでに食べさせているが、昼は知らない。そこまで考えてやる必要もないので気にしなかったが、外食した様子もなく、弁当の空き容器があるわけでもない。もちろん、料理した痕跡《こんせき》もない。

「昼?　食べてないけど」

「お腹……空《す》かないのか?」

「空くけど」

志波は黄辺の質問の意図が分からないように、不思議そうな顔をしていた。

「でもべつに、食べなくてもいいんじゃない？　朝と夜食べてるんだし」

「……」

正常な食欲がないのではないか、という疑いが小さく頭をもたげた。生きることに執着がないのなら、食べることにも執着がないだろう……と、思う。

「お前図体デカいのに、二食じゃいつか衰弱するぞ。……そういう不摂生、続けてたら」

一瞬息を呑み、勇気を出して続ける。

「死ぬぞ」

死ぬ、という言葉を言うとき、声が震えないか不安だった。志波は気にした様子もなく、

「一日中寝てるのにそんなエネルギーいらないよ」と笑う。だがすぐに、

「まあもし死ぬんでも、それも悪くないかもね」

などと、平気そうに続けた。黄辺は思わず動揺し、小さく肩を揺らしてしまった。

「悪くないって、なにが？」

「だんだん衰えて死ぬなら自然死でしょ。なら悪くないじゃない」

軽口なのか本気なのか分からない。ただ、急に胸に怒りがこみあげてくる。

「生きようとしないで死ぬのは消極的な自死だ。自然死とは違う」

思いがけず、投げつけるように言っていた。突然きつい口調になった黄辺を訝《いぶか》しんだのか、志波はわずかに眼を瞠《みは》り、こちらを見てくる。

黄辺はその視線から逃れるように寝室に入る。

いつの間にか、心臓が大きく鼓動していた。

(久史のこと、分からない……。お兄さんが自死を疑うほどだから、やっぱり昔以上におかしいのか？　離婚がきっかけで……死にたいって思うようになった？)

本人から死にたいと言われたわけではないのだから、深く考えるのはよそうと思うのに、思考はぐるぐるとまとまりなく胸の内を駆け巡った。


――青い空を、飛行機が飛んでいく。

いつしかその光景が、黄辺の視界を埋めている……。

高校三年生、十八歳の夏だった。

空港の展望デッキで、黄辺は志波と二人で、幼馴染みの大和《やまと》を乗せた機体を見送った。

大和はプロ入りし、いよいよアメリカに拠点を移すために発《た》っていった。これからは、もう余程のことがない限り日本には帰ってこないと分かっていた。

肌を焦がすほどきつい太陽光が、デッキ全体をじりじりと焼いていて、凭れた柵も熱かった。眼下には巨大な航空機がずらりと並び、出発の準備をしている。

大和の乗った機体は、飛び立つとあっという間に空にまぎれて見えなくなった。

「大丈夫？　淋しいんじゃない？」

黄辺は笑顔で——あのころは、いつもなるべく笑っていた——志波の顔を覗き込んだ。からかうような口調で訊いたけれど、本心では心配だった。

ひねくれてはいたものの、志波は大和のことを本気で好きだったと思う。志波が生き生きしていたのは、大和にいやがらせをしていたときだけだった。大和が恋人を作ってからは、抜け殻のようにおとなしくなってしまった。二人の寝取り騒動に巻き込まれなくなって、黄辺はホッとしていたけれど、同時に志波に抱かれる回数も減っていた。

——やっぱり久史は、大和だけが好きだったんだ。

そう感じたし、自分はもう、志波にとってほとんど要らない存在なのだろうな、と思うとたまらないものがあった。

「……淋しい、とかはないかな。一つ片付いたって感じ」

そのとき、志波はそう答えた。気負いのない、静かな表情だった。

「片付いた？」

どういう意味か理解できなくて、黄辺は不安になった気がする。戸惑って答えを待っていると、べつの航空機が滑走路に向かってゆっくりと移動しはじめるのが見えた。

志波は黄辺を振り向き、笑った。

「黄辺はさ、基本的に人間が好きでしょ。でも僕は好きな人が限られてるから」

そうすると一人一人が重たいわけ、と言われて、眼をしばたたく。それのなにが悪いとも思えないし、「片付いた」という言葉と、どう関連しているのかも分からない。

「人間として生まれた以上は、まあ、やるしかないことってあるけど。……この世に、僕がいたほうがいいって人は少ないほうが、楽だよね」

「……そんな、自分がいなきゃダメなんて人、普通の人にもそういないと思うけど」

志波の考えや言葉を、なるべく一般化したかった。普通のことにしたかった。特別なことにしたくなくて、みんなそうだという意味で言った。志波は眼を細めて呟いた。

「まあ、黄辺には分かんないと思うよ。お前は人を愛せるから」

——お前だって、大和を愛してただろ……。

見えない線を引かれたのを感じた。反発したくて、そう思った。そのとき滑走路から、航空機が飛び立った。

轟音《ごうおん》とともにあたりが暗くなり、不意になにも見えなくなった。

次の一瞬、展望デッキの柵から身を乗り出して、志波が下に落ちていった——。

「久史！」

声を張り上げた。闇に飲み込まれる志波の体。

どっと汗が噴き出て、黄辺は悲鳴をあげた。

「……っ、ひさ、久史」

かすれた声で名前を呼びながら、黄辺は飛び起きた。心臓が壊れたように激しく鳴っている。あたりは薄暗く、黄辺は自分のベッドに寝ていた。時計の針は五時を指している。

「……ゆ、夢？」

自分の体を見ると、家でいつも着ているパジャマだった。今は十八歳ではなく、二十六歳の自分だと気がつく。全身が汗みずくになっていた。

（夢だ）

強ばっていた体から、やっと緊張がほどけていく。それでもまだ震えていて、心臓の音がやけに大きく聞こえた。

夢だったが、十八歳のときに実際にあったできごとでもあった。卒業を控えた高校三年生の夏に、黄辺は志波と二人で、渡米する大和を見送った。もっともあのとき、展望デッキから志波が飛び降りたわけではなく、二人一緒に電車で帰った。

それでも、まるで本当にあったことのように生々しい。

（もし久史が死んだら、俺はどうなるんだろう……？）

頭の中が冷たくなり、黄辺は全身から力が脱けていく気がした。

もし志波が死んでしまったら。

──自分には、生きる意味がなくなるのではないか。

不意にそう思って、自分のことが怖くなる。普段必死に眼を逸らしている真実。志波がいなければ、生きる意味なんてない、と思っている黄辺の心がある。そこまで考えて、頭を振る。

（史仁さんに変なこと聞いたから……あんな夢を見ただけだ。忘れろ、忘れろ……）

必死になって、いやな考えを追い払おうとした。

二度寝もできそうになく、ベッドを出る。まだ不安な気持ちがおさまらずに、足音を忍ばせてそっと扉を開け、リビングを覗いた。いつもソファか床で寝ている男の大きな姿を探したが、志波はいなかった。

（あれ……？）

まさか、出て行った？　と、思った。もうこの家に来て六日めだし、遅くとも明日には仕事の休みも終わるはず。だから出て行ったのかもしれない。そう思った矢先、カップボードの上に、無造作に放られた志波の携帯電話を見つけた。

（久史……どこ？）

そっとリビングへ出て見回した。不安な気持ちが胸に渦巻いていく。

と、長窓の向こうに人影があった。ベランダに出て、柵に凭れている志波が見えた。志波は、ぐっと下を覗きこんでいる──。

「久史……っ」

いやな予感がした。さっき見た夢の映像が志波に重なって、黄辺は思わず窓に駆け寄っていた。ここは五階だ、落ちたら死んでしまう——。

「あれ。おはよ」

けれど勢い込んで窓を開けると、志波は振り返り、けだるげにタバコをふかしていた。黄辺は激しく鳴る心臓と、背に溢れた冷や汗を感じながら、息を呑んでその場にとどまった。自分の早とちりを理解したけれど、すぐには普段どおりの反応ができない。

「……タ、タバコ、吸ってたっけ？」

訊きたいことはそれじゃないのに、そんなことが口をついて出た。声はみっともなくかすれている。志波は携帯灰皿を取り出して、「たまに。月に二回くらい」と応じた。

答えを聞きながら、ようやく気持ちが落ち着いてきた。

(久史が、死んじゃうかと思った……なんて。俺、おかしいよな)

自分でも自分の行動に驚いていた。いくら史仁に言われたからといって、久史が飛び降りるのでは、と思うなど影響されすぎだと思う。

「なに？　タバコに驚いて走ってきたの？」

そのうえ志波に、慌てて窓を開けたことがバレていて、黄辺は気まずくなった。まさか、自死を疑ったとは口が裂けても言えない。

「それより、お前仕事は？　もう休み明けるんじゃないのか？」

下手なごまかし方だと分かっていたが、話題を変える。志波はそれ以上追求せずに、

「明日からね。ちゃんと行くよ」と言う。

そう言われても、志波が退職願を用意していると聞いているから、不安になった。

（いずれ、辞めるつもりなんだよな……？　仕事、辞めてどうするの……）

頭の中には訊きたいことが膨れ上がってくるが、自分が気にすることじゃない、とも思った。黙っていると、志波が小さく笑った。

「もしかして心配してる？　仕事着なら職場にあるから気にしなくていいよ」

どうやら黄辺が、志波の仕事着について考えていると思われたらしい。だがそれはそれで、たしかに不審に思っている点ではあった。

（こいつ、この六日、本当に服の一着も買わなかった）

なにも持っていない志波は、いつでもどこにでも行ってしまいそうに見えて、黄辺には怖い。勝手にどこにでも行けばいい……と思うけれど、それは自分の見えないところでも、人間らしい生活をしているはずだという安心感があっての話だった。

ぐっと拳を握りしめ、少しきつい口調で言う。

「服くらい……買えよ。俺のはサイズ合ってないだろ」

「なくていいよ、持ち重りする」

「……持ち重りって」

喘ぐように呟くと、志波は「なんでそんなこと言うの？」とでも言いたげな眼をした。

「持ってるうちにだんだん重たくなってくるでしょ、服でも人でも、なんでも」

さらりと、なんでもないことみたいに言う志波の顔を、黄辺は見つめた。志波は眼を細めて微笑み、黄辺が世話をしている家庭菜園の緑に触れて、「黄辺は逆か」と囁いた。

「なんか重たいもの持ってるほうが、好きそうだよね。……生き物の世話して、それがちっぽけでも生きる理由になってるんでしょ？」

「ばかに……してんのか？」

「まさか。いいことじゃない。愛があるってことだよ」

心臓が、まだどくどくと強く鼓動していた。

（じゃあお前はなんなんだ？　重たいもの全部、放り出してる途中ってこと……？）

それが全部消えたら、どうするつもりだろう。

夢の中に出てきた十八歳の志波のことを思い出した。大和が去ったことを、「片付いた」と言い、黄辺にその気持ちは分からないと決めつけていた、志波。

「……奥さんと娘さんのこと、愛してたからか……？」

気がつくと、つい口走っていた。志波がきょとんとして、黄辺を見る。

「愛してたのに上手くいかなかったから……だからそんな、自暴自棄みたいなことしてるのか？　持ってるものどんどん……不動産とかなにもかも、処分して、捨てて……」

言葉の途中で、志波がおかしそうに「あはっ」と声をあげて笑った。その反応にぎょっとして、黄辺は黙る。

「あ、ごめん。いや、愛とか考えたことなかった。奥さん……元奥さんね。あの人とは最初からそういう関係じゃないよ。結婚前から、子ども一人産んでくれたら自由にするって約束してたんだ」

初めて聞く話だった。黄辺は呆然としながら「いつ……？」と、呟いた。

「いつ……そういう約束したんだ？」

「だから、結婚前。父親が元奥さん連れてきて、結婚しろって言われて。断れなさそうだったから彼女と二人で話し合ったときに、結婚してもいいし子どもも一人なら産むけど、いつか離婚してほしいって言われたの。好きな人がいるって。じゃあそうしようって初めから合意だったんだよ」

「……知らなかった」

言わなかったもん、と志波はおかしげに眼を細めた。

なんで？　と訊きたかったが、声が出てこない。ただじわりと、胸が痛む。

（知ってたら……俺はお前から、離れなかったのに）

幸せな結婚じゃないと分かっていたら、去らなかった。

だがそう言ったところで、なんになるというのだろう?

「いつでも離婚できたけど、しばらく不都合だったからできなかったんだよ。元奥さんの男、年下なんだよね。司法試験受けてて……彼の収入が安定したら、離婚しようってことになってた。それで今になっただけ。娘が二歳になるころには、別居してたし」

そのほうがいいでしょ、と志波は言った。

「育てのお父さんのこと、心から慕うためにも。早いうちに名ばかりの父親からは離れて、一生をともにする三人で暮らした方が、ずっといい。合理的な判断しただけだよ」

愛とか、失敗とか、関係ないよと志波は結んだ。

黄辺はただひたすらにショックで、言葉を失っていた。

(合理的な判断って。……名ばかりの父親って。奥さんと、娘さんと……奥さんの恋人が一生をともに暮らす横で、お前は一人ぼっちなのに)

どうして平気そうな顔をしていられるのかと、黄辺は泣きたい気持ちになった。

二十歳のとき、黄辺は志波から結婚について、親が決めただけとは聞いていた。

それでも、家庭を持てば情が湧き、ごく普通の家族のようになるのだろうと思っていた。

鼻の奥が、つんとする。

娘が生まれたと大和に聞いたとき、こっそり押しかけた理工学部の学部棟。食堂の窓からの日差しを受けて、一人で食事する志波の髪がきらきらときらめいていた。

遠目に見つめて、久史は今幸せだろうかと、胸の中で思った。

（だってそれじゃ、だって……お前……あのときも、あのあとも）

――六年間ずっと、ずっと幸せじゃなかったのか？

ずっと、ずっと幸せじゃなかったのか――。

「……でも、でも、娘さんは……お前の子どもだろ、お前は、娘さんのことは」

愛してたろ、とは言葉が続けられなかった。志波は屈託なく微笑し、

「娘は、可愛かったよ。一緒にいたの二歳までだから、そんなに思い出はないけどね」

でも赤ん坊は面白かった、と続けた。

「……娘さんとは、別れるの、辛かったんじゃ、ないのか？」

志波は携帯電話の画面に、娘の写真を映していた。史仁から聞いただけだが、遺書めいた手紙も渡していたという。生前贈与として、相当な財産も与えたらしい。それがどれほどのものか知らないが、おそらく志波の娘はきっと一生遊んで暮らせるほどだろう。

愛していないわけがない。愛していないなら、そんなことをするはずがないと思う。けれど志波はうーん、と考えている。即答はなかった。瑠璃色の瞳は静かで、凪《な》いでいる。嘘はなく、どこまでも無垢だが、なんの感情もない瞳だった。

「娘と別れるのが、辛かった……とかはなかったなあ」

ぽつりと言う。元奥さんの恋人、いい人なのも知ってたし。可愛がってくれるって分か

ってたし、と続ける。

「元奥さんも稼げる人だし、再婚しても子どもはもう作らないって言ってた。まあ気が変わるかもしれないけど、娘のことは、大事にしてくれるって見てて分かってたから、心配してなかった」

僕と違ってちゃんと情のある人たちだから、と志波は呟く。

「娘が生まれたころは、面倒も見てた。もちろん可愛かったよ。できることはなんでもしてあげたい。でも……何度か思ったよ。これ、黄辺だったらどう育てたんだろうなって」

どんなこと感じて、どんなふうに、子どもと接するだろうとか。

志波が呟いて、黄辺は硬直した。なぜそこで、自分の名前が出るのか分からなかった。

「黄辺なら、違ってたろうな。黄辺なら娘を、もっと可愛がったろうなあと思ってた」

「……嘘つけ。そんなわけないだろ?」

胸が震える。会わなかった六年の間に、志波が自分のことなど思い出すはずがない。しかも子どもを見ながら思い出すなんて、もし本当なら黄辺に対しても残酷だが、子どもに対しても褒《ほ》められたことじゃない。それを今、唐突《とうとつ》に口に出すなんて……。ぎゅっと握った拳が震える。

(俺だって……俺だってお前の子ども、育てたかった……――)

不意に胸の中に、普段隠している気持ちが迫り上がってきて黄辺は唇を噛《か》んだ。

ばかげている、くだらない考え。愚かで不毛《ふもう》で、身勝手な気持ち。

それでも志波に抱かれてからずっと、いつかは志波が見知らぬ誰かと結婚してしまうと思い始めてからずっと、「もし俺が女だったら」とは何度も考えた。

十四歳で無理やり抱いてもらって、そのせいで汚いものになって、嫌われた。女でも愛されなかったかもしれないが、せめて子どもを産んで、家庭を作ってあげられる。重しになれる。志波の幸せを作ってあげられるかもしれない。そんなことを考えた。

考えるたび自分の気持ちを後ろ暗く感じ、自己嫌悪した。こんなことを思う自分が、今だっていやでたまらない。生まれてきた志波の実の娘と、その子を産み育てている元妻である女性に対しても、失礼極《きわ》まりないと感じてしまう。

けれど志波は黄辺のことをしばらくじっと見ただけで、「嘘じゃないよ」と話を戻した。

「僕が知ってるなかで黄辺が一番情が深いから。情が深い人なら、僕とは違う感じの親になるんだろうなって考えたんだよ」

志波の思考がどうなっているのか分からなくて、黄辺はただ押し黙った。

「娘が自分の子って実感は、最後までなかった。まあ僕が、おかしいんだろうね」

ぼんやりと囁く志波に、黄辺は息を止めた。志波が「おかしい」と言っているのは志波のことなのに、まるで自分に言われたようにショックを受けた。

そんなことない、お前はそう言うけど、娘さんを大事にしてたはずだ――そう、言いたくなる。でもそんなふうにとりなすのは、いかにもばかげていて、愚かに思える。

（ああ……これ、久史が結婚する前までの癖じゃないか）

黄辺はそう気づく。志波が自分を悪いもののように言うと、黄辺は決まってとりなしていた。そんなことないよ、お前はお前が言うより、ずっといい人間だと。志波が結婚するときにも、いい家庭にできると励ましていた。事実、黄辺はそれを信じていたのだ。

「当たり前」の「普通」の愛の循環の中に、志波だって入れると――。

そのとき、不意に志波が動く。そしていつの間にか志波は黄辺の眼の前に立っていた。

「なに……」

思わず顔をあげる。間近で志波が微笑んでいた。大きな両手で髪を包まれる。

「寝癖ついてる。……黄辺の髪、猫っ毛だよね」

可愛い、と囁かれて、黄辺は驚き、後じさりした。瑠璃色の瞳に笑みが浮かんでいる。優しくされる意味が分からず、全身が警戒で強ばる。すると志波はなにがおかしいのかまた笑って、「怖い？」と訊いてきた。

「なにが……」

喘ぐような、弱い声しか出なかった。

「僕が、自分の子どもも愛せない男だってことが。まあ……黄辺は、そんなの嘘だって思ってるんでしょ？」

黄辺はぎくりとした。

——自分の子どもも愛せない男。

志波の言った言葉を否定したい。でもできなくて、頭から払いのける。

「お前なんて怖くない。もうこの話は終わり……」

これ以上話していたら、もっと動揺してしまう。一度志波から離れようと、踵を返した瞬間だった。後ろから腹に腕が回され、ぐっと抱き寄せられた。志波の香りが鼻先に漂う。

「久史……、放せバカ……っ」

暴れようとしたが、さらにきつく抱きしめられて全身が志波の体軀に包まれる。足がもつれ、二人一緒にリビングに入ると、なだれ込むようにしてソファに組み敷かれた。

あっという間におとがいを指で挟まれ、黄辺は志波に口づけられていた。

「ん……っ」

やめろ、と言いたかったけれど、口を開けたとたんにぬるりと舌が入ってくる。性急に押し倒されたわりに、舌の動作はゆるやかで優しかった。

口内をゆっくりとなめ回されているうちに、思わず力が抜けた。抵抗をやめると、ついばむように数度キスされた。恋人のような甘やかな口づけだった。志波はいつの間にか、黄辺の髪を優しく撫でている。

「……やめて。やめて久史……なんで、急に」

口づけの合間に言うと、志波は黄辺の頬と瞼にも唇を落とした。甘やかすような仕草に、みじめだが胸が震えた。ああ、こんなふうにされてみたかった、とどこかで思ってしまったからだ。十四歳から二十歳までの間に、何度も抱かれた。

そのうちの一回でもいいから、恋人のように甘ったるく抱かれたかった……。

「……黄辺、僕のこと怖いって顔してた」

そのとき笑いを含んだ声で、ひっそりと志波が答えた。

「眼が怯えてたよ。……可愛かったから、キスしたくなった」

突然また、ショックで頭が白くなった。痛い。体が痛いのか、心が痛いのか分からない。

(……なにそれ)

俺が怯えてたから、キスしたってなに？

人を傷つけるのが好きなのかと、思わず耳を疑う。志波はそんな黄辺の顔を見て、「あはは」と楽しそうに声をあげた。つい、睨むように志波を見た。すると志波は「怒ってる？」と面白そうだった。

「二十歳までは、僕のことそんな顔で絶対見なかったじゃない。……いつもニコニコして、ご機嫌とってくれてた。本当の本当は、心の中で僕に腹立っってたでしょ？」

上半身を持ち上げ、黄辺の上に馬乗りになったまま、志波はにこやかに続けた。

「軽蔑、怒り、怯え……本当はそういうの感じてたんだよね。ずっと隠して、僕に合わせてくれてたんだよね。だって黄辺は……僕に同情してたから」

頭の中に、今言われた言葉が響き、それは黄辺の心を串刺しにした。

──軽蔑、怒り、怯え……本当はそういうの感じてたんだよね。ずっと隠して、僕に合わせてくれてたんだよね。だって黄辺は……僕に同情してたから。

「僕が愛せなくてかわいそうで、愛されなくてかわいそうに見えてたでしょ？　黄辺は……愛し愛されることが幸せだと思ってるから。そうできない僕が、憐れだったんだよね」

頭に伸びてきた志波の手を、黄辺は反射的にはたいていた。腹の底に怒りが湧く。

「……お前、なにがしたいの。俺を責めたいわけ？　やっぱり俺にムカついてて……だから、ここに来たのか」

志波の行動の、意味が分からない。怒りで声がかすれたが、志波は不思議そうに黄辺を見つめているだけだった。

「ムカついてるって、なにが？」

きょとんとした顔で、志波が眼をしばたたく。行動のなにもかもがえげつないのに、無邪気そうなその仕草に、ますます頭に血が上った。

「だから、俺が……十四歳のとき、お前に俺を抱かせたから……そのことに、お前はずっとムカついてるんだろうが……っ」

喉の奥から、叫び声が出た。ロッカールームでの苦い記憶が、脳裏に蘇ってくる。まだ優しくて、純粋だった志波を壊してしまった日。

史彰《ふみあき》に犯された黄辺を寝取りながら、志波は泣きじゃくっていた。

黄辺の後ろに突っ込んで揺さぶりながら、汚い、汚い、なんでこんなことさせるのと言っていた。

きれいなものが好きだった志波。

汚い黄辺を抱かせてしまった。それで心を壊した。

きっと志波には憎まれていると、あの日からずっと黄辺は思ってきた。

「……ああ。あれね」

志波は思い出したように呟く。どうでもよさそうな、興味のなさそうな声音だった。けれど黄辺は自分のことでいっぱいで、それには気づかずに、でも俺、と喘ぎながら言葉を接《つ》いだ。

「俺は謝ったろ？　お前が結婚する前……ずっと悪かったって。それに……それに、高校時代、俺はお前に言われたとおり……何度も大和を誘惑した！　だからもう、お前の復讐は終わってるだろ……！」

十分すぎるほど、自分は償ったと……本心では思い切れていない。

罪悪感はいまだにある。それでも、志波の言うとおり軽蔑も怒りも怯えも、笑顔で隠して言いなりになった。二十歳で結婚した志波から離れるまでは、ずっと聞き分けのいい幼馴染みでいたつもりだ。

「そうだよ、そうだよ……っ、俺は内心いやだったよ、お前に合わせてた、俺が悪いと思ってたから……っ。でもそれを、お前に嗤われるいわれはない……！」

志波はなにを思っているのか、じっと黄辺を見下ろして物思いにふけっている。

「……どけよ」

震える声で言ったが、志波は眼を細めただけだった。それからそっと指を伸ばして、黄辺の頬をゆっくりと撫でた。

「僕ね……十四歳でお前を抱いてから」

自分でこの話題を持ち出しておきながら、黄辺は志波の言葉に体を硬くした。これだけ長い付き合いの中で、十四歳のときの一連の出来事について、黄辺は志波からまともに本音を聞いたことがなかった。

志波がなにを言うのかと、全神経が耳に集まる。

（俺が憎かった？　……ずっと、恨んでた……？）

言われるかもしれない言葉に怯え、心臓が大きく音をたてたとき。志波が続けた。

「たまに思ってたことがある。……もし僕が、お前に育てられてたら、なにか違ってたのかもな。お前に僕のこと、育ててほしかったたって」

一瞬、黄辺は息をするのを忘れた。

(なに……言ってるんだ?)

予想もしていなかった言葉だった。

(育てる? 俺が、久史を?)

頭の中が、ごちゃごちゃとしてきた。どういう気持ちで、志波の言葉を受け止めていいか分からなかった。

「さっきも言ったけど——黄辺は僕が知るなかで、一番情の深い人だから。かわいそうに、お前はいつも僕を憐れんで……僕が誰か愛せないか気を揉《も》んでた。だから、そういう人が親だったら、僕の性格も……」

しばらく黙ってなにか思い出したような顔をしたのち、志波は続けた。

「もしかしたら僕も、大和みたいに育ってたのかなって」

ああいう、まっすぐで優しい、まっとうな人間に。

黄辺は驚きすぎて、言葉を失っていた。

——大和みたいに?

たしかに二人はいとこで、年も一つ違いで、比べるのは分かるが志波がそんなふうに考えていたなんて到底信じられなかった。

理解できずに固まっていると、やがて志波は小さく息をついて、笑った。

「だけどある日、べつに変わらなかったろうなと思ったんだよね」

お前に育てられても、変わらないって気づいたんだよ、と志波は言う。

「生まれつき、僕はこうなんだって分かった。僕は大和みたいにはなれないし、愛情深くもなれないし、まともに人と暮らしたりもできない。誰にどう育てられてても、僕は」

言ってから志波は、おかしそうに小さく笑った。

「僕は、自分の娘すら愛せなかったろうなって」

囁いた志波の瞳には、一点の曇りもなかった。志波は黄辺の頬から手を放し、立ち上がった。体を解放された黄辺は、呆然と志波を見上げていた。

今聞いたことが、咀嚼《そしゃく》できない。飲み込めない。結局のところ志波は、黄辺が十四歳で抱いてほしいと頼んだことをどう思っていたのだろう？

けれど確かめる前に黄辺の寝室で、アラームが鳴り始めた。志波はまだ動けないでいる黄辺に、「止めてきてあげるね」と声をかけて行ってしまった。

のろのろとソファに身を起こすと、心臓は相変わらず激しい脈動を繰り返している。志波が結局なんの話をしたかったのかは、いまだによく分からなかった。

分かったのはただ一つ、もしかしたら幼いころ――。

（久史は、本当は大和みたいに……なりたかったのかな）

本能に振り回されず、愛する人を自力で見つけたいとこ。まっすぐで愛に満ちていた幼馴染み。

志波もそうなりたかったのかなと、黄辺はぼんやりと思った。

五

——すきなものは、きれいなもの。

三歳のときにその言葉を聞いた。前後の記憶は曖昧で、あまり覚えていない。志波《しば》がそう答えたとき、黄辺《きべ》は吸い寄せられるように魅入られていた。

気がつけば、黄辺はいつも志波と一緒にいるようになった。

かけっこをすれば誰より足が速いのに、外遊びの時間には園庭の隅っこで草花を眺めたり、きれいな形の小石を見つけたりしている志波の隣に、ぴったりとくっついていた。

——どんなものがきれいなものなの？

黄辺にはそのころ、なにかをきれいと思う感覚がなかった。親しみや愛情から、母や姉をきれいと思うことはあった。でもそれは言い換えれば、愛しているという意味だ。

テレビで見るヒーロー番組や、巨大で力強いクレーン車や新幹線、古代にいたという恐竜や、捕食動物のてっぺんにいるホッキョクグマのような、大抵の男の子が好きだというもののなかに並べられる「きれいなもの」がなにか、黄辺は知りたかった。

志波はやがて、きれいだと思うものを見つけると、黄辺に教えてくれるようになった。ひっそりと咲く花や、ミツバチの産毛《うぶげ》、窓の雨だれや、嵐の日に雲の間を走る雷。教えてもらうたび、黄辺は志波の心の中にある美しい部分を、そっと明かされているような心地になった。志波の大切な秘密を、自分だけが知っている、そういう優越感もあった。

同じ園児に、志波の言う「きれいなもの」を気にかける子どもは誰もおらず、志波はちょっと変わったおとなしい子としてクラスではやや遠巻きにされていた。

小学校にあがる少し前だろうか。いつものように志波にくっついて園庭で遊んでいたとき、ふと志波が顔をあげて黄辺の髪を撫でたことがあった。

不思議に思っていると、志波は見たことがないほど嬉しそうに微笑んで、

——お日さまにあたってるきべくんのかみ、きれいなもの。

と、教えてくれた。

そのときの胸の高鳴りを、たぶん一生忘れないと思う。六歳の黄辺は、突然心臓の中で、誰かが太鼓でも鳴らしたのかと思った。

——ひさふみくんの「きれいなもの」のなかに、ぼくが入った！

という喜びは強烈で、黄辺は興奮しすぎた疲れから、家に帰るとすぐに眠ってしまった。

志波のいう「きれいなもの」に自分が数えられた——偶然だとしても——嬉しさはその

あとも消えず、黄辺はその日からずっと、志波がまた自分をきれいに思ってくれたら……と、考えていたと思う。

小学校に入学したのと同時に、黄辺は志波が入るというので近所のテニスクラブに入った。志波は入りたくなかったようだが、「運動しなきゃダメって」親に言われたという。黄辺は志波と一緒にいたくて、両親にクラブへの加入をねだると、「やりたいならいいよ」とあっさり許可をもらった。そこで初めて大和《やまと》と出会った。

僕のいとこ、とどこか照れくさそうに紹介する志波を、珍《めずら》しく感じたことを覚えている。志波は他人に興味がなくて、園でも黄辺以外の名前をほとんど覚えていないくらいだったから、いとこを紹介してはにかんでいることが、単純に新鮮だった。

しばらく一緒にいると、志波にとって大和が特別な存在だと幼心にも理解できた。大和は一つ年下だったけれど、身体能力は黄辺にもまったく劣っていなかった。快活で明るく、志波とは正反対に動き回っているのが好きで、いつも大声で喋り、好き嫌いもハッキリしていた。人見知りしない人なつこい子で、黄辺ともすぐ打ち解けた。

——オレんち、母さんいねーの。ひさふみといっしょ！

と教えられたときは、そうだったの？　とびっくりした。黄辺は志波の母が三歳で亡くなっていたことを、そのとき初めて知った。

三人で一緒にいるようになると、やがて志波の家庭がかなり複雑な状況にあることが見えてきた。大和には母親こそいないものの、テニスクラブによく迎えに来てくれ、練習を見学にくる父親や兄たちがいた。黄辺の両親や姉たちもそうだった。志波の家から来るのは、家政婦か弁護士だけだった。

そういえば小学校の入学式に来ていたのもその二人で、最初は年の離れた姉と兄かと思っていたが、のちのち志波の口から「お手伝いさんと弁護士さん」だと聞いた。

志波の家の中はどういう状態なのだろう？　黄辺は次第に不安になっていった。志波が彼らに懐《なつ》いているならなにも思わなかっただろうけれど、明らかにそうではなくて、家政婦も弁護士も、志波には事務的に接している様子だった。

志波が唯一、家族のように接していたのが大和だった。

——土曜日と日曜日は、大和の家に行けるんだ。

と、教えてくれたことがある。実際金曜日にテニスクラブがあると、帰りに志波を迎えにくるのは大和の父親だった。大和の父は、自分の息子のように志波の頭を撫で、見ていた練習の内容を褒めて、夕飯がなにかを教えて車に乗せていた。そのうち大和が黄辺のことを話したらしく、黄辺も時々、村崎《むらさき》家の夕飯に招待されるようになった。

大和の家は黄辺の家と同じ、母親が不在なだけでごく普通の、あたたかい家庭だった。

——ひさふみんちが「ほんけ」でオレんちが「ぶんけ」で、ひさふみの父さんがオレの父さんのおにいちゃんで、なのにみょうじがちがうの、変だよな。

みんなそろっての夕飯の席で、なにかの拍子に大和が言っていたのを覚えている。大和の父親が困った顔で説明した。

——分家の一つが断絶になりそうで、だから父さんが養子になったんだよ。

言った後で、大和の父は「うーん、難しいか？　なんて言えばいいかな……」と首をひねっているような人だった。

大和の兄たちはケラケラ笑い、父さん、うちのチビはそんな話興味ないって。ガキんちょが背伸びして分かったようなこと言ったんだよな？　と、大和をからかい、大和はふくれ面《づら》で抗議していた。からかいながらも、兄たちは一際《ひときわ》小さい大和を可愛がっているようで、すぐに膝の上に抱き上げたり、脇に挟んでくすぐったりし、村崎家の中にはいつもいっぱいに大和の笑い声がしていた。

黄辺はそんなときいつでも、ちらちらと、志波の様子を見るのが癖になっていた。

大和のことは容赦《ようしゃ》なくからかう村崎家の年長者たちも、小さいとはいえ本家の三男坊である志波にはある程度の節度を保っていた。

可愛がらない、というわけではなかった。大和の父親はたびたび志波に話しかけて、その頭を撫でていたし、兄たちもそうだった。でも「チビ」呼ばわりしてからかうことも、いやがっているのにくすぐることも、いつまでもぎゅうぎゅうと抱きしめるようなこともなかった。

それでも、村崎家の大人たちに話しかけられると、志波は少しはにかんだ。それがさらに黄辺には衝撃的だった。幼稚園の先生にも、家政婦にも弁護士にも、志波はそんな顔をしなかったからだ。

志波はこの家の人たちが好きなのだ、と思ったし、それが分かると黄辺は、大和が家の人たちから受けているあたたかなものを、志波にも分けてほしい……と思ったりした。それはどこか願いのような、祈りのようなものでもあった。

志波がほんの一抹《いちまつ》の淋しさも感じませんように。

幼い心の中で、いつもそんなことを願うようになっていた。

とはいえ村崎家への招待は、大和の兄たちが結婚して家を出たり、大和の父親の仕事が忙しくなったことでだんだん減っていった。

志波が八歳を過ぎるころにはほとんどなくなっていたのを覚えている。

黄辺は志波がそれを淋しがっているのでは、と思い、不安になった。今となっては余計なお世話でしかないが、まだ小さかった黄辺は自分の気持ちでいっぱいになり、ある日テニスクラブに見学に来ていた大和の父親に、まわりに誰もいないタイミングを見計らって、

「最近はどうして、久史《ひさふみ》をお家に呼ばないんですか？」と、訊いたことがある。

大和の父親は困り顔で、「兄さんとの……久史のお父さんとの約束でね」と漏らした。

土日に預かっていたのは、志波が小学校にあがるまでという約束で、それをなんとか、

大和が小学校へあがるまでに変更させたが、それ以上は無理だったらしい。

大和の父は、母親を同じ時期に亡くした我が子と志波を重ねて、せめて週末だけでも家庭らしい場所で育てたかったようだが、出張が増え、大和の兄たちも結婚して家を出て、物理的にも毎週、志波を預かれなくなってしまったという。

——黄辺くんは優しい子だね。よかったらずっと、大和と久史のそばにいてあげてほしい。あの子たちはオオムラサキ種で……普通の友だちが、とても貴重になるだろうから。

言われた言葉の意味、その重みを知るのはずっと後になったが、なぜか真剣な眼でそう頼まれたことは、黄辺の心にも印象深く残った。

そんな出来事を経て、小学校二年生の夏休みがきた。

一年生のときは、志波は村崎家にまるまる一ヶ月預けられていたらしいが、二年生ではそれを許してもらえなかった。

休暇に入る前の終業式のあと、夏休みどうするの？　と黄辺が訊くと、志波は「分からない。面倒みきれないから、どこかに行かせるって弁護士が言ってた」と淡々と答えた。

黄辺は、喉の詰まるような感覚を覚えて、なにも返せなかった。

ランドセルを背負って自分の家に帰り、「通信簿もらった？」と訊きながら、ぎゅうと抱きしめてくれる母親に迎えられると、黄辺はもう我慢できずに涙ぐんだ。

どうしたの？　と母はびっくりして訊いてきたけれど、黄辺はどう答えていいか分からなかった。学校から家に帰っても、志波は誰にもおかえりと言われないのかもしれない。こんなふうに抱きしめられたり、通信簿を見て頑張ったねと言ってくれる人も、いないかもしれない。

想像に過ぎないのに、考えただけで悲しかった。

親や年長の姉たちが、自分を可愛がってくれ、頭を撫でたり抱きしめたり、ときにはからかいつつも大好きと囁いてくれるのは、黄辺にとっては普通のことだった。

自分はこの世界に生まれてきてよくて、愛されるのが普通で、愛するのも普通。そして志波にも当然同じものが与えられていると——思い込んでいたことに気づいた。たぶんその思い込みは間違いで、志波にはこうした優しさは、用意されていないのだとも。

きれいなものが好きで、この世界の美しいものに心を寄せている、志波の世界が黄辺には不思議で、でも素晴らしく愛すべきものに思えた。

だから惹かれていた。なのに、その志波を無条件に抱きしめて、愛している人がいないのかもしれない……と感じると、いてもたってもいられないほどに苦しかった。

玄関先で泣いている間ずっと、黄辺は母に背を撫でてもらえたが、志波が泣いたら誰が背を撫でてあげるんだろう？　と考えると、余計に泣けた。

そんなことがあった日の夜。

志波が、家政婦と弁護士と一緒に黄辺の家へやって来た。

すが。

——夏休みの間、お子さんをこちらの志波久史さんと一緒に、山荘にお連れしたいので

突然の訪問を謝罪したあと、弁護士は黄辺の両親にそんなことを言った。

弁護士は事前に電話をしてきて、父母がそろっている時間に訪問してきた。

弁護士は、志波が夏休みの間、関東北部の山荘で過ごすこと、同行者は家政婦であること、子ども一人でいても飽きるだろうから友人を招待したいこと、宿題や衣食住の問題はすべて面倒をみてくれること、体調面で問題が出ればすぐに家に戻す旨を事務的に伝えた。

——久史さんに、一番仲の良いお友だちの名前をお聞きしたら、黄辺髙也《たかや》さんとのことでしたので、失礼を承知でお願いに参りました。

丁寧に頭を下げられて、初めは驚いていた両親も、やがて話を受け入れた。それに黄辺が家で、志波の話を毎日のようにしていたこともあって、高也が行きたいならいいわよと言われた。黄辺はすぐに「行く」と返事をした。

話を聞いている途中から、夏休み中、志波と一緒にいられるかもしれないという期待で胸が膨らんでいた。だからなんの迷いもなかった。

志波のほうは黄辺が行くと即答したとき、びっくりして眼を見開いていた。弁護士が黄辺の親に説明をしている間も、どこかふて腐れたような顔をしていたから、もしかしたら迷惑だったろうか、とちらと思ったけれど、それでも選ばれたならそばにいたいと思った。

東京から離れた山の中に、志波を一人になんてしたくなかった。

言葉もなく自分を見つめている志波に、黄辺は楽しみ！　と笑ってみせた。志波は瞳を揺らし、申し訳なさそうに眉をハの字にしていた。

謝られたのは、翌日、山荘へ向かう車中でのことだ。

——ごめんね、まきこんで。

志波はそう言った。

——家にいたかったでしょ？　弁護士に、仲のいい友だちの名前を訊かれて、黄辺って言っただけなんだ。山荘に一緒に行くことになるなんて、思ってなかった。

変な家でしょ、うち。

小さな声で、志波がそう付け加えた。

普通の家庭ではない。それは、黄辺も薄々感じていた。

けれどそんなことは、黄辺にはどうでもよかった。

志波は黄辺を巻き込んだと申し訳なく思っている様子だったが、黄辺は志波と夏休みを過ごせることになり、純粋に嬉しかった。離れている間ずっと、誰かから優しくしてもらうたびに——久史には同じものが与えられているんだろうか……と、悩まなくてすむ。それに自分にだって、志波の背を撫でたり、そばに寄り添ったりはできる。父母や姉が自分に与えてくれるものを、真似して与えることはできるはずだと思った。

——俺は嬉しいよ。毎年でもいい。久史がしてほしいこと、なんでもするよ。久史の好きなきれいなもの、山の中ならきっといっぱいあるよね。全部教えてね。

笑ってほしくて、精一杯の気持ちをこめてそう言った気がする。

顔をあげた志波が、まぶしそうに眼を細めて、じっと黄辺を見ていた。やがて小さく、うん、と言ってくれたときはホッとした。

そうして、山荘で過ごす夏休みは、小学生の間毎年続くようになった。

山には森があり、川があり、夜になると満天の星が見えた。

志波の好きなきれいなものがいたるところに溢れていた。

それらを見つけるたび志波は「きれいだね」と笑った。瑠璃色の瞳は喜びにきらめき、活力に溢れた。志波がそんな眼をするたびに、黄辺は心が軽くなり、ホッとした。嬉しかった。安堵《あんど》した。

——久史、今、幸せなんだ……。

そう思えた。

そばにいつづけて、志波の心が弾む瞬間を心待ちにして、幸せを願って過ごして。

歳月はたちまち過ぎてゆき、十一歳の夏がやってきたある日のことだった。

志波家の山荘には古い本がぎっしりと詰まった本棚があり、雨が降ると二人でその棚から適当な本を抜き出して読んだりした。

その日も雨で、古い詩集を読んでいた志波が、ふと訊いてきた。

——黄辺、愛って分かる？

愛。突然の壮大すぎる言葉に、一瞬戸惑いながら「なんで？」と訊ね、志波の手元の本を覗いた。

——ここに愛って書いてある。

見せられたのは、一篇の詩だった。指さされた箇所を、黄辺は眼で追って読んだ。


世界はいつも、愛で回っている。

世界は愛の循環の中にある。

愛の夜明けは、喜びの始まり。わたしとあなたは、永遠にともにある……。


志波は「ほんとかな？」と呟いて首を傾げた。

——愛ってどんな感じなの？

無垢な瞳に見つめられて問われると、黄辺も困った。ただ思い出したのは、夜眠るときに母親が黄辺を抱きしめて、大好き、愛してるよと言ってくれること。

けれど、母親を亡くしている志波には言いづらかった。

十一歳になるころには、黄辺は志波の家にもよく遊びに行くようになり、志波の家にはほとんど人がいないのを知った。黄辺はがらんとした志波の広い家を思うと、いつも胸に淋しさが広がる。

――幸せに、笑っててほしいって思う気持ちじゃない？

少し考えてそう言った。志波は特別感動した風も、納得した風もなく、ただ他人事《ひとごと》のように「ふうん」と頷いただけだった。

けれどそのとき、はからずも黄辺には分かったことがあった。黄辺は志波に幸せでいてほしいし、笑っていてほしいと、いつもいつも感じてきた。自分はずっと――そうとは知らずに、志波だけを強烈に愛してきたのだと……。

――俺、久史が好きだったんだ。

それは胸の奥に、恋の芽が芽吹いた瞬間だった。

知らずに愛してきた。笑ってほしい。幸せでいてほしい。そばにいて、それを見ていたい。そのために与えられるものは、なんだって与える。

この感情は、愛だ。愛が、黄辺の生き方を決めていた。いつの間にか、たぶん志波に出会って惹かれた瞬間からずっと。

――お日さまにあたってるきべくんのかみ、きれいなもの。

不意に耳の奥に、その言葉が蘇った。あのとき幼い手で、髪を撫でられた。志波の心の中に入りたい。きれいなものに数えられたい。「きれいなもの」として志波が黄辺を見てくれて、黄辺が志波を愛したら。

志波も幸せでいられるのではないか？

愛で回るこの世界の中に、志波を引き留めておけるのではないかと——そう思った。


「……私が、志波製薬に出向、ですか」

その日、出社した黄辺は、営業部の部長に呼び出され会議室にいた。

会議室には、部長どころではなく直属の上司である課長と、さらにはほとんど言葉をかわしたこともない社長までがそろっていた。

「既に辞令も出ている。きみが誰より適任だろう」

社長からじきじきに言われては、断れるはずがない。黄辺はごくりと息を呑んだ。昨日、志波製薬とのつながりが社内に知られてしまったので、そのうち出向を命じられるだろうと覚悟してはいたが、さすがに翌日になるとは思っていなかった。諸々の調整もあるし、数日は時間がもらえるはずだと当て込んでいた。

「あの……ですが、来月から私の担当する大型プロモーションはどうなりますか？」

わずかな抵抗として訊いてみたが、部長は「それなら古山《こやま》に任せるから」と決めてしまっていた。そこまで言われると、ただの会社員でしかない黄辺にはもう、打てる手立てがない。

（一応楽しみにしていた仕事なのにな……）

自分でなくともいいのかと思うと落胆のようなものが湧いたが、一方で志波製薬への出向に関しては、期待されているからだというのも理解していた。

それでもなんでも、もっと前に出向を命じられていたら、黄辺は会社を辞めようとしたかもしれない。けれど今は、昨日までとは状況が違っていた。

――もしかしたら僕も、大和みたいに育ってたのかなって。

志波の自死を史仁から匂わされて混乱していた早朝、言い合いの中でふと聞いた言葉が、黄辺の脳裏にこびりついていた。

（大和みたいになりたかった……？　憧れてて、好きだったから？　大和を、愛してたから……？　でもなれないと分かった。それと、資産を全部売り払うのと、退職しようとしてること、久史の中ではどう関係してるんだろう）

今朝からもやもやと考え、過去のことを思い出しては結びつけようとしたが、やっぱりよく分からなかった。会社での志波がどうしているのか、正直言って気になる。

幸せなはずだと思ってそばを離れていた六年、志波はたぶん幸せではなかった。

ならば今はどうなのか、どこかに志波が幸せになれるなにかが存在しているのか、知りたいと黄辺は思っていた。

(出向は避けたかった。……でも、久史の、普段の生活が見れる)

そうしたら、もしかしたら少しくらい、志波の真意が分かるかもしれない。

離れた六年が、間違いだったかもしれないと感じたから、ちゃんと知りたいと思った。

「お話、お受けします」

だから黄辺は、出向の話をおとなしく受け入れたのだった。


(とうとうこの日が来てしまった……)

内心で、小さくため息をついた。今日は、志波製薬への出向初日だ。

「このスーツで大丈夫そうかな……」

寝室の姿見に映る自分を見て、独りごちる。

四月も後半に入るころだ。チャコールグレーのスーツは三つ揃いでやや暑苦しいが、背広を脱いでもベストがあるので、多少着崩したところできちんとした感じが出る。

歯磨きも朝ご飯も済ませ、準備は万端《ばんたん》。あとは家を出るだけだ。志波のほうは、もうとっくに仕事のために家を出ている。

そう、志波は結局有給休暇が終わってからも黄辺のマンションに居座っていて、ここから出勤している状態だった。

そして黄辺は今日の今日まで、志波に出向のことを話せていない。

出向が決まってから今日まで、およそ二週間、黄辺はずっと思い悩んでいた。

一つは志波に、出向のことを打ち明けるかどうか。普通に考えればどうせいつかはバレるのだし、すぐに話したほうがいいと分かっていたけれど、勇気が出なかった。

もしも職場が一緒になると知ったら、志波はふいっと黄辺のマンションから出て行くかもしれない──なんとなく、そう思ったからだ。

その気持ちはもう一つの悩みにも通じていて、結局のところいまだに志波が、なにを求めて黄辺の家に居座っているのか分からない、というのがあった。

志波は実家にも帰らずに身辺整理をしている。

なにか目的があってそうしているのなら、黄辺の家にいるのは「邪魔されないから」という可能性がある。それなのに職場が一緒になったら、たとえば監視されるとか、干渉されると思われて、出て行くかもしれないと黄辺は危惧《きぐ》していた。

（最初は出て行ってほしかったけど……今の状態で久史から離れるのは逆に怖い）

自分のマンションを出たら、志波と世間を繋いでいる糸がぷつんと切れて、退職願を出して、そのまま消えてしまうのでは。

いくら黄辺が懇切丁寧に事情を説明して、史仁の心配を伝えて、堅実な生活を説いたところで、志波はためらいなく自分の好きにする。

志波がなにを考えているか分からない以上、賭けに出られなかった。

(でも、一言も話さず当日を迎えてしまってよかったのかな……これでバレたあと、出ていかれたらどうすればいいいんだ……)

黄辺の個人的な悩みなどお構いなしに、古山をはじめ部署の同僚は出向にお祝いムードだった。

井出《いで》と違い、黄辺の場合は志波製薬との太いパイプを期待されての出向。しかも社長から直《じか》に託《たく》されたとあって、出向先で成果が出せれば即出世コースだと思われている。部長は大型連休前に黄辺を送りたいらしく、井出に余った有給休暇の全取得を促《うなが》したので、結局黄辺は五月を待たずに志波製薬に入ることになった。

その間の志波がどうしていたかというと——なにも変わらずに、黄辺の部屋に寝泊まりしていた。

変わったことといえば、一週間の有休が明けたので会社に行くようになったこと。そして黄辺と同じくらいの時間に帰ってくる。

仕事場に服を置いてあると言っていたのは本当のようで、唯一持っている普段着で出社した志波は、帰りにはスーツを着て戻ってきた。鍵はどうするのだろうと思っていたら、いつの間にか合鍵を作られていて、黄辺は自分のうかつさを思い知った。

志波は、スーツを着て行った日は普段着で帰ってきて、普段着で出社した日はスーツを着て帰ってくる。どうやら終業後、服をクリーニングに出して翌朝受け取っているらしい。黄辺が見るかぎり、スーツは二着を着回している様子だ。

それを見ると、以前古山から聞いたとおり、志波は「開発担当」なのだろう。開発系なら、職場によってはパーカーやトレーナーを着ていってもさほど叱られない。

志波には話せなかったが、史仁には、出向が決まったあとにもらっていた名刺のアドレスにあてて、メールをした。すぐに着信があり、短い時間だが会話した。史仁は自分と話したせいで出向になったのではと気遣ってくれ、黄辺は「ありがたいお話ですので」と建前を伝えた。

志波の近況について訊ねられて、「特に変わりなく過ごしてます」という話をした。史仁が言うには、会社でも普通のようだ。今のところは、退職願も出されていないらしい。

黄辺に自分を育ててほしかったとか、大和のようになりたかったとか、娘を愛せなかったとか——思ってもみなかった言葉を告げられて以来、黄辺は志波がまたなにか突拍子もないことを言うのではと身構えていたが、それもないまま日々は過ぎていた。

志波はただ仕事に行き、帰ってくると食事をとり、ソファで眠るだけだった。

その間で印象に残ったことは、黄辺の本棚から勝手に持ち出した旅行雑誌を見ていた志波が、「ねえ、この中ならどこ行きたい？」と話しかけてきたことくらいだ。

国内の絶景ポイントを集めた雑誌だったが、写真集のような作りで、一ページごとに美しい風景が並ぶレイアウトに惹かれて買ったものだった。

「……べつに特にないけど」

そう答えると、

「なんで？　ほらここことか、きれいだよ」

と、青い海の写真を見せられた。ソファに寝そべったまま雑誌を差し出してくる志波に、ついつられて寄り添うように座り、ページを覗いた。

まばゆい陽光に照らされ、一面に広がる海は光を乱反射させている。

「うん。きれいだな……」

そっと同意すると、志波はにこりと微笑んで、「ねえ」と短く相づちを打った。

瑠璃色の瞳にほんの数秒、光のようなものが見えた。それはすぐ消えたけれど、わずかな一瞬、黄辺は志波の命が喜んでいるように感じた。

(今も……きれいなもの好きなの？　久史)

そう訊いてみたかったけれど、訊けなかった。踏み込む勇気がなかった。

なんの話？　と呆れられたら、黄辺の中にしまいこんである大切な思い出が、全部色あせてしまいそうに感じたのだ。

「今日から井出さんにかわり、うちに入ってくださる白廣社《はくこうしゃ》の黄辺高也さんです～」

家からおよそ十五分。

自社のあった方角とは反対方向へ、地下鉄で三駅。路線が変わるので徒歩は増えたけれど、トータルで言えば通勤時間はさほど変わらないですむ場所に、志波製薬の巨大な本社ビルがあった。

定刻どおり指定された部署を訪れると、今日が出勤最終日の井出が出迎えてくれ、黄辺の入る美容品総合部の部長に引き合わせてくれた。

部長は女性で、名前は桜葉《さくらば》。

「うちは志波製薬の中では歴史の浅い部署ですが、売り上げは他と引けを取りません。女性社員が中心ですので、男性にはやりづらいかもしれませんが、忌憚《きたん》のないご意見をくださいね」

どうやらハイクラスらしい、桜葉は五十路《いそじ》のきりりとした美女だった。黄辺は体育会系の男性よりは女性とのほうが仕事がしやすいので、ひとまず上司とはうまくやれそうでホッとした。

美容品を取り扱うこの部署は、仕事がらか社員の半分以上が女性だった。少ない男性社員は若くてこざっぱりしたタイプか、定年を過ぎ、事務仕事のためだけにここにいるというようなのんびりした再雇用組に分かれていた。女性陣は、年齢層も様々にみなエネルギッシュで、かつ華やかな人ばかりだった。

（さすが化粧品の部門……）

黄辺の会社も女性はみな身だしなみには気を使い、最新の流行にも敏感だが、こちらもそうらしい。部長との顔合わせのあとは、三年めの女性社員と一緒に島ごとに歩いていって、黄辺は各課の説明を受け、デスクにいる社員に「黄辺髙也さんです～」と紹介してもらった。

会議などで離席している人も多かったが、いる社員はみんなにこやかに歓迎の拍手をしてくれた。初対面だが、「スキンケアなに使ってますか？」という質問を多く受けた。熱心に仕事をしている女性が多いようで、黄辺は職場の雰囲気がよく安堵した。

美容品総合部は化粧品、日用美容品に部門が分かれており、黄辺のデスクは化粧品の既存ブランドの島に設けられていた。

「隣は新規ブランドの島です、あそこがうちで一番のエースの集まりです。黄辺さんも会議呼ばれると思うので～」

若い女性社員はそう言って、今は会議中らしく、ほとんど人のいない島を指した。

「あそこのデスク、どなたですか？」

黄辺はそっと訊いた。島と離れて独立した桜葉部長のデスクの隣に、もう一つ、個別のデスクがあったが、今は無人だ。

一応心配していたけれど、部署内に志波の姿はなかった。もし座る場所があるなら、経営者の三男なので個別デスクだろうと踏んで、確認する。女性社員は首を傾げて、「部長代理の席です～、でも、毎日いらっしゃるわけじゃないので」と教えてくれた。

あまり長く拘束《こうそく》しては彼女に悪いので、それ以上は訊かずに案内は終了となった。

「引き継ぎ資料はこちらにあります。早めに帰らせてもらって申し訳ないけど……黄辺くん、すぐみんなと馴染《なじ》めそうで安心したよ」

今日は午前のみで、これから自社に一度顔を出したあとは有休の消化に入り、そのまま会社を辞めてしまう井出が、嬉しそうに言った。

引き継ぎはメールとビデオ会議で行ったので、対面するのは少し前に古山に引き合わされたとき以来だが、井出は相変わらず穏やかで優しげだった。デスクはきれいに片付けられ、分厚いファイルがどっしりと置かれていた。

そのファイルの最初のページを開くと、いつか黄辺が居酒屋で褒めた夜空のポスターのカラーコピーが挟まれていた。

「これが最後の仕事になるとはなあ」

しみじみと、少し名残惜《なごりお》しそうに井出が呟いた。

「……長い間お疲れ様でした」

頭を下げると、井出は「いやいや。黄辺くんはもっと大きい仕事摑んでね」と笑った。

「部署のみなさんに挨拶されていかれますか？」

「昨日大体挨拶したし、送別会もやってもらったから」

明るい雰囲気の職場のようだが、大手企業の華やかな部署であるだけに、周囲を見渡すとみな忙しそうに立ち働いていた。暇そうにしているのは、定年後の再雇用組くらいだ。

出向者のデスクは一つだし、自分がいると黄辺が座れないので長居をするのも悪いと思ったのだろう、そっと帰り支度を始めた井出に、

「井出さん」

と、声をかけた社員がいた。聞き覚えがある。黄辺はぎくりとして、顔をあげた。

「ああ久史さん、お世話になりました」

井出が嬉しそうに笑って、ぺこりと頭を下げた。そこに立っていたのは、シャツの上に白衣を着た志波——久史だった。

社員証を無造作にシャツのポケットに突っ込み、ネクタイもしていない。白衣の袖は肘あたりまでまくってあった。

（久史——）

いつ会ってしまうかと構えてはいたけれど、初日に、しかもこういう場面でやって来る

とは思っていなかったので、黄辺は完全に気を抜いていた。一瞬で、心臓が止まりそうに感じる。志波は、どう反応するだろう？　冷たい汗が腋下《えきか》に湧いたが、志波は黄辺を上から下まで軽くながめて、

「井出さんの代わりの方ですか？」

と、言った。特に動揺した様子もなく、かといって前から知っていた風でもないので、黄辺はたじろぎながらもなるべく初対面のような顔をして、微笑んでいた。

「あ、はい。弊社の黄辺です」

井出に紹介されて、黄辺は一瞬悩んだが、他の人にしたように、「白廣社の黄辺高也です。よろしくお願いいたします」と丁寧に頭を下げた。井出がそれに少し眼を瞠り、それから遠慮がちに「あの、黄辺とは知り合いだとお聞きしてましたが」と志波に言った。

志波は穏やかに笑いながら答えた。

「はい。学校が一緒でした。いらっしゃると聞いてなかったのでびっくりしました」

普段の志波を知っていれば、イヤミかと思うだろう。けれどその声音にも表情にも、特に含みはなく、素直なありのままの感想を述べたように見えた。その様子に驚き、黄辺はどこまでが本音なのだろうと不安になりながら、「すみません、お会いしてからお伝えすればいいかと思いまして……」と弁解した。

どう接するのが正解か分からない緊張で、心臓が脈打つ。やっぱり事前に話しておくべ

きだった……と一抹の後悔を感じた。

（どうしよう……久史、怒ってるかな）

「いえ、一緒に働けて嬉しいです。よろしくお願いします」

そのとき意外にも静かに返されて、またびっくりする。嘘ではなく、本当にそう思っているかのように聞こえた。敬語も崩さず、かといって妙にしゃちほこばるわけでもない志波の態度が、人並みの社会人に見える。予想外の姿に、しばらく言葉が出てこなくなる。

「井出さん、今日最後だって聞いたので、これ」

志波は井出に用事があったらしい。手に持っていたなにかをそっと出して広げた。黄辺の位置からも見えたが、それは去年の秋、井出が担当したポスターだった。

美しい夜空。『一日の終わりには、肌に星をまとって』という白抜きのコピー。

「最初の色校です。僕が持ったままだったんで……よかったら記念に持って行ってください。うちの商品、売ってくれてありがとうございました」

「嬉しいです、いいんですか？」

井出は本当に嬉しそうに、大事そうに、広げられた色校を受け取っている。静かな物言いだが、志波の声にはほのかにあたたかみがあった。

（嘘だろ。久史が、こんなことする……？）

黄辺は顔にこそ出さなかったが、志波の行動に面食らっていた。黄辺が思う志波久史は、一緒に仕事をした相手が今日辞めるからといって、気を利《き》かせたり感謝を伝えたりするような人間ではなかった。へー辞めるんだ、と言って、一秒後には忘れている。それが黄辺の想像していた、会社での志波だ。少なくとも十四歳から二十歳までの志波、そして今現在の黄辺の家での志波はそういう男に見えた。

「はは、でもあんまりお役に立てなかったですね……」

やや自虐的に、それでも志波の言葉に喜んでいるように、井出が言う。

「うちの会社がケチだったんで、井出さんにはご苦労おかけしました」

その井出の言葉にも、志波は親切に返した。

「ケチってなによ、ケチって」

と、聞いていたのか後ろを通った桜葉部長が話に入ってくる。志波は桜葉と親しいのか小さく笑い、「これですよ、部長がダメ出ししたやつ」とポスターを見せた。

「あ、これ。だって商品の写真がない広告ってなによ」

「駅広告では眼をひいてましたよ。ブランド名入ってますから、意味はありました」

「はいはい、志波部長代理がオーケーしたのよね、分かった分かった」

桜葉と志波はしばらく応酬《おうしゅう》を続けていたが、やがてそんなふうに会話が終わった。そのやりとりを見て、黄辺はハッと思い至った。

——ラインナップの写真すら出ないのはどうなんだって、当初エスの部長にダメ出しされたんだけど……商品開発の担当さんが『いいんじゃないですか』って言ってくれたから、通ったんだよね。

いつか居酒屋で、井出からなにげなく聞いたエピソード。

（……井出さんに『いいんじゃないですか』って言ってくれたの、もしかして久史？）

桜葉が部長代理と呼んだし、志波は白衣を着ているから本来は開発担当なのだろう。黄辺が素敵だなと感じた話の中に志波が登場していたなんて、とても信じられない。

それればかりか、近くの島からは桜葉と志波の会話を聞いていた社員たちから笑い声が漏れた。女性社員の一人が、くすくすと笑いながら「部長代理、ロマンチスト〜」などと言ってくる。からかう声には緊張がなく、まわりもそれに同調している。

（ロマンチスト……？　久史が？）

黄辺の予測にはなかった言葉で、ぽかんとしてしまった。そのうえ志波はそれに小さく笑い、「化粧品はロマンを売ってるんじゃないんですか。はい、仕事しましょう」と声をかけた。笑っていた社員は「はあい」と機嫌良く答えて、仕事に戻る。

その様子を見ていれば、社員との適度に気さくな関係性や、丁寧な志波の振る舞いは今だけのものではなくて、常のものだと分かる。

「じゃ、井出さん。なにかあったらまた連絡ください。お体気をつけて」

志波は井出に声をかけると、開発部のほうへと戻っていった。

「いい人ですよね、久史さん」

しみじみと言う井出に、黄辺は咄嗟《とっさ》に返事ができなかった。

「あの……久史……部長代理って、いつもあんな感じなんですか？」

二年間出向していたのだから、井出は二年分の志波を知っているだろうと思い、訊ねてみる。井出も黄辺と志波が友人と分かってはいるが、「学生時代から疎遠」で通しているので、よく知らない体《てい》で不審には思われないだろう。事実、井出は先ほどの黄辺と志波のやりとりを見て、友人というよりは知り合い程度の仲だと思ったらしく、「ええ、僕が知る限りは」と教えてくれる。

「学校では違う感じだったんですか？　たしか、同級生だったたって」

「あ、いえ。僕が知っている時期はかなり昔のことなので、あまり覚えてなくて」

適当に誤魔化《ごまか》しながらも、ふと思う。

（……でも、よく考えたら十四歳までは久史、あんな感じだったかも）

十三歳になってから十四歳までの一年間は本能に振り回され、史彰《ふみあき》に蹂躙《じゅうりん》されて苦しんでいた一年間だから、記憶にある志波は泣いてばかりだったが、学校で他の生徒に対して傍若無人《ぼうじゃくぶじん》に振る舞うようなことはなかったはずだ。

小学生のときはどうだったろうと思い出すと、志波は教室の片隅でおとなしく本を読んでいるような物静かな少年で、あまり人付き合いをしている印象がない。けれど、話しかけられればごく普通に受け答えしていた気がする。

（……十四歳で俺を抱いて、おかしくなって……大和を寝取りゲームに巻き込むようになってからは、態度悪かったけど）

かといってべつに、暴力的だったわけではない。黄辺と大和と、数人のセフレ以外とはほとんど口をきかず、いつもけだるそうにしていただけだ。面倒くさいという理由で、よく授業をサボっていたが、成績はよかったし、理系クラスで好きな授業には顔を出していた。志波は数学と化学、物理が好きだったのを黄辺は覚えている。

変わったのはどちらかというと周囲のほうで、小学生のときには志波に話しかけていた同級生も、「オオムラサキの寝取り野郎」と志波を蔑み、近寄らなくなっていた。たしかに当時の志波はささくれだっていて、近寄りがたかった……と思う。

（でも、大和が渡米して、高校卒業して……大学では、普通にしてたっぽかった）

大学での志波のことは、あまりよく知らない。それでも娘が生まれたと聞いてこっそり学食まで志波の様子を探りに行ったとき、同じ学部生が志波になにか話しかけていたし、志波もそれに答えていたのは見た。

（……俺の知らないうちに、久史は元に戻ってたのかな。静かで、でも、話しかけたら常識的な……そういう普通の人に）

大学時代のことは分からなくても、職場での志波は少なくとも傲慢《ごうまん》で身勝手な態度はとっていないように見える。

――でも、額面通り受け取ってほしいんだよね。

以前志波が言っていた言葉が、不意に耳の底に蘇る。

(……額面通り。久史が言っている言葉、どれも嘘じゃなくて、全部真実だったら?)

黄辺の生活が見てみたいだけというのも、真実だったら?

やっぱりなぜ、という気持ちとともに、黄辺は不安になった。今日なにも言わずに出向してきた黄辺を見て、志波はどういう気持ちでいるだろう。もしほんの少しでも腹を立てていたら、もう黄辺の生活なんて見なくていいや、と出て行ってしまうかもしれない。

黄辺はその日、もやもやとしながら仕事をし、とにかく早く退勤時間がこないかと、そればかりを気にしていた。

終業時間になり、黄辺は挨拶もそこそこに電車に飛び乗った。

(久史、家からいなくなってたらどうしよう)

家に着くまでずっと不安だった。

「親切で、話しやすく、仕事ができる」――これが、志波の社内の評価だった。

(やっぱり久史、小さいころみたいに戻ってるのかも。むしろあのころより親切に見えた。

……でも、そうだよな。素の久史って……ほんとはこうだったよな）

色眼鏡で志波を見ていた自分に気づかされて、黄辺は自己嫌悪していた。

「お帰り」

急いで帰宅すると、鍵は開いていて志波のほうが先に帰っていた。

そのことに、脱力するくらいホッとしたのと同時に――キッチンからいい匂いがして、黄辺はびっくりした。志波が料理をしていたからだ。

「え、お前自炊できるの？」

帰ったらすぐに出向のことを謝ろうと思っていたのに、驚いて先にそう訊いてしまった。

「普通、炒め物くらいできるよ。黄辺は着替えてきたら？」

しれっと言われると反論できず、黄辺は部屋着に着替えてダイニングに戻った。テーブルの上に、豆苗《とうみょう》と肉の炒め物と、味噌汁とご飯、スーパーで買ったらしき惣菜のサラダや煮物が並んでいた。惣菜はちゃんと、パックから器に盛られている。

「……お前って、こ、こんなことできたんだ？」

「驚きすぎ」

席に着いた志波が、おかしそうに笑っている。

笑いながら急に瑠璃色の瞳を輝かせて、「黄辺、そういう顔もするんだね」と満足している。どういう顔なのか黄辺には分からないが、呆然としているのはたしかだ。

「お前が自炊してるの初めて見たから……」

「僕だって黄辺と一緒で、一人暮らし結構長かったんだよ」

そう言われると黙るしかない。家庭を持っていたはずの男が、一人で暮らしていて……もしかするとしょっちゅう自分一人の食事を用意していたのか？　と思うと、得体《えたい》の知れない苦しさがあった。無言で席に着き、おそるおそる食べてみると、志波の料理は少し薄味だったがそれなりに美味《おい》しかった。

「そういえば、お前って……理科の実験好きだったな」

なぜか急に思い出して呟く。小学生のころ、志波は蒸留実験を好んでいた。なにがそんなに面白いのか、授業が終わるぎりぎりまでエタノールを取り出している志波に、教師がそろそろやめなさいと声をかけたほどだ。

志波は自ら理科係になって、休み時間に実験器具の手入れをしたり、先生がいるときには特別に実験をさせてもらったりしていた。黄辺はそれに付き合っていたものだ。

「料理は化学って言うし、考えてみたらできて当たり前か。お前、開発部にいるんだよな……」

ぽつんと呟く。

あのころの志波は、黄辺が「なにがそんなに面白いの」と訊くと、「実験物ってどれもきれいだから」と答えていた。ガラス管を通ってくる液体もきれいだし、フラスコやプレパラート、シリンダー、アルコールランプの炎。どれもきれいだと志波は話していた。

（そっか……きれいだから、久史は研究職に就いたのかな……）

今さら理由を思い知る。けれどその仕事にも退職願を書いていると聞いたから、志波が今もそういう「きれいなもの」に興味があるのかどうか、推《お》し量《はか》ることができない。

「……でも、なんで急に料理、作ってくれたの？」

黄辺はあまりに不思議で、つい訊いてしまった。

「まあ、黄辺も出向一日めじゃ疲れてるかなって思って」

さらりと言われた言葉に、固まる。だが志波の声音には出向のことを伝えなかったと責めるような色はなく、本当にただそのまま思ったことを言っただけに聞こえた。

「出向のこと、ちゃんと言わなくてごめん」

意を決して謝る。しかし志波はさほど気にしていない様子で、

「ちょっとびっくりした。井出さんのかわりって黄辺だったんだね」

とだけ返す。志波でも驚くのかと思うと、わずかに気持ちが晴れた。

「お前、職場ではいい上司なんだな……」

「そう？　普通にしてるだけだよ。あえていやな態度とらないだけ」

それはそうだけど、と思う。そうだけど、そういう上司はあまりいない、というのも知っているから黄辺は少し黙る。

けれど志波が気のない様子なので、これ以上仕事の話をするのはやめた。食事を作ってくれたお礼に、片付けを担当した。使い終わった豆苗の根を水を張った容器にひたしてキッチンカウンターに置いていると、志波が眼をしばたたく。

「育てるの?」

「え、だって育ったらもう一回食べられるから……」

豆苗やスプラウトを買ってきたらいつもそうしている。正直に言うと、なぜだか志波はおかしそうに「黄辺らしいね」と笑っていた。どことなく、満足げな表情だ。

(……そういえば久史、たまにこの顔するな)

ふと気づく。あまり余裕がなくて分かっていなかったが、ここへやって来た初日から今まで、志波は時折黄辺らしいと言いながら、満足そうに微笑むのだ。どういう心境なのかは、黄辺にはよく分からない。

いつの間にかソファにごろりと横になり、いつものようにだらけはじめた志波を見て、黄辺は訊いてみようか迷った。

——久史。まだここにいるよな? 急に、消えたりしないよな?

けれど口には出せなかった。聞いておきたいこと、知りたいことはたくさんあるはずなのに、どう訊けばいいのかが分からない。

(……俺にはお前のこと、なにも分からないよ。久史)

お前が何者で、どんな人間で、今も──好きなものはきれいなもので、昔と変わらないのか変わってしまったのか、職場のお前と家でのお前、他の人にとってのお前と俺にとってのお前が、どういう人間なのか。なにを思って生きているのか。

なにひとつ知らないし、分からない。知ろうとするたび煙《けむ》に巻かれて見えなくなる。

（もう少し一緒に働いたら分かるのかな……）

そう思うが、自信がなかった。三歳から二十歳までの十七年、一緒にいても分からなかった志波という人間の心。

なにをすれば摑めるのか、黄辺にはずっと分からなかった。

六

黄辺《きべ》が志波《しば》の会社に出向するようになって、三日が経った。

志波は変わらず黄辺の部屋から出勤しており、会社では「親切な上司」で、家では今までどおり気ままだった。急に出て行かれたらと不安なまま、けれど解決策もなく日々が過ぎる。仕事は仕事で慣れなければならず、余裕がない状況だった。

「黄辺くん、連休明けから新規ブランドのチーム入ってくれるかなあ。プロモーションは来年からになるんだけど、今商品の臨床《りんしょう》段階に入ってるから」

その日の午後、黄辺は部長の桜葉《さくらば》に呼ばれてそう言われた。

二日間は井出《いで》がやっていた細々《こまごま》した雑用をこなしていた黄辺は、大型企画の営業担当に指名されたことに驚いた。

「弊社から新しい営業担当、呼ばなくて大丈夫ですか？」

億単位を超えるプロモーションには、いつも井出ではなく、白廣社《はくこうしゃ》の成績のいい営業が選ばれていた。今回もそうなるものだと思っていたのだが、桜葉は笑って否定した。

「白廣さんに訊いたら、黄辺くんでいいって。うちも社内にいてくれる人のほうがなにかと安心だし、資料渡すからなんとなーくデザイナーさん考えといて」

五月に予定していた大型企画を古山《こやま》に渡したあとだっただけに、これは嬉しい知らせだった。黄辺は張り切って、ありがとうございます、と頭を下げた。

早速、桜葉からもらったブランドの資料に眼を通す。

志波製薬の化粧品部門は、これまでスキンケア一辺倒《いっぺんとう》で、ドラッグストアで手に入れられる手軽なものと、通販専用のものに分かれていた。新規ブランドはそれとは一線を画した、デパートでの展開がメインとなる高級ラインのようだ。志波製薬は去年、経営の傾いていた大手化粧品メーカーを買収しており、徐々にメイクアップ用品も増やす予定が書かれている。

「……あれ。でもこれ、三年前にブランド終了した『エトレ』の後継ライン？」

新しいブランドは名称もこれから決まるらしく、資料には単に「新規ブランド」としか書かれていない。現在は、スキンケア一式が臨床段階に入っているらしい。

志波製薬にこれまで高級ラインがなかったわけではなく、一度挑戦してみたものの、売り上げが伸びずにブランド終了になった『エトレ』というラインがあった。三年前までのブランドなので、井出の資料の中に『エトレ』のことは入っておらず、詳細が分からない。

（化粧品メーカーを取り込んだから、スキンケアだけじゃなくてメイクアップのほうでも

展開が作りやすくなる。『エトレ』は肝《きも》いりの企画だったろうし、会社としては今度こそ成功させたいんだろうな）

広告担当としては、なんとしても売り上げを伸ばして、ブランドを継続させたい。

（でも志波製薬って……ドラッグストアには強いんだけど、百貨店方面は弱いイメージ……海外顧客への知名度もないし……）

似たような製薬会社系列から出ているブランドを総ざらいする前に、そもそもの終了ブランド『エトレ』について詳しく知りたい。が、桜葉からもらった資料には『エトレ』のことはほぼ載っていなかった。

会社は明日から連休に入る。志波製薬は工場の稼働に合わせて動いているので、たっぷり七日も休みだ。出向の黄辺も、その休みに準じていいことになっている。

連休が明けてチームに参加する前に、『エトレ』の情報を知っておきたい。桜葉は会議で離席してしまったため、黄辺は一番席が近くて『エトレ』の存在も覚えていそうな、三十路《みそじ》の女性社員にそっと探りを入れてみた。

「あの、『エトレ』の広告資料ってどこかに残ってますか？　井出さんの引き継ぎ資料には入ってなくて……」

「『エトレ』って……あー、あれか。ちょっと待ってね」

一瞬なんのことか、という顔をした社員は、思い出したらしい。親切にも社内の共有フォルダを調べてくれた。黄辺が見られるといいのだが、二年以上前の資料だと、外部からの出向社員にはアクセスできないものが多い。

「だめだ、共有フォルダには残ってないみたい。当時の開発チームに志波部長代理が入ってたから、訊いてみたら？　代理、広告類の管理もするタイプだから」

初日以来、会社で特に接していない志波の名前に黄辺は少し動揺した。「あ、でも急ぎではないので……」と言い訳して、場を濁そうとする。あとで桜葉に訊いてもいいと思ったのだが、彼女は意に介さず開発室への道を教えてくれた。

「代理ならすぐ探してくれると思うよ。桜葉さんは今日、嫌いな役員と打ち合わせ入ってるからタイミング的に訊かない方がいいかも」

こそっと耳打ちされて、黄辺は困ったまま笑みを顔に貼り付けた。親切で言ってくれているらしいから、むげにはできない。大きな企業は社内政治が微妙なバランスの上に成り立っている。それは黄辺の会社もそうだ。なので同僚から上役の動向や機嫌、タイミングを教えてもらえるというのは、実はものすごくありがたいことなのだ。

（ここで無視したらめちゃくちゃいやなヤツになってしまう）

そうすると、今後は教えてもらえなくなるだろう。黄辺の処世術《しょせいじゅつ》としては、一旦相手の意見を飲むのが妥当だった。

「ありがとうございます、そうしてみます。ご親切、助かります」

「黄辺くんて感じいいねえ、このくらいなら全然喜んで」

女性社員は上機嫌で応じてくれた。もう一度頭を下げて、黄辺は教えてもらったとおり廊下に出る。開発室があるという一つ下のフロアに向かうことにした。

（開発ってどんな感じだろ……、うちのデザイン部みたいな雰囲気かな……）

志波のもとへ歩きながら、黄辺はため息をついた。まだ、職場で志波とどう接するのか決めかねている。二人きりだと志波は黄辺にどう接してくるのか、まったく読めない。

（言い争いにだけはなりませんように）

うつうつとしながら開発部に入ると、教えられた場所に個室があって「志波久史《ひさふみ》」の名札がかかっていた。開発部の中でもそれなりの立場でなければ、個室はない。志波が社内で特別な存在だと感じさせられる。

（……長男の史仁《ふみひと》さんは専務だし、次男の史彰《ふみあき》さんも役員だし、それ考えたら普通か）

黄辺は実際に出向してくるまで、志波製薬の役員をいちいち覚えていなかったが――その中に志波久史の名前を見たら緊張しそうだったから――初日に志波と対面したあとから、さすがにまずいとちゃんと調べた。

社長は言うまでもなく志波の父親だったが、史仁も史彰も社内の取締役に着任していた。三男の志波だけは役員に入っていないが、開発部では二十六歳の若さで部長、美容品総合部でも部長代理で、出世頭だ。ちなみに大和《やまと》の父も取締役だったが、今は海外支店に長期出張している形だった。たぶん顔を合わすことはないだろう。

緊張しつつノックすると、「はいどうぞ」と、声が聞こえた。どうやら在室らしくて、黄辺は思わずがっかりしてしまった。

「……あの、すいません。美容品総合部の黄辺です」

腹をくくってドアを開けると、本棚がずらっと並んだ個室の奥、志波がデスクに向かって書類とにらめっこしていた。

白衣を着て、じっと書面を見ている姿は妙に色気があり、ドキリとした。顔をあげた志波は黄辺を見ても動じずに「黄辺さん、どうしましたか」と丁寧に訊いてきた。黄辺の後ろで、個室の扉がパタンと閉まった。

（今黄辺さん、って言った？）

誰もいない場所だ。さんづけされると思っていなくて、黄辺はびっくりしながら続けた。

「お、お忙しいところ失礼します、『エトレ』の広告資料をお持ちじゃないか訊きにきたんですが……当時の開発チームに部長代理がいらしたと聞いて」

「ああ、新規ブランドの関連ですか？」

黄辺の言葉で、志波はおおよそのことを察してくれたらしい。ファイルを置いて立ち上がった。普通は、失敗したブランドの資料を他社の営業には見せたくないと思うのだが、志波は「ちょっと待っててください。ファイリングしたものがあったと思うので……」と、気負いもなく棚を探りはじめた。

（……ていうか、俺に敬語で話すんだ……）

黄辺はそのことに、またびっくりしていた。自分も敬語を使っているが、立場がずっと下なのだから当然だろう。

「ないな。資料室に移した箱に入ってるかも」

一通り棚を見ていた志波が、ぽつりと言う。

「あっ、もし許可いただけるなら自分で探します。場所さえ教えていただけたら……」

慌てて言うと、「いえ、案内がてら行きます」と、志波はデスクから鍵束を取り出した。

「黄辺さんは、うちに来て三日めですよね、広告の方は資料室使うこと今後出てくるでしょうから……資料室の鍵は、美容品総合部だと、事務方の太月《たつき》さんいるでしょう、あの人が管理してるので、なにかあったら申請してください」

自室を出ながら、志波が丁寧に説明してくれる。正直いって、他社からの出向社員は出向先であれこれ説明を受けることなどできない。仕事は自分で探してやらねばならない。だからこんなふうに教えてもらって、黄辺は内心で動転していた。なんだか額に汗が湧いてくる。志波がこんなに親切に、社会人らしく接してくれるとは思っていなかった。

（やっぱり、小さいときの久史に戻ってる気がする……）

十四歳までは、志波は黄辺にもこんなふうに親切だったし、いつも優しかった。不当なことは、一度もされたことがなかった。あのころの雰囲気を、黄辺は志波に感じた。

「あの、新規ブランドの開発には……部長代理も参加されてましたよね」

　情報も集めたいので、おそるおそる訊いてみる。

「ええ。でも僕は監査《かんさ》側なので……名前だけです。『エトレ』のときは下《した》っ端《ぱ》だったから、商品に触れられて面白かったですけどね。でも今回のも、成分はかなりいいですよ。臨床用のものでよければ提供できるので、お家で使ってみますか？」

（……お家でって、お前も住んでるだろ）

　つっこもうにも、そういう空気ではない。

　なんだか変な会話だと思い、黄辺は黙り込んでしまった。エレベーターに入ったところで、志波が小さく笑う気配があった。

「……なんですか」

　思わず顔をあげる。志波はじっと黄辺を見下ろしていて「いえ」とだけ言った。この小さな空間でも、志波は態度を崩さないらしかった。

「黄辺さん、もともときれいなので……スキンケアの臨床結果、変化なさそうだなと」

　資料室のある階でエレベーターが止まり、降りる間際に言われて、黄辺は硬直した。

　――きれいって、誰が？

　と思ったし、からかわれているのかと疑った。しかし志波の態度には特に変わった様子もなく、さっさと歩いて資料室の鍵を開けていた。

薄暗く埃《ほこり》っぽい資料室に入ると、志波は迷いのない足取りで三つめの棚を目指し、そこに置いてあった段ボールを引き出した。はたして、中から出てきた分厚いファイルが、『エトレ』の資料だった。志波は中身を確認し、「臨床データは個人情報の関係上、見せられないので」と言っていくつか紙を抜いたが、あとはごっそりと渡してくれた。

「当時の広告の複写も入ってます。プロモーションのスケジュールなんかも」

「す、すみません。ご足労いただいて助かりました」

相手は取引先の部長、と思うと、ここまで親切にしてもらうことはそうない。黄辺はいったん私情を忘れて頭を下げた。だが志波の親切はこれで終わりではなかった。

「黄辺さんが『エトレ』の資料で見たいのって、ブランド終了についてですよね。今企画部にいる赤星《あかぼし》さんて人が当時の宣伝チーフだったんですけど、話、聞いてみますか？」

「え……っ」

その提案には、さすがに驚いて声が出た。

桜葉から渡された資料を見るに、本格的なプロモーションがまだ先なのは分かっていたが、『エトレ』の失敗理由は知っておきたい。だがまだ関係が築けていない志波製薬の社員に堂々と聞くのは難しいだろう。美容品総合部の社員は熱意をもって仕事をしている。そのぶん、いい意味で商品への想いも強い。

だから広告の資料さえ手に入れたら、連休中に自分なりにマーケティングしてみるつもりだった。が、三年前のことなのでそれにも限界がある。もし社内の人に話を聞けるならこれほどありがたいことはない。といっても、そんなハードルの高いことはもっと先のことだと思っていたので、志波の言葉に固まってしまった。

「いえそんな、まだここに来させてもらって三日めですし……」

「赤星さんは気にされないと思いますよ。桜葉さんには黙っておくよう伝えます。彼女は『エトレ』のときチームリーダーだったので……まあ、プロモーションが本格化するときには話してくれると思いますが、大型の企画を担当されるなら、社内にコネクションあったほうがいろいろ便利だと思うので」

「は、はあ」

連休入っちゃうし、早いほうがいいですよね、と言いながら志波は眼の前で携帯電話を取りだし、かけはじめた。「親切な上司」なのは知っていたが、まさか自分にもここまでしてくれるとは思っていなくて、黄辺はしばらくボンヤリしてしまった。

「赤星さん？　いえ、今資料室なんです。『エトレ』の後継ブランドの件ってそっちどの程度通ってます？　白廣さんの営業さんがお話聞きたいみたいなんですけど」

志波は少しの間、電話の向こうの相手とやりとりし、やがて黄辺のほうに顔を向けた。

「七階のブースで今から話ができるそうです。黄辺さんこのあと大丈夫ですか？」

訊かれて、我に返る。ただただぼけっと突っ立って、志波を見てしまっていた。

「あ、はい。大丈夫です、伺《うかが》います」

「大丈夫だそうです。はい、黄辺さんは……明るい髪色のきれいな人です」

そう言ったとき、志波はちらりと黄辺に流し目をして、微笑んだ。とたんにドッと心臓が跳ね上がって、黄辺は頬が熱くなる気がした。

(なんなんだ？　やっぱりからかわれてる？)

二回もきれいと言われて、黄辺は相当困惑していた。志波が自分を、本当にきれいだと思っているわけがないことは分かっている。

電話を切った志波は、なんでもなさそうに赤星の外見的特徴を教えてくれる。

「赤星さんは丸眼鏡をかけた、背の高い人です。社員証見れば分かると思いますが」

「あ、すいません、ネゴしてくださってありがとうございます」

慌てて頭を下げる。

「僕は打ち合わせあるので臨席《りんせき》できないんですが……七階のブースは分かります？」

放っておくとそこまで案内すると言われそうな気がして、黄辺は「分かります、大丈夫です」と慌てて言った。一緒にエレベーターを待つ間に、しんと沈黙する。家では話さないことのほうが多いのに、なぜか今は妙に気まずく感じて、黄辺は話題を探した。

「部長代理は……その、『エトレ』のときは、商品開発されてたんですよね。やっぱり、作る方が好き……ですか？」

　飽かず理科の実験道具を眺めていた志波を思い出しながら訊く。そうですね、と志波からは淡々とした答えが返ってくる。

「作る方が好きですね。マネジメントには興味がないです」

「仕事自体はその……お好きですか」

　脳裏に、退職願、という単語がよぎって訊ねると、一瞬だけ不思議そうに志波が黄辺を見た。変な質問をしたような気がして、黄辺は内心後悔した。

「仕事ですか。好きなところと、そうでもないところがあります。研究は好きです。結果の数値を見るのもいいな。でも、なくても生きていけるかな。仕事人間ではありません」

　思った以上に答えてくれたので、黄辺は驚いて志波を見上げた。と同時に、仕事をしなくても生きていける、と考えているのだと分かり、不安になった。

「で……でも、部長代理はこの仕事、向いていると思います。結果も出されてるでしょうし、親切です。……どうでもよかったら、同僚や部下に親切にはできないですよね？」

　思わず食い気味に言っていた。志波の中に、仕事という重しも持ってもらいたかった。簡単に辞めて、どこかに行ってしまわないように、社会から消えてしまわないように、この会社には志波が必要なのだと、来て三日めの自分が言うのもおかしな話だがそう思ってほしくてつい、饒舌《じょうぜつ》になっていた。

(あ……なに言ってるんだ、俺)

けれどすぐに、妙な説得をしてしまったと気まずくなる。志波もなにも言わずに、ただじっと黄辺を見下ろしている。なにを考えているのか、読み取れない無表情だった。

そのときエレベーターが到着して、志波が「どうぞ」と先に乗せてくれた。黄辺は頭を下げて乗り込む。二人きり、狭い空間でまた沈黙になり、気まずさが頂点に達しようかというとき、志波の降りる階に到着した。

エレベーターのドアが開く。そのとき、志波が振り返って言った。

「黄辺さんは、僕が社内の人に親切にするのは、情があるからと思ってますか?」

たとえば仕事への情とか、と、志波が言う。黄辺はさっきしていた会話への回答が急に返ってきたことにも、そこに質問が挟まれていたことにも対応できずに、「え」と眼を見開いて立ちすくんだ。

志波はどうしてかそんな黄辺を見ると、おかしそうに、満足そうに笑った。瑠璃色の瞳が、きらきらとしている。

「違います。僕が親切にするのは、そのほうが気楽だからですよ」

じゃあ、と言い置いて志波がエレベーターを降りた。パタンと扉が閉まり、黄辺は今言われたことの意味が分からず、呆然としたまま中に取り残されていた。

「黄辺くんってもしかしてキベリタテハ出身？」

七階は会議室ばかりが並んだフロアで、その一画《いっかく》に軽い打ち合わせブースがいくつか設けられている。

ブースはどこも空いていたので、手前のスペースでしばらく待っていると、やがて志波に聞いていたとおり、丸眼鏡をかけたひょろりと背の高い男性社員が一人やって来た。年齢は三十路なかばに見え、社員証には「赤星」と名前があって、黄辺を見ると「やーやー」と愛想よく手を振ってくれた。

（……久史は、なんであんなこと、俺に言ったんだろう）

――黄辺さんは、僕が社内の人に親切にするのは、情があるからと思ってますか？

――僕が親切にするのは、そのほうが気楽だからですよ。

黄辺は赤星を待つ間、悶々《もんもん》としていた。志波の言葉の意図も分からないが、それ以上に分からなかったのはその回答をする間、なぜか志波が面白そうに、満足げに黄辺を見ていたことだった。

そのうちに赤星が来たので考えるのをやめたが、ブースで向き合って仕事の話が一段落した矢先に、赤星が黄辺の起源種を言い当ててきた。

「あ、はい。よく分かりましたね」

キベリタテハ？　と問われた黄辺は、わずかに驚きながら頷いた。起源種を、タテハチョウまで絞られることはあるが、キベリタテハまで特定されることはあまりない。

「いや俺、アカボシゴマダラなのよ。この会社の男って大体オオムラサキだからさー、フェロモンの匂いが全然違うでしょ。タテハチョウの、それもキベリタテハってさ」

そこで赤星は一旦区切り、「やっぱ癒やされるよね～、絶対性格いいでしょ」などと言う。黄辺は思わず、苦笑した。

「オオムラサキやアカボシゴマダラに比べたら、そりゃ小さい種ですけど……」

「だってオオムラサキの威圧感《いあつかん》？　あれ半端《はんぱ》ないじゃない。俺なんかそもそも、敵みたいな種だから嫌われてんの。おかげで毎日ストレス過多。まあ、久史くんは優しいけどね」

はあ、と黄辺は生返事をするしかなかった。初対面だというのに、赤星という人はずいぶんあけすけな性格をしているようだ。志波がブランドの失敗理由を訊かれたところで、赤星なら「気にしない」と言っていたのも、こういう性格ゆえだろうか、と思ったりした。

オオムラサキ、アカボシゴマダラ、そしてキベリタテハはどれも、タテハチョウと呼ばれる科に属している。チョウ種の中でも、大きくくくると同じ仲間ということになる。

個体の大きさで言えば、オオムラサキが圧倒的とはいえ、アカボシゴマダラも大型のタテハで、それも外来種。生命力も強い。

赤星は親切で、持っていた『エトレ』の資料をわざわざ引っ張り出して貸してくれた。

感が拭えなかったこと」「商品の広がりが悪く、飽きられた」などなどだった。かつては高級ラインで売り出されたものが、ドラッグストアに並び、やがて消えた例などは黄辺も知っており、『エトレ』の失敗例もそれに近いと分かった。

今はまったく違う部署にいるからか、自社の失敗談をてらいなく話してくれた赤星に黄辺は感謝した。だからこそ、雑談にも快く付き合う。

「うちの社員、男の八割はオオムラサキなの、知ってた？」

「……社長の親戚筋ってことですか？」

「それもあるけど、オオムラサキって能力あるけど若いときに問題行動起こしてるヤツが多いでしょ。だからほら、雇用したくない会社も結構あるわけよ」

なるほど……と黄辺は呟くしかない。赤星が言う「問題行動」は、オオムラサキの寝取り寝取られ本能のことだろう。

黄辺の属す部署は女性が多く、数少ない男性社員ともまだあまり接する機会がないので感じたことはないが、志波製薬の他のフロアに行くとたしかにオオムラサキの甘い香りがそこかしこからする。

（オオムラサキは社会に出るときは大体既婚で、子どもがいるから……本能の暴走はないんだろうけど。それでもイメージがよくないもんな……）

「企画部って、それじゃ普段からバチバチしてるんですか？　美容品総合部は、女性陣がさっぱりしてらっしゃるから、あまりそういう雰囲気もないですけど……」

「あ、きみのとこは唯一部長がオオムラサキじゃないもんね。他の部署は猛獣《もうじゅう》だらけ。黄辺くんは来ないほうがいいよ。遊ばれるから。久史くんみたいにいい子ばかりじゃないからね、オオムラサキは」

（久史がいい子……）

黄辺は赤星の物言いを思わず胸中で繰り返す。しかし、黄辺にしてくれたような親切を普段から常にしているのなら――年上の赤星から見て「いい子」なのかもしれない。

「久史くんって全然、遊ばないじゃない。社員にも丁寧だし、真面目だしさ。俺の部署のオオムラサキなんて若いころの癖が抜けないらしくて、既婚者なのに浮気しまくり。オオムラサキって寝取り本能なくなったらただのセクシー色男じゃない？　モテるのなんの」

「……は、はあ」

「結婚も早いけど離婚も早い。ほぼみんな離婚してるでしょ。でも久史くんは、全然浮いた話なかったよ。真面目に家庭人してたから、離婚するとは思わなかったねえ」

「あ……離婚の話、知ってらっしゃるんですね」

「うっすらよ、うっすら」

赤星が声を潜めて言った。軽い口調と、情報通らしい赤星なら志波の入社してからの様

子を大体知っているのだろうか……と思うと、どうしても欲求が抑えきれず、

「……部長代理は、その、ご夫婦の仲ってよかった……んですよね？」

黄辺は、立ち入ったことを訊いていた。

普段は、こういう噂話を社内の人とするのを避けている。心臓が緊張でぐっと痛んだ。

だが赤星はそれほど失礼だと思う様子もなく、「そう思ってたけどなあ」と答えた。

「俺が知ってる久史くんは会社入ってきてからだけだけど。ずっと真面目にやってたし、離婚したって風の噂で聞いたときはまさか、って思ったよ」

俺、結構敏感なほうなのよ、と赤星は言った。

「匂い消し使ってても、フェロモンてうっすらとは香るじゃない、遊んでると。久史くんには、そういうのもなかったしね」

志波は三年前から別居していたはずだが、そのときも普段通りだったということだろう。

赤星の言葉を信じるなら、外で遊んでもいなかった。よく考えてみれば結婚前も、大和が恋人を作ってからはセフレもいなくなり、特定の相手といえば黄辺だけだったが、その黄辺とセックスすることも、年に数える程度だった。

（……性欲、そんなにないほうなのかな）

今も黄辺の家にいるが、志波が誰かとセックスしている様子はないし、黄辺も抱かれていない。高校時代の、大和に寝取りゲームをしかけていた印象が強すぎて、性欲がないわ

けがないと思い込んでいたが、冷静に考えるとあの期間だけがイレギュラーで、それ以外の志波は、基本的にはおとなしく、物静かで、控えめに過ごしているように見える。

「部長代理って……親切ですよね。誰にでもですか？」

「久史くんはそうだねえ。公平だよね、好き嫌いもえこひいきもなし」

そっと訊くと、赤星からはそんな返事がある。

「社長の息子さんなのに偉ぶらないし。飲み会とかも必要最低限だしさ。顔だけ出して、会計して帰ってくタイプ。上司としては最高だよね」

（赤星さんには、真面目な家庭人に見えてた……でも実際には、家には一人だったわけで……誰とも深く関わらずに、仕事だけして生きてた？　……まるで俺みたいに）

なんのあてもなく生きてきた自分の六年間と、志波の六年間が重なるような気がした。

外側から見たらそれなりになんでも持っていて、満たされて見えるのに、実際には人生に空虚を感じて生きている。

わびしく孤独な、暗い夜の中にずっといて、そこから出て行けないような気持ち。

志波も、黄辺と同じ孤独な夜を過ごしてきたのだろうか……？

黄辺は赤星に、今度タテハチョウ同士で飲みに行こうよと誘われ、悪い人でもなさそうなのでオーケーしてから別れた。

「あら、黄辺くん」

ガタッ
澄也先輩!
ロウクラス種シジミチョウ科出身の翼は、偶然テレビで見かけたハイクラス種名家の御曹司で、タランチュラ出身の七雲澄也の言葉に救われ、憧れを抱く。
一目彼に逢いたくて、澄也の通うハイクラスばかりが集うエリート校・星北学園に入学するが、そこではロウクラスゆえの困難が待ち受けていた。
俺はシジミチョウは嫌いだ
天国を見せてやる
タランチュラ×シジミチョウの階級差が切ない、学園カーストファンタジー!
アンタが…
やらしいこと…
するから…
あぁ……っ
さらには、唯一の希望だった澄也にも「シジミチョウは嫌い」と切り捨てられてしまう。澄也にだけは認めてもらえると期待していた翼は落ち込むが、そんな時、澄也の張った巣にかかり、媚毒を注ぎ込まれ組み敷かれて——!?
俺がやらしいことをしたから?
それは俺がお前の乳首をいじったからか?
お前は乳首でここをこんなに濡らしたのか?
ひ ひど……
熱くて
ほしい
大きくて硬いものが
奥にほしい
なんか わかんないけど
すごく ほしい……っ
愛の巣へ落ちろ!
南十字明日菜
原作/樋口美沙緒
キャラクター原案/街子マドカ
①〜②巻、大好評発売中!
\甘い恋も♡切ない恋も♡キケンな恋も♡/ 電子雑誌 花丸漫画 毎月1日配信!!

廊下を歩いていると、桜葉と出くわした。黄辺はこそこそと『エトレ』の情報を集めているところだったので一瞬ぎくりとしたが、ファイルを少し見えない位置にずらしながら「桜葉部長、会議ですか」と小さく首を傾げた。

「ええそう」

桜葉は常に似合わず不機嫌そうで、はーっとため息をついた。彼女は手に、十人分ほどのお茶の入った盆を持っていた。

「……仰ってくだされば、お茶くらい淹れたのに。次は言ってください」

「いいのよ、うるさい役員が一人いるの。今どき、女が先に来てお茶を用意しとけって言うようなね」

ふっと、美容品総合部の女性社員が、桜葉は午後から嫌いな役員と打ち合わせがある、と言っていたことを思い出した。両手で盆を抱えている桜葉のために会議室の扉を開けて部屋の設営を手伝おうとしたら、断られてしまった。

「ありがとう、黄辺くんが手伝ってるところ見られると、たぶんいい顔されないから。べつの会議のときはしっかりお願いするわ」

桜葉はいい上司だなと黄辺は思った。黄辺に負担をかけないよう、にこりと笑って最後の一言をつけ足してくれた。

「分かりました、部長の飲み物はリクエスト、特別に受け付けますから」

「特別？　なんでもいいの？」

「マシュマロ入りのココアでも、人気の店のテイクアウトでも。魔法で取り出しますよ」

冗談を言うと桜葉は笑ってくれたので、そのまま退室した。志波製薬のような大きな会社で、それもきちんと売り上げを出している部署を背景にしていても、女性が上にいくというのは厳しいものらしく複雑な気持ちになる。

ため息をつきながらエレベーターに向かっていると、ちょうどドアが開き、スーツの集団が降りてくる。オオムラサキ特有の甘い香りが強く鼻を打ち、黄辺はハッとしてその場に立ちすくんだ。

集団の先頭に立って降りてきたのは、史仁だった。均整の取れた体格に上質のスーツを着込み、落ち着いた様子でエレベーターを開けてくれた部下に礼を言っている。

後ろにぞろぞろと続く社員たちは、史仁より年かさだったが、誰も彼も異様なほどに存在感がある。集団のうち、数人は外国人だ。

（取締役会か……）

会社のサイトで確認した顔ぶれだと気がついて、黄辺はさっと廊下の端に寄り、頭を下げた。史仁がちらりと視線をよこし、「おや」という顔をしたのが視界の端に映る。彼は目元を緩ませて微かに笑んでくれたが、声はかけずに桜葉のいる会議室に入っていった。話しかけられずにすんでホッとした。変に目立って上役の人たちに覚えられたくない。

だが——スーツの群れの中にいた一人が、ふと黄辺の前で足を止めた。

「……あれ。きみ、見覚えがあるな」

眼の前で呟かれ、そっと顔をあげる。史仁よりもいくらか体格のいい、整った顔の男。志波に似た面差しだが、志波より目つきが鋭く、赤いフレームの洒落《しゃれ》た眼鏡をかけている。

ドクリ、と心臓がすくみあがるのを感じた。

眼の前が暗くなる。鼓動が、強く打つ——。

耳の奥で、叫ぶ声がした。やめてください、と泣いて繰り返しているのは自分で、嗤っているのは男の声だった。

——久史のやつ、もうこの遊びを覚えてんじゃねーか。

喉の奥で嘲笑いながら、十四歳の黄辺の体を暴《あば》いた男。

（史彰さん……）

冷たい汗が、全身に噴き出た。史彰は眼をすがめて、黄辺の胸元の社員証を見た。そこには黄辺のフルネームも、出向社員であることも載っている。

「あ。あー、黄辺髙也《たかや》くん。思い出した、久史のオトモダチだ」

史彰は黄辺を指さして笑っている。瑠璃色の瞳に値踏みするような色をのせ、じろじろと黄辺の頭からつま先まで見てくる。

気味の悪い視線にぞっとしたが、黄辺は平静を装った。

（落ち着け、落ち着け。相手は取引先の、取締役、執行役員……）

史仁もそうだが、史彰も同じくらいに上の立場の人だ。機嫌を損ねたら最悪だ。大人になれ、と黄辺は自分を叱咤した。こみ上げてくる吐き気、頭痛、目眩《めまい》。

そのすべてを無理やり無視して、頭を下げる。けれど自分が今どんな顔をしているのか、ちゃんと笑えているのかさえ、よく分からなかった。

「ご無沙汰《ぶさた》、しております」

「きみ、白廣さんの出向社員なんだな」

「はい。美容品総合部に席をお借りしております」

声が震えてないか不安だった。

十四歳のころ、乱暴に足を掴まれ、引きずり倒された記憶が、抱いてやるよと嘯《うそぶ》いた酷《こく》薄《はく》な笑みの残像が、暴れたら頬を叩かれた恐怖が、後孔に無理やり性器を入れられた痛みが……怒濤《どとう》のように蘇《よみがえ》ってくる――。

足のつま先から、血の気が退《ひ》いていくのが分かる。

（怖い。……怖い、怖い）

頭の中を、恐怖が占めてくる。心臓が早鐘《はやがね》のように打ち、早くこの場から立ち去りたいと思っていたそのとき、会議室から誰かが顔を出して「常務《じようむ》」と呼んだ。

史彰はそちらへ体を向ける。どうやら行ってくれるようだ。黄辺は息を止めて、その瞬間を待つ。と、史彰は黄辺を振り返って囁いた。

「またね、高也くん」

喉がきゅうーっと細く、引き絞られるような緊張を覚えた。黄辺は必死に作り笑いを浮かべて、「はい」と言った。

そのあとのことは、覚えていない。どうやって自分の席に戻り、どうやって退社し、家へ帰ったのか。

頭の中にはただひたすら、十二年前のできごとがフラッシュバックしていた。

史彰に押し倒され、抵抗もかなわずに犯されて——それを、志波に見られたときのこと。

志波久史を、壊してしまったときのことが。

七

悲劇が起きたのは、黄辺《きべ》が志波《しば》に頼みこんで、抱いてもらったことが原因だった。

オオムラサキの匂いをつけたまま、志波の家を訪《おとな》ったのも悪かった。

史彰《ふみあき》に犯された黄辺は志波の自室に連れ込まれ、寝取り返された。志波は黄辺を抱いている間中、汚い、汚い、と泣きじゃくっていたのを覚えている。

——汚い、汚い。こんな汚いこと、なんでさせるんだよ——。

黄辺の中に性器を入れて動きながら、志波は涙をこぼし、その涙はまるで大粒の雨のように黄辺の顔に降っていた。

……きれいなものが好きな久史《ひさふみ》に、汚いものを、抱かせてしまった。

そう思った。後孔が傷ついて血が溢れ、失神しそうになりながら、黄辺はこみあげる罪悪感に死んでしまいそうな気持ちだった……。

「ねえどうしたの?」と耳元で訊かれて、そのとき黄辺はハッと我に返った。

部屋着に着替えた黄辺は、家のキッチンに立っていた。時計は夜の八時を過ぎている。

大根の皮を剝《む》いている途中で、黄辺は手が止まってボンヤリとしていたようだ。

「鍋《なべ》煮立ってるよ」

「えっ、あっ、やばい」

　煮干しを入れた小鍋をコンロにかけていたこともすっかり忘れていて、入れておいた水が半分くらいになっていた。火を止めながら、なにをしているのだろうとため息をつく。そこでじっと、こちらを見ている視線に気がついた。

　今帰ってきたばかりらしい志波が、スーツ姿で黄辺を見ていた。とたんに昼間に会った史彰のことを思い出して、黄辺は志波から眼を背けた。

「お前は風呂入ってきたら？」

　なにか言いたげにしていた志波は、黄辺が全身から話しかけるなというオーラを迸《ほとばし》らせているのが分かったのか、言われたとおりに風呂場へ向かった。一人になり、もう一度ため息をつく。うつむいた視界には、中途半端に皮を剝かれた大根が転がっている。

（もう、十二年も前のことなのに。いまだにトラウマなのか？　俺……）

　史彰の冷たい眼を思い出すと、背筋がぞくりと冷えた。明日から連休でよかったと思う。休みの間に気持ちを整理しようと決める。

（もう俺は十四歳じゃない。なにかあっても適切に対処できる……）

　すくみ上がりそうな気持ちを切り替えるために深呼吸して、黄辺は夕食を作り直した。

う訊かれた。

「黄辺、なんかあった？」

簡単な調理を終えて食べ始めたとき、風呂からあがって一緒に食卓についた志波に、そう訊かれた。

「……なんかって？」

なにを意図した質問かは分かっていたが、黄辺はとぼけて、会話を逸らした。

「そういえば、今日ありがとうな。……赤星さんと話せてよかったよ」

ファイルとかも、いろいろ、ともぞもぞ言葉を続ける。史彰のことに気を取られていたが、思い出せば今日は志波の新しい面をかなり見たと思う。

と同時に、親切にするのは気楽だからだと言っていた志波の言葉も思い出す。あれ、どういう意味？　と訊きたくなったが、なんだかうまく言葉が出てこなかった。

（六年間、俺と会わない間……お前はずっと他人には親切にして……でも、誰にも別居のことも気取《けど》らせず……一人で生きてたの？）

それって、淋しくなかった？

虚しくなかった？

――眠れない夜はなかったの？　俺は……俺はあった。お前が幸せだって信じてたのに、そうじゃなかったって知って、俺は胸が張り裂けそうに痛い……。

心の中には言葉が溢れるが、口には到底出せなかった。

しばらく黙っていると、志波がさっきまでの会話の続きのように訊いてきた。

「赤星《あかぼし》さん、どうだった？」

「え？　ああ、いい人だったよ。今度飲みに行こうって言ってくれた」

「黄辺と赤星さんは気が合いそうだもんね」

さらりと言ったあとに、なんでもないことのように志波が話を続ける。

「黄辺と話した感触、赤星さんにも聞いたよ。性格良さそうで癒やされただって。まあ赤星さんは、紳士的な人だから安全だと思うよ」

「……」

そうだな、と返そうとして、わずかに違和感を覚えてふと止める。箸を手にしたまま、思わず向かいの志波を見あげた。

「赤星さんに俺と話したこと、確認したの？　俺たちが話したあとで、わざわざ社内電話かけたってこと？」

「ああ、うん。一応ね」

「……機密情報上の問題でもあった？」

なんだか心臓が、いやな音をたてる。この先を聞いてはいけない気がしたけれど、気がついたらもう訊いていた。志波は一秒言葉を選んだあと、続けた。

「ていうか、赤星さんも黄辺より上位種だから」

どっちかというとオオムラサキに近い種だし、と言われて、黄辺は聞きたくない言葉を言われると予想した。

「黄辺は危ういから、なんかされてないか確認したんだよ。赤星さんは大丈夫だと思ってたけど一応ね。下心はなさそうだったから、飲みに行っても大丈夫だと思うよ」

「……いや。いやいや、なんでお前がそんなこと気にするの？」

腹の底に、ぐっと怒りがたちのぼってくる。思わず嘲《あざけ》るような笑みがこぼれる。

「そんなの、なにかあっても俺は自分で対処するから。子どもじゃないし、そこまで面倒みてくれなんて言ってない。飲みにいくかどうかだって、俺が自分で決める」

「なに怒ってんの？　単にうちはオオムラサキが多いから、お前は危ないって話でしょ」

黄辺の部署は、オオムラサキ出身者いないけどさ、と志波が呟く。

「他のとこは多いんだから、社内は用心しろってだけ」

「なにそれ、じゃあお前は、部署の女の子のことも全員危なくないか確認してるわけ？」

「じゃなくて、黄辺だから。黄辺、オオムラサキにヤラれやすいから」

押されたらすぐヤラせちゃうじゃん、と付け加えられた瞬間、頭に激しく血が上った。

カッとなり、黄辺は志波に箸を投げつけていた。

——オオムラサキに、ヤラれやすい？

「お前が……っ、お前が言えることか……っ？」

箸がバン、と志波の胸に当たる。志波は眼をしばたたいて食べるのをやめた。

「ヤラれやすいってなんだよ！」

黄辺は立ち上がり、テーブルを叩いた。

「そもそも俺は……っ、お前に言われたときしか抱かれてない！　好きでヤラれたことなんかねーんだよ！　人のこと散々利用しといて……よくそんなこと言えるな、だからお前らみたいなやつらは……」

瞼の裏に、高校時代、黄辺に命令していた志波のことが、昼間会った史彰の値踏みするような表情がちらつく。

——黄辺、僕が抱いてあげるから、そのあと大和《やまと》に抱かれてきて。

何度も何度も言われた言葉が、耳の奥に蘇る。言われるたびに傷ついて、心臓から血が出るみたいに苦しかったのに、いつも笑って受け入れた。「いいよ、気持ち良くしてね」などと、セックスが好きな淫乱みたいなフリをした。本当の淫乱になれたらどれだけ楽かと、他の男に抱かれに行ったことまである。結果は傷ついて終わっただけ。それでも、志波の言いなりに抱かれることが義務だと思っていた。

（俺がどれだけ、どれだけ、どれだけ……傷ついてたか、お前は……）

そう言って責めてやりたい。体が怒りに震えている。だがその瞬間、「じゃああれは？」と自分の中に疑問の声があがる。

黄辺が唯一、志波に抱いてくれとせがんだ十四歳の初体験は？

あれは、志波の望んでいないセックスだった。

あれは黄辺の罪だった。

あのとき黄辺が志波に抱かれなければ、黄辺は史彰に犯されることもなかったし、志波を狂わせたりもしなかった。そうしてあのできごとがなかったら――志波は、大和に黄辺をけしかけたりしなかった……。

罪悪感がこみ上げてくる。被害者は自分のはずなのに、自責の念があるせいで怒りが続かない。

「……ねえ。やっぱり会社でなんかあったよね。誰かと話した？」

不意にそのとき、志波までが立ち上がった。

黄辺は「なにもないって」と答えると、怒りを鎮《しず》めようと食器を片付け始めた。これ以上言い合う気力がなくなっていた。食事は途中だったが、もう食欲もなくなっている。

一度冷静になりたくて、話をそらす。

「……久史、連休はどうすんの。七日間もうちですごすつもりか？　それとも……」

そのとき、ぐっと手首を掴まれた。ハッと顔をあげると、いつの間にか横に回り込んでいた志波が、黄辺の手首を握っていた。瑠璃色の眼が、珍しくなにか強い感情を孕《はら》んでこちらを見つめている。

そこにあるのは、怒りに見える。黄辺は思わず、恐怖を感じた。

「なに、放せよ……」

振り払おうと動かしたが、びくともしなかった。間近に顔を覗き込まれて、黄辺は息を詰まらせる。

「やっぱり、会ったんだ？　――史彰と」

低い声。断定する口調に、どうしてか黄辺は戦慄《せんりつ》した。

史彰という名前を口にするとき、志波の眼は底知れぬ怒りにぎらついて見えた。

「……会って、ない」

嘘つき、とすぐさま言われる。

「鉢合わせたんでしょ？　あいつ、三時から七階で会議だったもんね。しくじったよ、赤星さんと話し合う場所、七階にするんじゃなかった。絶対に顔を合わせないように、あいつの予定はあらかた調べておいたのに……」

「は……？」

聞いた言葉が意味不明で、黄辺は眼を白黒させた。志波が普段見たこともないほど苛立って、舌打ちしている。

「史仁《ふみひと》に言うか。史彰を飛ばせって。それか黄辺の処遇を変えるか……」

なにを言われているか分からなかったが、とんでもない内容だということだけは分かって、黄辺は慌てて叫んだ。

「会ってない！　すれ違っただけだ。あっちは俺のことなんて覚えてなかったよ！」

半分嘘で、半分本当。実際には言葉を交わしたけれど、史彰は社員証でフルネームを確かめるまで、黄辺のことを思い出せなかった。だからあれは忘れているのと同じだと思う。

志波は眼に冷たい光を浮かべたまま、探るように黄辺を見ている。いつもいつも、上から見下ろし、見透《みす》かし、決めつけてくるこの瞳が、黄辺には怖かった。

「放せって。痛いだろ……っ？」

もうこれ以上このやりとりをしたくない。強めに声を荒げたら、志波は手首を握っている指に、逆に力をこめてきた。ぎりぎりと締めつけられて、手首に痛みが走る。振り払おうともがいたが、まるで動かない。志波は酷薄そうに眼を細めた。

「黄辺はさ、白廣社《はくこうしゃ》さんに戻ったほうが……いいんじゃない？　うちにいると危ないよ。オオムラサキに腕一本とられても、抵抗すらできないんだし」

上に話つけてあげるよ、と囁かれた。

「お前の功績になるように、白廣社さんにはちゃんと言ってあげる。大口の広告も分けてあげる。史彰にまた、犯される前に……」

頭の中が、白くなる。

気がつくと、空いたほうの手で志波の胸を力一杯殴っていた。

中型種でもハイクラスだ。渾身《こんしん》のそれには志波も一歩よろける。手首を掴む志波の指が緩んだ。黄辺はそのまま勢いよく志波の体を張り倒して、距離をとった。志波は三歩後ろに下がっただけだが、それでも解放された。

「なんで俺が！」

瞬間、喉が裂けそうなほど強く怒鳴っていた。

「お前に都合よく抱かれてたせいで……なんで俺が！　仕事まで諦めなきゃならないんだっ？　偉そうに上から言いやがって、俺は俺の実力で仕事くらいとれるんだよ！」

ばかにするな、ばかにするな、ばかにするな、と黄辺は思ったし、口に出していたかもしれない。頭の中がぐちゃぐちゃで自分でもよく分からない。

「史彰さんに犯される前提で話すんじゃねえよ！　俺はな、俺は、自分で自分の身くらい守れる！　史彰さんだけじゃない、俺はオオムラサキだからって……簡単に抱かれたりしないんだよ！」

なぜこんなふうに平気で、傷を抉《えぐ》るようなことを言うのか志波の神経を疑った。お前だって俺と変わらないくせに、という気持ちが、黄辺の胸に突き上げてくる。

「お前は……っ、忘れてんの？　お前が俺に、大和になにしたか！　お前だって共犯だろうが……！　大和を苦しめたのは俺だけじゃない……お前だって悪かったろ」

まとまりのつかない感情が、胸の中で暴れている。

怒り、恨み、つらみ、罪悪感、泣きたいほどの苦しい記憶が逆流し、言葉が止まらない。

「俺はお前に言われたから、大和にも抱かれたんだ！　全部、全部全部……お前が言うから……オオムラサキだからって、ヤラせてたわけじゃねーんだよ！」

ぼろっと、涙がこぼれた。唐突に抑えきれなくなった。あのころずっと苦しかったという気持ちが、胸いっぱいに思い出される。

「でも、でもな、責めるつもりなんかない！　俺だって悪かったから……だから、だから俺はお前の人生から消えてやったんだろっ？　なのに勝手に押しかけてきて、今度は仕事まで指図するわけか？　またお前の言いなりになれって？　ふざけんじゃねえよ！」

子どものように、地団駄《じだんだ》を踏んでいた。

「俺はな、俺は、お前が結婚してから誰とも寝てない、仕事しかしてない、ずっと……ずっと一人だったんだよ！」

顔を覆って怒号《どごう》していた。高校のころ——志波が大和を苦しめて楽しんでいたのは、歪んだ愛のせいだったはずだ。

——史彰さんに俺が強姦されなかったら。

何度もそう思った。もし、史彰に自分が寝取られなかったら、志波は幼いころから変わらず、優しい少年のままだったかもしれない……。

黄辺を寝取るために抱きながら、志波は泣きじゃくっていた。

汚い、汚い、なんでこんな汚いことさせるの。

（俺は久史にとって永遠に汚いものになった――）

きれいなものに、一生入れない。志波の好きなものには一生なれない。だから、どんなに粗末《そまつ》な扱いを受けても仕方がない。長い間ずっと、そう思ってきた。

そばにいて、志波の幸せを確かめたかった。でもできなかった。汚れたから、子どもが産めないから、きれいでもないから、どれほど愛しても、志波を幸せにできないから――。

「もういいだろ、もう……」

力なく、黄辺は呻いていた。

「俺は十分、償ったろ……、他に、なにをしろって言うんだよ……」

瞼の裏、花びらの舞い散る中、花嫁を伴って歩いていく志波の姿が蘇る。

長く不毛な恋が永遠に終わった日。あの日からずっと、空虚の中で生きてきた。眠れない夜を一人過ごし、孤独を胸に抱えて生きてきた。仕事をして眠って、また仕事をして眠る。きっと自分のように生きている人は他にもいると慰めて、けれどふとまわりを見れば、みんな自分より上手に、よりよく生きているように思えた。

――多くの人は、愛の循環の中にいる。

この世界は愛で回っているのに、自分はそこに立ち入れない。

それでも、六年前の結婚式のあのときに、永遠に終わらせておいてほしかった。

自分の知らないどこかで、志波には幸せに生きていてほしかった。そうすればまた、悩まないですむ。志波の幸福について、自分の幸福よりも苦しく、求めないですむ……。

また溢れてきた涙を止めたくて、ぐっと奥歯を嚙みしめた。

「……他には？」

そのとき、志波が促してきた。

（他って？　なにを言わせたいんだよ……）

わけが分からず、のろのろと手をおろし、横に佇《たたず》んでいる志波の顔を見上げる。志波はじっと、静かな表情で黄辺を見下ろしていた。瑠璃色の瞳にはもはや怒りはなかったが、いつものように凪いでいるわけではない。なにか物言いたげな、真摯《しんし》な光が宿っていた。

「他にも言いたいこと、あるんじゃない？　言っておけば。この機会に」

「なんで……」

意味の分からない提案だった。直前までの怒りや悲しみが、じわりと混乱に変わる。

黄辺はさ、と、志波は呟いた。

「十四歳で僕に処女くれてさ。それで史彰に襲われて。そのあと僕の言いなりで……二十歳で僕と別れるまでに、いろいろ溜めてたでしょ。せっかくだから言っておいたら？　スッキリするんじゃない。これが最後の機会かもしれないし」

さらりと言われる。

——最後の機会。

その言葉に引っかかり、黄辺はしばらく真意を確かめるように志波の顔を見ていた。

「最後って、なんでだ？」

「まあ……ずっと黄辺の家にいるわけにもいかないし。出てったらもう会うこともないでしょ」

「会社で、顔合わすだろ」

「でも僕、そのうち会社辞めるから」

あまりにあっさりと言われて、虚《きょ》を突かれた。

「なん、なんで？」

頭の隅に、自死、という言葉がちらつき、額にいやな汗がにじむ。志波は不思議そうに、

「なんでって……大した理由はないけどね」と首を傾げた。はぐらかされたのか、本音なのかも分からなくて黄辺は狼狽《ろうばい》する。志波のほうは平然としている。

「仕事の話はどうでもいいよ。黄辺が今まで我慢してたこと、全部言っておいたら」

「そんなの……お前に、聞く気なんかないくせに……」

「高校時代、ニコニコしてたけど本当は僕に命令されて、大和に抱かれるのいやでした、とか。言いなよ」

なにもかも見透かしているように話す志波に、黄辺はぐっと言葉を飲み込んだ。

「大和がかわいそうって思ってたろ？　大和も分かってるから黄辺を許してるけど。でも黄辺は自分を許してない。めちゃくちゃいやだったって、言えば？」

一瞬忘れていた怒りが、またふつふつと湧いてくる。

「高校のとき、知らないおっさんに抱かれてきたこともあったよね？　ビッチになろうとしたけど無理だったんでしょ？　それだって、僕のせいだと思ってたんじゃないの？」

責めたかったでしょ、と決めつけられて、黄辺は唇を嚙む。

分かっていたならなんで、と思うと、眼の前がぐらぐらしてくる。

「僕が結婚するまでさ、抱かせてって言うと股《また》開いてくれたじゃない。あれだってすごく傷ついてましたって僕を責めなくて、いいの？　結婚したら離れたのも、僕と元奥さんのためだよね。なのに僕が離婚しちゃったから、本当はムカついてるでしょ？　身勝手なやつって。なんで六年間、連絡もよこさなかったくせにって。思ってるよね？」

「うるさいやめろ！　……やめろっ！」

そんなんじゃない、そんなことない、と言おうとしたときだった。

まだあるよ、と志波が続けた。

「黄辺」

一際静かな声で、これが一番大事なことだと言わんばかりにじっと黄辺を見つめて、志波は言葉を接いだ。

「それでもなんでも、全部我慢するほど――僕を愛してるって。言わなくていいの？」

あたりが一瞬、音をなくしたように静まりかえった気がした。

全身が、氷のように冷たくなる。眼の前が真っ暗になる。

不意に心臓を、一突きで潰《つぶ》されたような痛みが、胸に走った。

――それでもなんでも、全部我慢するほど――僕を愛してるって。言わなくていいの？

（なんで言うの……？）

なんで言うの、と思った。なんで言うの。

言わないでよ。

お前が知ってることなんて分かってた。それでも一生知らないふりをしてくれるって
――せめてもの友情で、見ないフリしてくれるって。どこかでそう、信じていたのに。

「クズヤロー……」

ぽつりと呟いたあとは、なにか自分を抑えていた糸がぷちんと切れたような気がした。

涙がこみあげてきて、止めどなくこぼれる。

「黄辺」

黄辺は志波に背を向けた。もつれる足で部屋を出て、玄関先にあった靴を無意識にひっつかみ、夢中でマンションを出た。志波がどんな顔をしていたのかは分からなかった。靴《くつ》も履いたか分からなかった。

エレベーターを待てずに階段で一階まで降りて、闇の中をさまよううちにいつの間にか走っていた。

住宅街の外灯、路地裏の闇、コンビニエンスストアの照明。

すべてがどんどん後ろに流れていく。

……全部我慢するほど——僕を愛してる。

志波の言葉が脳内にこだまする。それは鋭い刃になって、黄辺の心を引き裂いていく。

……言わなくていいかだって？　言わなくていいかだって？

黄辺は頭の中で、志波に向かって叫んでいた。

（なんで俺が言えるんだ？　俺に言う資格なんてない。それにお前が……お前が、俺を愛さないって知ってるのに……）

夜道の外灯がにじみ、辺り一面の輪郭が覚束《おぼつか》なくなる。走りながら、黄辺は泣いていた。

嗚咽《おえつ》がこぼれ、涙はわけもなく頬を流れ、飛び去っていく。

とうとう人気《ひとけ》のない道ばたで立ち止まる。後ろから追いかけてくる人の気配はなかった。

顔を覆い、黄辺はその場に突っ立ったまま泣いた。

——久史。お前が幸せになるなら、いいよ。

いやなことを命じられるたび、嘘の笑顔の奥でいつもそう思っていた。

……俺が言うことをきいて、お前が幸せになるならそれでいい。

けれど、そう思ってやってきたことすべてが志波に見透かされていて、そしてそのどれも、一つとして志波の幸せにはならなかった。

志波に抱いてもらったことも、大和に抱かれたことも、結婚を機に離れたことも。

なにも、黄辺の行動のなにひとつ、志波の幸福に影響を及ぼさなかった。

夏休みの山荘。星の海の中で眠った日々。

愛とはなにかと訊かれた。

――お前を愛してくれる人、いるんだろうか。

小さなころ、ずっとそう思って不安だった。志波の胸にあるだろう虚《うつ》ろに、誰かの愛を詰め込めば……志波は笑ってくれるだろう。そして、生きてくれるはず。

(俺がその重しに、ずっとなりたかった……)

なれなかったということだけが、はっきりと分かっている。

春の夜空はもやついていて、星もよく見えない。

雲間から顔を出す月だけが、時折気まぐれのように、地上に曖昧な光を投げかけていた。


幸い、デッキシューズを履いてきていた。

無我夢中で出てきたので、裸足《はだし》ではなくてよかった……と、黄辺はホッとした。

格好は部屋着のままだったが、無意識に仕事用の鞄を摑んできており、中には携帯電話も財布もあったので、黄辺は泣き腫《は》らした顔のままふらふらと駅前のカラオケボックスに部屋を借りて、狭い個室にごろりと横になった。

受付で、アルバイトの女の子に眼を見開かれ、バックヤードのほうから「やばい、イケメンが泣いてる」という声が聞こえたりしたが、恥ずかしく感じるだけの気力もなかった。ソファに寝転がったままじっとしていると、少し離れた部屋から、誰かの歌声が聞こえた。グループで楽しんでいるのだろう、調子外れの歌に、タンバリンの音が重なる。

（なにやってるんだろうな……）

明日には部屋に帰らねばと思うけれど、今日このまま戻って、志波と顔を合わすのは耐えられなかった。どうせ志波は黄辺の感情になど構わず、なにもなかったように接してくるか、そうでなければさっきの話の続きをしてくるだろう。

（俺に、愛してるって言わせたいのかよ。……なんのために）

考えても分からない。会社を辞めると言われたことや、今までの不満を全部言えと言われたことも含めて分からない。

（戻って、久史と腹を割って話し合うべきなのか？）

悩んだが、冷静に話ができるか分からなかった。また志波のペースに巻き込まれてしまう気がする。だが同時に、ここで悩んでいることも含めて、志波の思いどおり、手のひらの内で転がされているだけの気もした。

明日が連休初日でよかった、と黄辺は思いながら寝返りを打った。すると半端に開いていた鞄の中身が見える。視界の端に映ったファイルに、黄辺は注意を引き寄せられた。

「あ、これ……連休中に読もうと思って持って帰ったんだっけ」

昼間、志波から借りた『エトレ』の資料だった。取り出して、膝の上に置いて座り直す。これを志波から受け取ったときのことを思い出すと、職場ではまともなのに……とまた思考が戻ったが、もうあまり考えるのも疲れて、資料をパラパラとめくった。

広告資料は、きっちりとまとめられている。

（きれいなファイリング……）

知らなかった志波の几帳面《きちょうめん》さが、ファイルの中に表われている。書類は一枚一枚角が合わされて綴じられていた。会議の議事録なのか、試験途中の製品についての資料を見つける。紙のあちこちに、志波の整った字でメモがとられていた。

『使い心地をよくする』『テクスチャのテスト』『お客様が安らげる時間を作る』

そんなことが、細かく書いてある。ふと、あるメモが眼に飛び込んできた。

『幸せとは？』

ハッとして、つい見入る。問いかけの下に、きれいな字で記されていた。

『ありたい自分でいられること』

ただの会議のメモだ。きっと化粧品のブランドイメージを固めるために、様々な話題が出た中で、幸せについて、ありたい自分について、話し合われただけに過ぎないだろう。だがそうと分かっていても、これが志波の心の中にあることだろうか？　とふと考えて、黄辺は知らずにそっとその字を撫でていた。

（久史は……どんな自分でいたいんだろう。どんな自分なら幸せで——俺は？　俺は、どういう自分でいられたら、幸せなんだろう……）

無音にしてあるテレビ画面に、時々自然の風景が映り込み、きれいだな、と思う。

（久史にきれいだって思ってもらえる自分なら、幸せだった……？　でも結局、それって相手ありきの幸せだよな）

本当は、たとえなにもかも捧げるほどに愛している相手だとしても、その人の気分一つで決まる幸せなど偽物《にせもの》だろうと黄辺にも分かっている。二十六歳にもなれば、他人に左右されていては、本当の幸せとは言えないことくらい理解できる。

（十四歳のときは、そんなこと考えもしなかったけど……）

ソファにごろりと横になる。

——愛の循環の中にいたい。

黄辺が願うのはそんなことだ。できれば誰かを愛して、生きていたい。

（……俺が決められるのは、久史を愛するか、愛さないかだけだ）

本当は志波の幸せを、黄辺が決めることなどできない。

黄辺がなにか与えて志波が幸せを感じたとしても——それは、きっと一時《いっとき》のものでしかないだろう。

それなのに幼いころからずっと、黄辺は志波に幸せを与えられないかと考えていた。

（初めから、間違ってたんじゃん……）

できるわけもないことを夢見て、破れて、傷ついていた。

今さらのように気がついて、乾いた笑みがこぼれた。自分が滑稽《こっけい》で、情けなく感じる。

志波がどういうつもりで黄辺のもとを訪ねたのか、もしかすると黄辺の口からこれまでの不満を言わせて、愛してると言わせて、そうすることで分からせようとしているのではないかという気もした。

いくら黄辺が愛しても無駄で、志波は黄辺の愛では幸せになれないことを、はっきりと突きつけようとしているのかもしれない。

（……俺、久史に、片付けられようとしてるのかも、しれない）

いつだったか渡米する大和を見送ったあと、志波が「片付いた」と言ったみたいに。

離婚して、娘に財産を渡し、持っているものを売り払って「片付けた」志波が、黄辺と会社も片付けようとしているのだ……と思うと、納得がいく。

向こうの部屋で歌っていた誰かの声が音を大きくはずして途切れ、同時に複数人の笑い声がした。笑いながら叩いているのか、タンバリンの音が激しく鳴る。

カラオケボックスの天井を見つめたまま、黄辺の瞳からは音もなく涙がこぼれ落ちていく。

「ひどいやつ……俺にはお前しか、愛せないのに……」

小声で呟くと、胸が締めつけられた。

黄辺は志波をいまだに愛している。けれど愛される期待はしていない。志波の心を知りたいとは思うが、知ったところで志波が決めたことを覆《くつがえ》すことはできない。

（俺の一番の願い事はもう、お前に、きいてもらっちゃったもんな……）

十四歳のときに願った。

最初に抱かれるのは、久史がいいと。

それはちゃんと、叶《かな》えられたのだ――。

（俺にできる選択は、お前を愛するか、愛さないか。許すか、許さないか……そんなのもう、決まってるじゃん。俺はお前を愛するし、許すよ。久史……）

愛さないし許さない選択など、はじめからない。できないと分かっているのだから、ない。この世界の愛の循環の中に自分はいなくても、黄辺は愛を知っている。狂おしいほどに深く、強く、幼いころからずっと愛のために生きてきた。志波久史を愛している。

それが黄辺の、生そのもののように体の奥に根付き、染みついている。

悔しいが、大人だから長く意地を張れない。もういいか、と思う。そして明日帰ろう、とも思う。

帰って志波がいたら、愛していると認めて、なにもかも話して、これがお前の幸せになるのかと、そう訊こう。

会社を辞めて、どう生きるつもりか訊こう。死なないで生きていてくれるのならそれでいいから、志波が望んでいることはなにか、今度こそちゃんと知りたいと言おう。

――お日さまにあたってるきべくんのかみ、きれいなもの。

ふと思い出す。そう言ってふわりと笑った、子どものころの志波。髪に触れた幼い指。熱い湯が胸いっぱいに広がったみたいに、あのとき、志波からの言葉が嬉しかった。今でもあのときの、痛いほどの幸福感を思い出せる。それは大切な宝物のように、心の奥にしまわれている記憶だった。

(きれいなままの俺で、いられてたらな――……)

黄辺は眼を閉じた。

孤独が胸に押し寄せてくる夜更《よふ》け、どこかの部屋の下手な歌声を聞きながら、黄辺は一人夜明けを待っていた。

翌朝、気持ちの整理はつけたから大丈夫、冷静に話せると思いながら、黄辺は家に戻った。だが、部屋に入ったところで足を止めた。

早い時間なのに、いつもの休日ならソファで寝こけている志波が、初めて黄辺の家に押しかけた日と同じ服を着てリビングに立っていたのだ。

手にはボストンバッグがある。ぎくりとした。これから家を出て行くのかと──。

（ちゃんと話し合ってない。……このまま、物別れになるのか？）

そう思ったとき、志波は「はい」と、黄辺にボストンバッグを突き出してきた。わけが分からずたじろいだが、よく見ると、そのバッグは黄辺の私物だった。

「荷物、詰めといたから。黄辺暇でしょ？　旅行行こうよ」

なんでもないことのように言われた言葉に、思考が追いつかない。ボストンバッグを受け取ってからたっぷり五秒は固まり、それから黄辺は、

「は……？」

と呟いた。

八

——なんで？　なんで俺と久史《ひさふみ》が旅行に行くんだ？

呆然としている間に、志波《しば》に「行くよ」と促されて、黄辺《きべ》は疑問に思いながらも身仕度をしてマンションを出た。エントランスの外に車が横付けにされており、志波が黄辺の荷物を後部座席へと積む。

「え、なにこの車」

「借りた。レンタカー」

黄辺が驚いているのも構わずに、志波はそう答えて助手席に黄辺を押し込んだ。あっという間に車は発進し、高速に乗り、途中サービスエリアに寄ったりしながら、だんだんと南下していく。

「……どういうつもりだよ？」

車中で訊くと、志波は「まあ、着いたら話すよ」と言っただけだった。そのうち、なるようになれ、という気持ちになった。

(どうせ戻ったら、久史の言うとおりなんでも話すつもりだったし。……少なくとも旅行中なら、逃げられることもないだろ)

昨日逃げたのは自分のほうだが、今は覚悟ができていた。ちゃんと話をして、自分の知りたいことも訊いて、志波がやりたいことがあるのなら受け入れようと思っていたのだ。この旅行も志波のやりたいことなのだろうと諦めると、気楽になってきた。

そうして、黄辺は海辺の高級宿に連れてこられていた。

「いつもご贔屓《ひいき》いただいて、ありがとうございます」

受付に志波が立つと、すぐに支配人らしきスーツの男性が出てきて挨拶をする。志波は「急なお願いですみません」と答えている。

どうやら志波家が付き合いのある宿らしいな、と、ぼんやりしているうちに連れて行かれたのはオーシャンビューで、露天風呂までついた広いスイートルームだった。

「……いや。ここ、どこ」

実際には来る途中に道の標識《ひょうしき》を見ていたから、東京からほど近い温泉街であり、リゾート地であることは分かる。それにしたって、やはり驚く。

(こんないい宿、いきなり来て取れるものじゃないよな。普通……)

まだ時間は十二時前だ。チェックイン前の時間だろうに部屋に入れたこともそうだが、オンシーズンにいきなり来て一番いい部屋をおさえられるのもすごい。やっぱり実家が金持ちだと使える権力も大きいなと思いながら、黄辺はしばらく部屋の中に突っ立っていた。

「黄辺、なにしてるの。おいでよ、海すごくきれい」

ルーフテラス風の広いベランダには露天風呂がついているスペースと、海を眺められるソファスペースがあり、志波はスチールの柵にガラスがはめ込まれたモダンな手すりに寄りかかって海を眺めていた。そちらから、黄辺を振り返って呼びかけてくる。

誘う声は、志波には珍しく弾んでいる。黄辺はおずおずと近寄り、志波の隣に少し距離を空けて立った。昨夜泣きながら部屋を飛び出したあとに、その原因の男と並んで海辺の宿にいるなんて、なんだかおかしい。

息をついて緊張をほぐし、景色を見渡す。眺望《ちょうぼう》はとてもよくて、眼の前には午前の海が青々と広がり、明るい日差しを反射してところどころ銀色にきらめいていた。

「……きれいだな」

「ね。きれい」

言葉少なに感想を交わす。

ちらりと横目で志波を見ると、海を見つめる瑠璃色の瞳には、穏やかな喜びが点《とも》っていた。その面差しに、幼いころの志波の面影が蘇るような気がする。

きれいなものを愛していた、小さな志波久史の面影が。

(……お前は、今も、こういうものが好きなんだ)

ちゃんと志波は、きれいなものが好きなままなのだ……と知れて、なぜか安堵した。

宿は高台にあるらしく、水平線まで見渡せた。空と海の境めに漁船の影が白くちらつき、海鳥がのびやかに飛んでいる。潮風が頬をくすぐると、からい潮《しお》の香りがした。寄せては返すさざ波の音に混ざって、道路を行き交う車のエンジン音が聞こえてくる。

「それにしてもさ、なんで急に海？　……なんで旅行？」

しばらくは言葉もなく二人で海を見ていたけれど、朝から訊きたかったことを黄辺はやっと訊いた。

本当はボストンバッグを渡された瞬間でも、道中の車の中でも、サービスエリアに着いたときでも、問い詰めることはできただろうがやめていた。常にけだるげに生きている志波が、自らハンドルを握って運転し、時折鼻歌を歌ったりもするので、その上機嫌に水を差すのが悪いような気がしたのもある。

「いや、よく考えたら黄辺とは山や森ばっかりで、海に来たことないなと思ってさ」

そうだっけ、と思い返し、そうだけど、と頷く。旅行といっても、二人で出かけたことがあるのは夏休みの山荘付近だけだった。

「……そもそも俺とお前、山のタテハチョウだし」

縁ないからだろ、と混ぜっ返すと、

「でもこの前、雑誌で海見て、きれいって言ってたでしょ」

と、言われる。

黄辺はなんのことか分からずにしばし固まっていたが、以前黄辺の本棚から勝手に持ち出した雑誌の一ページを見せてきた志波のことを思い出した。あのとき、見せられた写真が海だった。本当に美しい写真だったから、たしかにきれいと言ったし、志波はその言葉に満足そうにしていた。

（べつに海に行きたいって意味じゃなかったけど……。久史が、来たかったのかな？）

手すりに頬杖をついて、飽かず海を眺めている志波を見て、黄辺はそう感じる。

なにも俺と一緒じゃなくてよかったろ、とか、なんでもっと早く言わないんだとか、いろいろ思うことはあったが、志波の穏やかな横顔が幸せそうに見えて、黄辺は言葉を飲み込んだ。

会話もしないで、束の間、黄辺は志波と並んで景色を堪能《たんのう》した。

なにも話さず、ただ黙って海を見ていた時間は、黄辺にとっても悪くはなかった。さざ波の音を聞いているうちに、疑問符だらけだった心も凪いでいった。

「散歩しようよ」

と誘われて、海岸線を二人で歩く時間は、夢の中にいるような心地がした。

子どものころ、山荘で過ごした夏の日々が思い出されたのだ。それは志波が、見たことがないくらい楽しそうで、邪気のない笑顔を浮かべて黄辺に話しかけてくるからだった。灰色の砂浜に打ち上げられた貝殻を拾ったり、ヤドカリを見つけて立ち止まったりして、志波はゆっくりと楽しんでいた。

――見て、黄辺。きれいだよ……。

山荘で、道ばたの花や蝶のさなぎを教えてくれた志波を思い出す。

日が暮れてから、二人でランタンを持って、エゾゼミの羽化《うか》を見に行ったこともある。羽化したばかりの蟬は色が淡く、翡翠《ひすい》のようだった。そうしたものを見ていたときの声音と、今の志波の声音は同じように聞こえる。

(俺の家では生きているのも面倒くさそうで、会社では親切で、でも辞めるつもりで。なのに、きれいなものを見てるときのお前は穏やかで……少し幸せそう)

どれが本当のお前なの、と思ってすぐに、全部が志波なのだろうという気がした。志波はどの場面でもただ自然に振る舞っているのかもしれない。

(それで言ったら、俺は自分が損しないよう、会社では多少無理してたりする)

志波にはそういうところもなさそうに見える。親切にするのは「気楽だから」だと言っていた。あれをそのまま受け取れと言われたら、黄辺にも思い当たる節がある。

(全員に同じように親切にするほうが、誰か一人に意地悪したり贔屓するより気楽……)

ただ、そういう場所での志波がそれほど楽しそうかというとそうでもない。今海辺を歩く志波が、再会してから見る志波の中で一番幸福そうに見える。

志波は本当は、なににも縛られずにゆっくり好きな場所にいるのが一番性《しょう》に合うのかもしれないな、と黄辺は感じた。都会や会社などではなく、自然の多い場所で一人ひっそり生きていれば幸福なのかもしれない。

それは知っていたようで知らなかった、あまり強く意識しないできた志波の一面だった。

「黄辺は本当に優しいよね」

結局、昨日の話の続きもしないまま宿の豪華な夕飯を食べ、風呂に入り、日も暮れてベランダのソファで夜の海を見始めたときに、志波はそんなふうに言った。

二人は湯上がりの体をガウンに包み、海に向けて並べてある二脚の椅子にそれぞれ座っていた。サイドテーブルにはルームサービスで頼んだワインと、つまみがある。

「なんだよ改まって。……そりゃ俺は優しいよ、お前が居座るのを許してるんだから」

真面目に受け取ればいいのか、はぐらかしたほうがいいか分からず、適当に相手を腐しながら黄辺はワインを飲んだ。志波は小さく笑い、「この旅行、実は結構前から考えてたんだけど」と続けた。

「一緒に来ても、ちゃんと話し合えるのかなあって思って、言い出せなかったんだよね」

だから急になっちゃった、と志波は独り言《ひとごと》のように言った。

眼の前に広がる海は真っ暗で、遠くに夜釣りの灯りが見えた。道路の灯りがあるせいで、空はわりあい明るく、星は東京よりはよく見えるが、山荘ほど満天ではない。

あたりが暗いと、潮の香りは昼よりも強く香った。さざ波の音が大きく聞こえてくる。

「そろそろ、全部話し合おうか。黄辺」

はっきりと言われて、黄辺は言葉をなくし、じっと志波を見つめた。

志波の口から「話し合う」という単語が出るなど、考えてもみなかった——基本的にいつも言葉が足りない人間だし、ちゃんと話をしようなどという意識が、黄辺に対してあるようには見えなかった。一度だってまともに、黄辺と志波は話し合ったことがない。

けれど、と思う。

「……それって昨日の話の続き？　それともお前から俺に……話があるってこと？」

「両方かな」

志波は立てた片膝にゆるりと腕を回し、黄辺のほうへ体を少し傾けて、じっとこちらを見つめていた。ベランダには淡くフットライトがついており、その灯りの中に、志波の繊細な美貌が浮かんでいる。

黄辺の心臓は、鼓動を大きくした。

（……俺に気持ちを言わせたい、以外にも、なにかあるのか？）

想像すらつかなくて、少し震える。

「黄辺に一度、きちんと言っておいたほうがいいと思って。僕はさ――」

心臓が、がなるように音をたてる。腋下に汗がにじみ、黄辺は胃が痛む気がした。

「ちょっと、ちょっと待って」

気がつくと、そう声を出していた。怪訝《けげん》そうな志波の顔を、見ていられずにうつむく。

志波の話は皆目見当がつかない。だが昨夜、黄辺は志波に言われた言葉をはっきりと覚えている。

――それでもなんでも、全部我慢するほど――僕を愛してるって。言わなくていいの？

このまま話を聞いてしまうと、もし「愛してる」と言ったところで、たんに言わされただけの結果になりそうだった。きちんと、自分の意志で自分の言葉で話がしたい。志波に乗せられて仕方なく、というのはいやだ。

黄辺は息を吸い込んだ。ゆっくりと、持っていたグラスをサイドテーブルに戻す。その手が小さく震えてしまう。

「久史、俺……」

俺、ともう一度言って、黄辺はぎゅっと一度眼を閉じた。

「お前を、愛してるよ」

愛してる。

とうとうそう、口にした。声がかすれたけれど、言い切った。

言った瞬間、顔に血が上る。自分の言葉で心が揺れて、泣きたくなる。行き所のない「愛」というものが胸に溢れて、その感情の大きさに戸惑った。うつむいたまま、黄辺はたどたどしく続けた。

「ほんの子どものころから、気がついたらずっと好きだった。だから……十四歳のとき、抱いてほしいって言ったんだ。そのせいでお前がおかしくなったこと、申し訳なく思ってたけど、俺はあのときは、嬉しかった。……お前はいつか結婚するって分かってたから、それまではなんでも言うこときいて、償うつもりだった。お前が結婚したら、離れるべきだって分かってたから離れた……俺は本音を隠してたけど、でも、ずっと」

ずっと、と喘ぐように黄辺は重ねた。

「今も、お前が好きだよ。……お前のこと、俺じゃ幸せにできないのが一番、つらい」

吐き出したあと、長い沈黙があった。心臓はまだ激しく鳴っている。膝の上に置いた拳を、ぎゅうと握りしめてガウンがしわくちゃになった。なんの反応も返さない志波が、どう思っているのか怖くて、でも確かめたくて、ゆっくりと顔をあげる。

淡い灯りに照らされて、志波はさっきと変わらずに黄辺を見つめていた。その瞳は優しく凪いでいる。こんな顔が、志波にできたのかと驚くような優しい顔だった。

「知ってる。ありがとうね、黄辺」

慈《いつく》しむような、柔らかな声音。

ずっと知ってたと言われて、胸が強く締めつけられた。知っていたならどうして、という気持ちと同じくらい、知っていてくれたのだという喜びもあった。けれどすぐにそれは、愛の言葉ではないという確信に変わって、黄辺の胸に悲しみが押し寄せてくる。

志波は黄辺の気持ちをずっと知っていたのに、黄辺に応えようとはしなかったのだから。

だから、志波は黄辺を愛してはいない……。

順を追っていい？　と問われて、黄辺は小さく頷いた。

小さな子どもに訊くような、こんな問い方を志波がするなんて不思議だったが、それだけきちんと向き合おうとしてくれているのだと分かる。

「あのね。黄辺が僕を好きでいてくれてるのはずっと分かってた。……でも、いつか結婚もしなきゃいけないし、僕が黄辺の愛情と同じ温度でお前を想ってるとも思えなくて、ただ、そばにいてくれてるのが心地良くて……ずっとそのままにしてた。ごめんね」

ごめんね、という声音には、優しさがある。

きちんとこちらの気持ちに向き合ってくれた、ということが嬉しい。でも同時に、「同じ温度でお前を想ってなかった」という事実を知らされて、胸が張り裂けそうに痛んだ。

「でも、お前がどうでもよかったわけじゃないよ。だから、離婚したあと……会いに来たんだ。六年会わない間に、黄辺が僕なんて忘れて、変わってる可能性もあるって思ってたし、ちゃんと黄辺の気持ちを確認しとこうと思った」

それでいろいろひどいことも言ったんだけど、と志波は言葉を接ぎ、「会いに来たら、黄辺がまだ僕のことを愛してるって分かった」と言う。黄辺は息を呑んで、黙っていた。

「だからちゃんと言っておこうと思ったんだ」

不意に志波は真剣になった。黄辺は怖くなり、息を止めた。

「あのね黄辺、僕はね」

瑠璃色の瞳が、淡い灯りを受けてきらめく。闇の中の熾火《おきび》のように、それは美しく、黄辺の視線をまっすぐにとらえる。

「僕は……人が愛せないんだ」

愛せないんだよ、と志波はもう一度、念を押すように囁いた。

「他人を愛せない。愛がない人間なんだ。生まれつき、他人を愛することが、そもそもできないんだ」

だから、お前だから愛せないんじゃない、と志波は繰り返した。

志波が口をつぐむと、二人の沈黙の間にさざ波が響く。なにをどう答えていいか分からずに迷ううちに、志波がぽつりと、独り言のように呟いた。

「……世界はいつも、愛で回っている。世界は愛の循環の中にある。愛の夜明けは、喜びの始まり……。覚えてる？　昔、一緒に読んだ詩」

十一歳の夏休み。山荘で一緒に読んだ詩を諳《そら》んじた志波に、黄辺は眼を見開いた。

「……久史こそ、覚えてたの？」

「うん。十一歳のあのときから、ずっと考えちゃって。そうか、この世界って愛で回ってるんだ。でも僕、知らないなあって。たびたびあの詩を思い出して、愛ってなんだろうと思ってた。愛はたぶん、この世界で最上のものの一つでしょ。愛は美しくて、素晴らしいものなんだよね……でも僕は、愛で回っている世界の中にはいない」

淡々と、けっして卑屈な響きではなく、事実を述べるだけのように志波が話す。

「いろいろ考えてみたけど、どうしてもそうなんだ。高校のとき、大和《やまと》が――ちゃんと恋して、相手を見つけたじゃない？　あのときが、最初の悟《さと》りかな。オオムラサキ出身だから人を愛せないんだと思ってたけど……そうじゃない、僕が愛せないだけだって」

愛せないのは自分の問題だと気づいた、最初のきっかけが大和だったと、志波は言う。

「……でも、史彰《ふみあき》さんだって」

言いかけて、黄辺は口をつぐんだ。史彰さんだって人を愛してるように見えない、と言ったところで、志波の慰めにはならないからだ。

「あいつは僕と同じ、ゲス野郎だよね」

瑠璃色の瞳に、一瞬だけ怒りを滲《にじ》ませて嘲笑した志波は、「そう、僕と史彰は、他人を愛せないって点では似てるんだよ」と言い直した。そのときにはもう、志波は怒っていなかった。

まっすぐに、志波の瞳が黄辺の眼を見つめてくる。

「僕は最初から愛せない人間として生まれてきて、そのまま成長した。黄辺は、僕が自分のせいで変わったって思ってたでしょ？　僕も大和が恋人を見つけるまではそう思ってた。だからお前にいやなことをさせて……大和とのゲームに巻き込んだけど……でも違ってた。お前は関係なかった。だから、黄辺はもう苦しまなくていいんだよ」

十四歳のとき、お前を抱いたから僕はこうなったんじゃない、と志波は言った。

「もう僕に、罪悪感を持たなくていい」

きっぱりと、志波が言う。じっと黄辺の眼を見て、「忘れてほしい」と続ける。

「お前がどうしてても、僕は今の僕になった。黄辺は、本当に優しくて愛情深いから」

そこで言葉を切り、志波は「愛してないと、生きてけないんだから」と言い換える。

「だから、僕がいなくなったら僕のことを忘れて。ちゃんと誰かを、愛してほしい」

それができるんだから、と志波は微笑んで言った。

黄辺は呆然として、志波の美しい顔を見つめた。

嬉しさなんてなかった。あったのは、突き放されたような衝撃だった。

突然訪れた贖罪《しょくざい》の終わりに、胸が震える。鼻の奥が痺《しび》れ、喉が焼かれたように痛い。涙が一粒、頬を転げ落ちる。

優しい声で、優しい態度で、志波が言った言葉は断絶《だんぜつ》だ。志波が黄辺を愛することはない。だからもう愛するのはやめろと、そう言われただけ――。

「どうして……今なんだ？」

震える声で訊いていた。

「だって……それならもっと早く、高校のときに言ってくれてたら、俺も、傷が浅かった。お前は俺に好かれてること、心地良かったって……利用してたってことかよ？」

「そう受け取っていいよ。……実際、黄辺に尽くされるのは今も好きなんだ。居心地がいいし、気楽だし……嬉しいって思ったりする。でも、お前が苦しんでるのも分かってたから、いけないんだろうなって、高校時代や結婚前までは思ってた」

だから、結婚したあとは追いかけなかったし、と志波が続ける。

「じゃあ、俺のことなんて、そのまま会いに来ずに放っておけばよかったろ？」

「……そうなんだけど、黄辺がまだ罪悪感を持ってたら、悔いが残ると思って。僕がこうなったのは黄辺のせいじゃないって確信したの、子どもが生まれてからだったから、会いに来るのが遅くなった」

それまではもしかしたら、誰か愛せるのかもしれないと思ってた、と志波は肩を竦めた。

誰か、いつか愛せるのかも。自分の子どもなら、愛せるのかも。

そんなふうに思っていたよ、と志波が言う。

「娘を育てながらさ……一年くらい経ったときに、娘が初めて歩いたんだよね」

愛せないという話をしているはずなのに、志波はそのときのことを思い出したように柔らかく眼を細めた。

「わって拍手したよ、嬉しくて。でも数秒経ったら、空気の抜けた風船がしゅーって萎《しぼ》むみたいに喜びは消えていった。笑ってる娘が眼の前にいて、元奥さんが隣で感動して涙流してて……家族三人一緒にいるのに、僕だけ違う部屋にいるみたいな気がしたよ」

外側から世界を見てるみたい。自分だけのけ者のよう。自分だけ、愛の輪に入れない。

「娘にさえ好意以上の気持ちにならなかった。好きだけど、愛してはいない。大事だけど、愛してはいないんだよ。僕は、一生誰かを愛する気持ちが分からないんだろうなって、そのときはっきりと悟った」

海鳴りにまぎれて、志波の言葉は静かに消えていく。

黄辺にはそのときの光景が、見えるような気がした。あたたかな家庭の空気の中で、一人気持ちが蒸発していく瞬間。取り残されたように、妻と娘を眺めている志波。

それは街ゆく人の波で、幸せそうなカップルや家族連れを見たときに、黄辺が抱える感情に似ている。自分の家族にさえその疎外感を感じるというのは、どんな気持ちだろう……。ここには自分の居場所がないような、そんな居心地の悪さ。

いつまでも暗い、星一つない夜の闇の中にいるような心地。

志波はそのまま話を続けた。

「僕は生まれつき愛がなかっただけかと気づいたら、黄辺にしたことを後悔した。十四歳で、お前が史彰に犯されたから……僕は自棄《やけ》になったと思い込んでたけど、そうじゃない。僕は単に、大和と自分が違う人間だって分かってなかっただけなんだ」

「……大和と、違う？」

訊き返すと、志波は困ったように苦笑した。

「僕は、大和みたいになれると思ってたんだよ。普通に愛されて、普通に愛して。小さいときあいつの家に預けられてたから――環境さえ同じなら、僕も大和みたいだったはずだって、勝手に思い込んでたの」

バカでしょう、と志波は嗤ったが、黄辺は笑えなかった。

志波が幼少時、どれほど淋しい環境にいたのかを知っている。それなのに隣には、真逆の家庭で育つ大和がいたのだ。羨望するよりも同化するほうが楽なくらいには、小さかったころの志波は、大和の家庭の空気を吸っていた。

「……僕が史彰みたいになるんなら、大和も史彰みたいになるんだって思ってた」

「……なりたかったの、大和に」

愛していたから？　初恋だったから？

とも思ったが、そんな単純な感情ではないことも、薄々理解ができていた。志波は黄辺の考えを見透かしたように微笑み、「そうだね」と頷いた。

「なれたら気楽だろうと思ってた。……自分が他人と、価値観も感覚も違うってことだけは、子ども心に分かってて……小さいときはそれなりに、生きづらさがあった」

今はどうでもいいけどね、と志波は首を傾げた。

黄辺はふと、八歳の夏休み、山荘に誘われたあと志波に謝られたことを思い出した。ごめんね、まきこんで、と言っていた志波。黄辺を山荘に誘うこと、弁護士や家政婦しか志波のまわりにいないこと、そのすべてが普通ではないと分かっている口ぶりだった。

（あのころの久史は、生きづらかったのかもしれない）

それは思春期まで続いて、自分と同じオオムラサキ出身者でも伸びやかに育っていた大和への憧憬《しょうけい》が深まったのかも、とは思う。

「なんで言わなかったの……俺に。寝取りゲームだって、それじゃ楽しくなかったろ。悩んでるって、苦しんでるって言ってくれてたら……」

言ったとたん、志波は「あはは」と声をあげて笑う。笑われた理由が分からずに志波を見ると、志波は「そういうとこが、黄辺、優しいんだよね」とおかしそうだった。

「楽しんでたんだよ、寝取りゲームは。興奮してたよ、だってあの当時の僕は大和と黄辺しか興味ある人間、いなかったんだから。その興味関心の対象が、性的に乱れあって僕と関与してるわけでしょ、面白かったって。若かったし、性欲も強かったし」

まあでも、愛を持ち出されたら白《しら》けたけど、と志波はため息をついた。「愛を持ち出された」というのは、たぶん大和に恋人ができたという意味だろう。

黄辺はぐっと、膝の上で拳を握った。

「……白けたから、そこから結婚まで、俺ともあまりセックス、しなくなってたの？」

大和がいなければ用済み。古びた性具のように扱われているのだと、ずっと思って傷ついていた。もうここまで話したなら全部訊いてしまえと、つい問うてしまう。

志波は一瞬眼を丸くし、それから思い出したように「ああ、あれは」と頷いた。

「なんていうか、僕と史彰側と、大和と……うちの兄、史仁《ふみひと》側みたいな人間がいるんだなってやっと気づいて。つまり、愛情深い人間とそうじゃない人間がいるなって。それで、黄辺は愛情深いほうで、僕は違う。解放してあげないとなと思ったんだけど――お前がいてくれるのが楽で、手放せなくて。悪いなと思うからセックスも頻繁にできないけど、時々無性に溜まると……正直、黄辺以外に抱きたい相手もいなくて」

流れ任せだった、と言ってから、志波は「ごめんね」とつけ足した。

黄辺は混乱してしまい、しばらくの間黙った。

「……俺を憎んでたわけじゃないの？」

「憎んだりしないよ。むしろ好意があったからそばに置いてた」

志波の言う「解放してあげないと」という考えが、結婚後の六年の別離に繋がっているのだと、黄辺は少し理解した。

（高校時代は、久史も混乱してたってこと……？　本能の濁流に流されてるみたいに、自分自身が分からなくなってた……大和が自分と違うって気づいてから、初めて自分の内面と向き合うようになって――俺のことは、考える余裕がなかったのかも）

結婚して、子どもが生まれてやっと、自分がどういう人間か分かったと、志波は言った。そこから更に離婚まで時を経て、なにもかも整理がついたから、黄辺のところへやって来た……というのは、一応だが筋が通っている。

その都度、つぶさに話してくれていれば傷つかずにすんだ、とは思う。

愛はないけれど、他に抱きたい相手もいないから抱かせてと言われたり、愛はないけど、気楽だからそばにいてと言われるのは、それはそれで辛いが、志波がなにを思っているのか分からずにびくびくと怯えていた日々よりはマシだったかもしれない。

（……どうかな。愛されなくても離れられない自分に、自己嫌悪して余計辛かったかも）

ふとそう思い、するとなにも言われなかったことは、むしろ志波の温情《おんじょう》のようにも感じる。そのとき、志波が黄辺の顔を覗き込んで「あのさ、ごめんね？」とまた、謝った。

「会いに来てすぐ、この話すればよかったのかもしれないけど――黄辺を見てたかったし、一緒にいるのが楽しかったから、ずるずる居座ってた」

「……楽しい？」

ぽかんとして、黄辺は訊き返した。なにが、と疑問に思う。二人で生活していた一ヶ月間、黄辺は志波になにも特別なことはしなかった。志波もただ、ソファで寝ていただけだ。

「楽しかったの？　なにが？」

「居心地が良かった。いつもどこにいても、なんか僕の居場所じゃないなって思うんだけど……黄辺のそばは、しっくりくるっていうか」

無邪気に笑って、志波が応える。

「こんなひどい内容だけど、今までよくしてもらったから……最後に一度くらい、きれいな場所に一緒に行って、全部話して……それで」

終わらせたかった、と志波は言った。

どこか、晴れ晴れとした表情だった。

「黄辺は？　言い残したこと、ない？」

じっと見つめられている。三歳で出会ってから今までで、一番真摯《しんし》に向き合ってくれている。それだけはたしかに分かる。これが最後。もう終わりなのだ。

志波は黄辺を、片付けようとしている。それもとても丁寧に、優しく、親切に……大事に、誠実に捨て去ろうとしてくれている。突然そのことを理解して、苦しくなった。

（いやだ……）

こんなふうに勝手に終わりを決められ、手のひらの上で転がされていることがたまらなくいやだ。だが、志波のことを分からないなりに、誰よりも分かっているつもりの黄辺には、志波の意図がすとんと腑《ふ》に落ちてくる。

もう愛さないで。

そう伝えるために、ここへ連れてこられたのだと思うと、胸が張り裂けそうに苦しい。好意だけでも持ってくれているのなら、それ以上望まないからそばにいてと、すがってしまいそうな自分がいる。体が、小刻みに震えている。

（これで、これで本当に終わりなの？）

どうすればいいのか分からず、ただぽろりと、涙がこぼれる。それを、志波が優しく拭《ぬぐ》った。志波は「あのさ」と囁いた。

「セックスする？　黄辺」

身勝手な言葉だ。今度こそ怒ろうと思った。なぜこの流れでそんな話になるのだと。けれどこの瞬間、黄辺はセックスが志波の望みではないことに気がついてしまった。

志波が立ち上がって、体を屈《かが》めてくる。頬に添えられた手に手を重ねて、黄辺は思わず、訊いていた。

「……最後なの？」

「うん。最後」

眼を細めて、志波は慈しむような声で答えた。

「最後に、僕とのセックスの思い出、きれいなものにさせて」

汚いままでいい、と思ったが、言えなかった。

また次の可能性があるなら、汚いままでいい――。

（ああ、バカだ、俺……）

――こんなにもこんなにもまだ、久史が好きだなんて……。

志波を受け入れたら後悔する。けれど受け入れなくても後悔するだろうと思った。

唇が重なる。志波の体から甘い香りが溢れて、それが潮の香りとまざりあった。志波の唇は、ほのかにワインの味がした。


ベランダから部屋のベッドに移ったあと、黄辺はかつてなく優しく抱かれた。

志波が、こんなセックスの仕方を知っていたなんて到底信じられないほどだった。

「……あ、あ、あっ、久、久史、もうやめて」

気がついたら黄辺は全裸でベッドに寝転がり、泣きじゃくっていた。感じすぎて辛い。

志波はガウンを着たまま、もう三十分以上黄辺の体に奉仕している。口の中を味わうような口づけから始まり、うなじ、鎖骨とキスを落とされ、ガウンをはだけられて乳首をねっとり舐《な》められた。乳輪をなぞる舌と指に愉悦が走り、腰骨がぞくぞくと揺れる。

乳頭を口に含まれると全身に甘いものが駆けていき、黄辺は思わず「ああ……っ」と声をあげていた。志波の長い舌と指は器用にうごめき、黄辺は乳首への刺激だけで達しそうになる。

「あ、あ、うう……っ、やだ、やだ」

乳首放して、と言おうとしたら、「いきそう?」と問われて、お腹の下のほうを大きな手のひらでぐっと押された。中の感じやすい部分を外から刺激され、黄辺は「あううっ」と呻くような声をあげて達した。

それは中イキに似ていて、全身びくびくと跳ねるのに、前の性器は張り詰めたまま射精を伴わなかった。イったあとも、きゅうう、と下腹部が引き絞られるような快感がある。

「う、うう……」

愉悦の波に圧《お》されて、どっと生理的な涙が溢れた。

(お、俺だけ先にイくなんて……)

こんなセックスは、したことがない。一人だけ達しているのが恥ずかしくて、黄辺は顔に熱が上ってくるのを感じた。

「も、もういいから、久史、入れて……」

これまでしてきたようなセックスでいい。もっと身勝手に振る舞ってほしい。

そう思って言ったとき、ぱくりと性器をくわえられた。

「あっ」

黄辺はたまらず、声をあげた。乳首への刺激とは違う、鋭く強い刺激が一気に快楽へ変わった。

「あーっ、やめて……」

喉奥まで一気に黄辺のものをくわえた志波が、口の天井で鈴口《すずぐち》を刺激しながら、長い舌を竿《さお》全体に張り付かせて、ずるる、と精をすすった。下腹部に、一気に射精感が駆け上がる。

（い、イっちゃう……！）

「あっ、あああっ、だめ、だめ……っ」

黄辺は泣きながら一息に絶頂した。身じろぎできずに、志波の口に精を放ってしまう。

（うそ、嘘だろ……）

自分の痴態《ちたい》に震えながら見下ろすと、志波が黄辺のものをくわえたまま、こくこくと喉を鳴らして精液を飲み込んでいるところだった。長めの前髪が眼にかかり、それをかきあげて耳にかけている志波の顔は、こんなときまで芸術品のように整っている。その美しさと、されていることの淫靡《いんび》さのギャップに、目眩がしそうだった。

「久史、だめ、飲まないで……汚い」

十四歳から——数え切れないほど志波とセックスした。

今まではずっと最低限の前戯《ぜんぎ》で、入れて出されて終わりだった。性器を舐められることも、精液を飲まれるのもこれが初めてだ。セックスの思い出をきれいなものにさせてと言われたけれど、こんなふうに抱かれるなんて思いも寄らず、黄辺はうろたえていた。

「汚くなんかないよ」

ちゅ、と音をたてながら黄辺の性器を口から出した志波は、あっさりと言う。ぐい、と足を開かされたと思うと、今度は後孔にキスをされて、黄辺はびくりと震えた。

「久史、な、なにするの……あっ、あ!」

次の瞬間、後孔にぬるりと入り込んできたものは、志波の舌だった。

(うそ……!)

こんなこと、誰にもされたことない——。黄辺は取り乱し、とうとう泣いてしまった。

「だめっ、汚い、汚いから……っ」

暴れようとしたが、舌で中をぬちぬちと擦られると、下半身が蕩《とろ》けるように感じて力が入らない。

「あ、ああ……あ、だめ……」

志波は黄辺の性器を手で揉《も》みながら、長い間後孔を舌で弄《いじ》くった。志波の髪が、内ももに当たるだけで感じる。中が物欲しげにひくつき、腰がつい前後に揺れた。

「やめて、汚い……あっ、う、ううう、うー……っ」

黄辺は子どもみたいにべそをかいた。志波にこんなことをさせている、と思うとどうしてかたまらないほどの罪悪感があった。強引に、奪うように抱かれたなら、なにも感じなくてすむのに、大切に慈しむように抱かれると、どうしていいか分からない。

水音をたてて舌を抜いた志波が、潤滑剤のようなものをつけた指を二本、黄辺の中にぬるりと挿入する。

「汚くなんかない。黄辺は……きれいだよ」

俺がきれいなわけない、と黄辺は思って泣いた。俺がきれいだったら、久史は俺を好きになれたはず、と。

中のいい場所を攻められて、性器がまた勃《た》ちあがってくる。後ろから指を抜いた志波が、ガウンを脱いで覆い被さってきた。裸の胸と胸が合わさると、志波の鼓動が直《じか》に肌へ伝わってきた。

（久史……）

涙に濡れた眼で、眼の前の美しい顔を見つめた。瑠璃色の瞳が、じっと黄辺を見つめている。その色は艶《なま》めかしく欲を孕《はら》んでいたけれど、それ以上に優しく、穏やかに見えた。

「黄辺、入れていい？」

後孔に、志波の硬くて大きなものがぴたりとくっつけられる。黄辺のそこは、ひくんと震えて志波の性器に吸い付いた。中に誘いこむように、後孔の媚肉《びにく》がうごめく。

（ああ、やだ……）

体の反応が恥ずかしくて、黄辺はまっ赤になった。けれど腹がうずき、中を突いてほしくて尻が揺れてしまう。志波はその黄辺の動きに、ふ、と吐息をこぼして笑った。

「可愛いね、黄辺……っ」

耳元で囁かれた瞬間、腹の奥まで一気に太いもので貫かれた。肉を掻《か》き分け侵入してくるその熱に、脳天《のうてん》まで痺れるような快楽が走る。

「あっ、あうううんっ」

待ち焦がれていた刺激に、黄辺の後孔がぎゅうぎゅうと志波を締めつけて悦《よろこ》んでいる。

「あっ、あん、あん、あっ」

腰を摑まれて激しく揺さぶられ、もう我慢できなくてあられもない声をあげる。

（だめ、やだ、理性飛びそう……）

ぼろぼろと涙がこぼれた。ここまで感じるなんて病気じゃないのかと、怖くなるほどに気持ち良くて、張り詰めた性器が小刻みに射精している。

鈴口を志波の指にカリカリと掻かれ、乳首を吸い上げられた。

「だめ、だめっ、そんなにしちゃ……、あ、あ、あ」

腹の奥になにか得体の知れない熱い塊がこみあげてくる。尿意に似たものを感じて、黄辺は内ももに力を入れて耐えようとした。けれど奥をどん、と突かれたとき、一瞬きゅううっと緊張した体は、志波の体から溢れてきたフェロモンの甘い香りを嗅いだとたんに蕩けて、緩んだ。

「あっ、あ、あ、あー……」

透明な液体が勢いよく性器から溢れた。

（いやっ、いや……っ）

止めようと思うのに、体をびくびくと震わせるだけで止められない。初めて出したけれど、知識としてそれが潮だということは知っていた。

「気持ちいい？」

潮を吹いたばかりのペニスの先を、くるくると手のひらで撫でながら志波が訊いてくる。そうしながらも腰の動きは止めずに、ぬちぬちと緩く動かされている。中のいいところを狙ってこすられる動きに、逃したばかりの快感が呆気なく蘇ってきて、黄辺は「あ、ああっ、あーっ」と甲高《かんだか》く叫んだ。

「なんでっ、普通に、だか、抱かないの、やめて……」

「こういうほうが普通じゃない？　今までのセックスがひどかっただけだよ」

黄辺は知らないんだね、と言いながら、志波は黄辺の耳の裏に口づけた。太ももを持ち上げられて、皮膚と皮膚がぶつかって音をたてるほどに激しく揺さぶられる。ベッドが壊れるのではと怖くなるほどの激しさ。それなのに快楽は深くて、下半身がもう溶けてなくなった気がする。

「ああ、あっ、い、イっちゃう、だめ、イっちゃうから……」

早すぎる、と思うのに、抑えられなかった。中のいい場所をすべて擦りながら奥を突かれ、黄辺は全身を弓反りにして、何度めかも分からない絶頂を迎えた。

一瞬意識が飛んだように眼の前が白くなった。白濁はこぼれたが、勢いはなくぱたぱたと腹に散り、黄辺は泣きながら顔を両手で覆っていた。

「黄辺、どうしたの？　恥ずかしくなっちゃった？」

伸び上がってきた志波が、黄辺の手にキスしながら訊いてきた。知らない、知らないと涙にかすれた声で返すと、志波の笑う気配がした。

「僕が、黄辺とセックスするの好きだって知ってた？」

他の誰より、黄辺とがいいと言われても、信じていいのかよく分からなかった。けれど真偽《しんぎ》を確かめるより先に、中に入っている志波の性器が、さっきより一段大きくなった。ゆっくりと律動《りつどう》を再開した志波が、黄辺の中を優しく捏《こ》ねるように擦る。すると湯水のように、愉悦が下腹部からじわじわと全身に広がっていく。

「黄辺、顔見たい。見せて」

ね、お願い、と囁きながら、志波が黄辺の手のひらに何度もキスしてくる。だんだん動きが速くなり、柔らかかった快感は、鋭さを増していく。

「あ、あっ、あー……」

もうダメ、と思った。とても体に力が入らない。

手首を摑まれると抵抗もできずに、黄辺はされるがまま顔をさらした。ひっきりなしに涙をこぼしながら、顔をまっ赤にして口を開けっぱなしに喘いでいる、自分の顔が志波に見られていると思うと、羞恥《しゅうち》で全身が震える。

いやだと思うのに、体は気持ち良さに流されて、ぐずぐずに蕩けきっている。

「あっ、あ、ああ……っ、あー……、あー……」

もう声にも力が入らない。

志波が動きを前後から回すようにしたり、緩急《かんきゅう》をつけたり、変化させるたび黄辺はがくがくと震えるだけ。わけが分からないほど気持ち良くて、ただ感じ入っていた。

（久史……）

半分意識を飛ばしながら、泣き濡れた視界の中、自分を抱いている男を見上げる。持ち上げた黄辺の足に口づけ、体を折り曲げて、唇にもキスをしてくる志波。

分厚く長い舌がぬるぬると唾内《こうない》に入ってきて、黄辺の舌を擦り、じゅるじゅると唾液をすする。

唾液が糸をひくような口づけのあとに、目尻に優しくキスされる。

間近で見た瑠璃色の瞳には、ただ真摯に黄辺の顔を見つめている色があった。じっと、黄辺の顔を写し取るかのように隅々《すみずみ》まで見ている眼。

無意識に片手を伸ばしていた。力なく持ち上がった指を、志波がぎゅっと摑んでくれる。指と指をからませて握られると、志波の体温があたたかく伝わってきた。

ここに特別な気持ちなんてきっとない。そう思っていても、まるで愛されていると錯覚しそうなほど、甘やかなセックス。

黄辺はどうしてこれで、志波は人を愛せないなんて言うんだろう、と思った。もし今この状態で愛していると言われたら……多くの人は、信じるのではないかと思う。

(愛してなくても、こういうセックスできるの、お前……)

志波が黄辺の奥の奥まで性器を入れてくる。入れた場所のさらに奥まったところへ入ろうとでもいうように、行き止まりをぐっと押された。感じたこともない刺激に、全身がびくんびくんと震えた。

絶頂を感じたとき、また下腹部を志波の大きな手のひらで押された。

「あっ！　ああっ、あー……っ」

強い快感が全身を駆け抜けて、中が締まる。内ももが痙攣《けいれん》している。

志波の精が、中に出されたのが分かった。黄辺は自らも吐精《とせい》しながら、急激な快楽に突き落とされて、気を失うのを感じた。

全身が温かなものに包まれていて、心地いい。

黄辺は湯水のように温かな川の中を、生まれたままの姿でたゆたい、流されていく夢を見た。体はだんだん水に溶けて消えていき、おぼろな意識だけを残して、下流へくだっていく。川面《かわも》に乱反射する光を見ながら、ああ俺も、久史の言う「きれいなもの」になれたのかも……と思ったとき、眼が覚めた。

「わ……、わ……っ」

気がついた瞬間、自分が本当に全裸で湯の中にいたので、黄辺はぎょっとして体を動かした。とたん、腰に鈍い痛みが走る。腹をぎゅっと後ろから抱かれて、「起きた?」と訊かれてやっと、状況が飲み込めた。

情事のあと気を失った黄辺は、志波に抱きかかえられて露天風呂に入れられていた。あたりは真っ暗で、小さなランタンが一つついているだけだ。慌てて志波から離れようとすると、後ろからぎゅっと抱きすくめられて身じろぎできなくなる。

「な、なに。なんで風呂?」

狼狽して、声が上擦る。自分の背中が、志波の広い胸にぴたりとくっついていて、そこだけ燃えているように熱く感じた。自分のそれより長く、太い志波の足の間に体まるごと収まっている形に、黄辺は居心地悪く手足を引き寄せて縮こまった。

「なんでって、黄辺の体きれいにしてあげたから……？」

志波は黄辺の体を撫でるように手を動かし、肩口に鼻をすり寄せてきた。

機嫌の良さそうな声だ。甘ったるい態度に、心臓がドキドキと鳴った。足をもじもじさせながらも、黄辺はたしかに自分の体が清められていることに気がついた。中のものはどうやら掻きだしてくれたらしい、腹部に不快感がない。

（う、うわあ……っ）

羞恥に、顔がまっ赤になるのが自分でも分かる。

何度も抱かれてきたのに、後始末をしてもらったことなどない。気絶している間の自分の姿を想像すると、きっと間抜けだったに違いないと、死にたい気持ちになった。

処理をしてもらったこともだが、情事のあとにこんなふうにベタベタとくっついた経験もなくて、どう反応すればいいのか分からずにまごつく。

（ああ俺、処女でもないのに、経験がなさすぎる……）

他人からは遊び慣れて見られているのに、と思うと情けなかった。

けれど仕方がないのだ。なにせこれまで、セックスの相手がほとんど志波だった。それ以外の男を知らないに等しいから、こんなとき、うつむく以外にできることがない。

「は、放せよ。もう出るから……」

この気まずい状態から抜け出したくて言う。

「もう少しいちゃつこうよ。これも思い出に含まれてるんだからさ」

冗談なのか本気なのか分からないことを言いながら、志波がまた、黄辺の腹を優しく撫でた。恋人同士のような触れあいに、黄辺は緊張して固まった。突っぱねようか悩み、けれど不意に、

（そうだ。これ、最後なんだっけ……）

ということを、思い出した。

志波はただ、黄辺にいい思い出を残そうとして、こんな態度をとっているだけだった。愛のある行為ではない。ましてや恋人としての触れあいなわけがないと分かると、心が冷えていき、黄辺は志波に抱きかかえられたままじっとしていた。

乱暴か、優しいかだけの違いで、結局は志波の我が儘に付き合っているだけだと思い知る。自分でも情けないのは、それが本心からいやではないということだった。

（バカみたいだな……）

揺らめく湯の中に、ランタンの光が昏《くら》く反射している。

真っ暗な闇の向こうからは、さざ波の音が聞こえた。夜釣りの船はもう見当たらない。とっくに寄港したのか、もっと沖へ出たのかは分からなかった。

眼が慣れてくると湯の中に、自分と志波の足が見えるようになった。黄辺も男の体だが、

志波に比べると細くて頼りない。たいして運動もしていないだろうに、よくこれだけ筋肉質な体を保っていられるものだと、オオムラサキの強靱さをつくづく思い知る。

（……旅行が終わったら、久史は俺の部屋を出て行くつもりなのかもしれない）

なんとなく、そう思う。

志波は言いたいことがあったから黄辺をここに誘い、それはもう言ってしまった。

志波は自分が他人を愛せないと言ったが、黄辺にとってそれは結局のところたった一つの意味だ。どれだけ黄辺が愛しても、志波は愛さないという意味。

このまま終わりにしたくない気持ちと、でも終わりにする以外ないという気持ちで、胸の中に想いがせめぎあった。立てた両膝に顎をのせてぼんやりとしていたら、志波が「見て、黄辺」と声をかけて上空を指さした。

素直に見上げると、落ちてきそうなほどの満天の星が広がっていた。

「うわ……」

思わず、ため息がこぼれた。星空の美しさに、憂いを忘れる。

夜が更けて、道路の外灯がいくつか消えたおかげらしい。三等星くらいまでなら、余裕で見えそうだった。志波はきれいだよね、と囁きながら、空を指さしたまま続けた。

「ほら、アークトゥルス、スピカ、デネボラ……」

「春の大三角形？」

星の名前を数える志波に、黄辺は思わず優しい気持ちになった。

幼いころ、こんなふうに一緒に星を探した。志波が幸福そうに見えて、嬉しかった時間だ。志波は眼を細めて、「さすが」と黄辺を褒めた。

志波が指さした南西の空に、輝く三角形が見えるようだ。中天に近い場所に北斗七星《ほくとしちせい》が並び、東には夏の大三角形が見え始めている。

「……もうすぐ夏の星空に変わりそうだね」

志波が囁いた。

星空は一年をかけて巡る。冬のオリオン座は空から消えて、やがて夏の蠍《さそり》座が主役になるだろう。そうしてまた、季節を重ねていく。

黄辺の瞼の裏に、夏休みの山荘で見た美しい星空がありありと浮かんだ。だがその思い出は、今ゆっくりと消えていく気がした。あの日々には二度と帰れない。そう思う。

「……どうして、捨てちゃったんだ？　お母さんのくれた、星座盤まで……」

気がつけばつい、訊いていた。志波が身じろぎし、不思議そうに黄辺の顔を覗いた。

「史仁さんに聞いたんだよ。前にうちの会社にいらしたときに……。ちょうどお前が、俺の家に転がり込んだ矢先で、史仁さんはお前を心配してた。お前が、実家に置いてた荷物も全部、処分したって言ってた。お母さんの形見も……」

「ああ、なるほど。そういうことね」

　志波は納得したように頷いた。その声は、単に黄辺が明かしたこと以上に、どうして黄辺が志波製薬に出向になったのかの謎も解けたというような口調だった。

「どうしてって言われてもなあ、不要な持ち物を全部捨てたら、その中に星座盤もあったってだけで、意味なんてないけど」

「でも、大事にしてたろ？」

　思わず、責めるように言ってしまった。胸がぎゅうと締めつけられて、痛んだ。

　幼いころ、志波はよくその星座盤を持ち出してきたのだ。山荘にも、必ず持って来ていた。「しば　ひさふみ」と書かれたきれいな字。お母さんの字なんだ、と話してくれたことも、黄辺ははっきりと覚えている。幼心に、その話に傷ついて胸を痛めたからだ。

　三歳になるころに亡くなったという志波の母親を想うと、悲しかった。志波を愛してくれたかもしれない人が、この世にいないという事実に打ちのめされたし、母の死を悲しいとも淋しいとも言わずにいる志波が悲しく、淋しかった。

　自分が当たり前に注がれる愛を、志波は知らないで生きているのだ。

　そう思うと、恵まれている自分が恥ずかしいような気さえした。自分だけが幸せなことが、苦しく感じた。せめて自分だけでも寄り添って、あたためてあげたい気持ちに襲われた。身勝手な気持ちだと知りながら、それでもあのときの気持ちは容易に、あまりにも容易に黄辺の中へ戻ってくる。

志波を愛したいという気持ちが、命の底にしみついている。

そっと唇を噛んだとき、志波が低い声で笑った。

「黄辺。……お前は優しいから、僕が母親の愛を知らないことを……いつも憐れんでくれてたよね。今もそう。愛の欠片を手放した僕を……違うな。今も昔もただ、お前は僕が、僕も知らないうちに傷ついてるんじゃないかって……心を痛めてるんだ」

僕の中の空虚さを、お前はいつも不憫《ふびん》に思ってる、と言われて、黄辺は黙り込んだ。

そんなことない。と、言いたくても反論ができない。言い当てられて、ぐさりと胸が刺されたような気がする。けれど志波の言い方は淡々としていて、黄辺を嘲《あざけ》っているわけではなかった。

「僕はいつも、お前の愛情を感じてたよ」

しみじみと志波が呟いた。幼いときも高校時代も、離れてからもたびたび思い出したと。

「いつでも……お前が僕に向けてくれる愛を感じてた。優しくて柔らかいもの。僕を幸せにしたいという気持ち……僕はそれが心地良かったよ。ずっとね」

本当だよ、と志波はひっそりと笑った。

「お前が僕の親だったらなあ……って、何度も思ったって言ったろ？　もしお前に育てられてたら、僕も人を愛せたかもしれない。お前が僕に、愛することを教えてくれたかもしれないって考えたりした。……でも、無理だって分かったけどね」

平然と、なにもかも終わったことのように話す志波に、悲しみよりも怒りが湧いてきた。

(嘘つき……)

胸の奥に、なじる言葉がこみあげる。

(俺の愛情を感じてたなんて言いながら、お前は俺を突き放す)

志波は黄辺の愛情を居心地いいと言いながら、同時に無意味だと線を引いている。

つまり自分の気持ちは捨てられた星座盤と一緒で、志波にとってはいらないものなのだ。

「……でも、もしかしたらいつか、お前だって誰かに出会うかもしれない。これから、すごく好きな人に出会って、愛する可能性だってあるだろ……」

声がかすれたが、構わずに言う。志波は黄辺の体を抱いていた腕を少し緩めて、浴槽の縁に寄りかかりながら、「そう思ってたこともあるけど」とのんびり反応した。

「無理じゃないかな。だって黄辺、今僕に、愛されてるって感じる？　僕がお前を、お前が僕を想うように、愛してるって思う？」

問われて、黄辺は振り向いた。肩越しに見る志波の顔はごくごく普通に、無邪気に質問しているような表情だった。

——久史が俺を、俺が久史を想うように愛してると思うか。

一度胸の中に問いかけると、答えはすぐに出てくる。

愛されているとは、微塵《みじん》も思わなかった。

大切に抱かれて、恋人のように触れ合っていてもなお、愛されているとは感じていない。

「僕が今、世界一大事に接しているのは黄辺なのに、その黄辺もそう思わないでしょ？　なら、やっぱり愛は、僕とは無縁なんだよ」

「……っ、でも、娘さんに」

気がつくと身を乗り出すようにして体をひねり、志波に向き合って訴えていた。

「たくさん、資産を渡したんだろ？　史仁さんから、手紙だって書いたって聞いた。それはお前なりに……娘さんを愛してるからじゃないのか？　だって、だってそれは」

史仁から聞いた手紙の内容は、会えなくても志波は娘を想っているというものだった。

（お前は、娘さんがいつか大きくなったとき、実の父親に自分は愛されてなかったって
——思わせないために、書いたんじゃないの？）

その行為は、愛だろうと思う。

実の親が自分を愛していなかった。そう思うのはきっと辛い。そうならないように手紙を書いた。資産を与えた。娘の気持ちを想像して行動した。それが愛でないのなら、なんだというのか。けれど志波はおかしそうに、小さく笑っただけだった。

「黄辺。——愛せなくてもね、親切にはできるんだよ」

優しく、諭《さと》すように言う。

「愛せなくても、好意は持てるし、大切だと思うこともある。愛せなくても、最大限優し

くできるし、誠実でいようとできるんだよ。……それが愛なら愛かもしれない。でも、それはべつに誰だってできることでしょ？」

この世のどこかには愛があるんだろうけど、僕は知らない、と志波は穏やかに話した。瑠璃色の瞳に、ランタンの明かりが時折映りこみ、月を反射する夜の川面のようにきらきらと輝く。

「親切と愛は違うよ。親切は頭でできることだけど、愛は心でするものだよね」

呆然と固まっている黄辺の顔に、志波の手が伸びてくる。濡れた前髪を優しく掻き上げ、頬を撫でられる。

「僕はずっと、きれいなものが好きだった。でもこの世で、たぶん一番美しいと言われている愛については、一生知らずに死ぬんだろうと思う」

「そういう人生だってある。愛し合って生きることを、自分は一生しないし、知らないで終わる。愛して、愛されて。分かるでしょ？」

「でも……そんなの、でも、そんなの」

黄辺は喘いだ。胸が締めつけられたように痛み、どうしてか自分でも分からずに涙がどっと溢れてくる。

「俺だって、俺だってお前と変わらない」

――俺だって、お前しか愛せないのに、お前には愛されないから。

だから一生、愛し合う喜びを知らないまま……生きて死ぬのだと思っている。

「俺も同じだ、俺はお前を愛してるけど……愛し愛される人生は知らない。それと違わない、お前だって俺と変わらないだろ？」

なじった黄辺に、志波は「うん」と微笑みながら頷いた。

「うん。同じだよね。でも、全然違うんだ。お前は一生愛し合えないと思ってても、愛したいと願って生きてる。僕はそんなふうに、願わないんだよ」

誰かを愛したいと、渇望《かつぼう》しない。

愛し愛されたいと望まない。

どれだけ自分の内側を探ってもその願望がないと気づいたと、志波は笑った。

「でも仕方ない。そう生まれついたんだから」

神さまが配合を間違えて僕を作ったんだね、と志波は呟いた。

実験物には往々《おうおう》にして失敗がある。失敗したものが、一見すると成功したものと同じような見映えをしていることも。

「あるとき思ってたよ。どうして神さまは、人を愛せる人間と、愛せない人間を分けとかなかったんだろうって。なんで違う種類の人間を、同じ箱に入れたんだろう……って。人を愛せる人は優しいから、僕が本当は全然違う生き物だってことに気づかずに、僕を愛してしまうじゃないかって」

神さまってひどいよね？　と、志波がおかしそうに囁く。

「返せないのに、もらうのは悪いなって思うことはあるんだよ。だから、自分が愛せない人間だって確信してからは、ちゃんと一つずつ終わらせないとと思って」

黄辺の濡れた髪を優しくかきあげ、撫でながら、「親切にするのは、気楽だから」と志波は前にも聞いたことを言った。

「全員に同じように親切だったら、僕は毎回、その人たちにしてあげられることはしてあげて、もらった分は返して。いつでも、きれいに終われるでしょ」

いつか離婚することは決まっていた。だから資産や持ち物を処分することは、数年前からうっすら考えていたことで、今いきなり思い立ったことではないと、志波は話した。

瑠璃色の瞳は真摯で、澄み渡っている。

「黄辺にも返せてたらいいんだけどね……」

独り言のように言い、志波は微笑んだ。

黄辺はこれ以上なにを言えばいいのか分からなかった。愛したいと思っていない人間に、愛について語りかけても、徒労《とろう》に終わるだけ。

（ああ、今）

終わっていこうとしている、と感じた。

志波との関係が、ついに終わろうとしている。これ以上もうどんな発展もないまま、終焉を迎えようとしている……。

いやだと思っている、引き留めたいと思っている。でもこれ以上どんな言葉を言えば、どんな態度をとれば、黄辺は志波を引き留めておけるのか分からなかった。黄辺が受け入れようが受け入れまいが、変わらない。志波が終わりだと決めてしまったのなら。

（いつでも、決めるのは久史で、俺はそれに従うだけ……）

闇の中に、海鳴りが聞こえる。潮の香りはいよいよ強く鼻先に漂い、それが情事のあとの、志波の匂いと混ざっていく。

凪いだ瞳で夜空を眺める志波の横顔をぼんやりと見つめながら、黄辺は思った。

（愛したいと思えない苦しみって、どんなものなんだろう……）

そもそもそんな苦しみは、この世にあるのだろうか？

もしかすると幼いころの志波は、それなりに苦しかったかもしれない。生きづらかったから、大和のようになりたかったと言っていたのだから。

けれどいつからか、そんな願いすら持たなくなったのだろう。

自分は愛せない人間で、愛せる人間とはそもそも違うのだと志波が気づいてしまったから。

そしてそれが本当に真実なのかどうなのかは、黄辺には分からない。

夜のしじまの中、星を浮かべた空はゆっくりと移ろっていく。

星は回る。愛と同じように世界を回っている。

東の水平線が白むころには、南の空はかつて山荘で見たときと同じ、夏の星空に変わっているのだろうと、黄辺は想像した。

もっともそのときには朝日が星の光をかき消し、その空を見ることはできない。

だがたとえ見えなくても、その星空は存在している。

この世のどこかにあるという、愛と同じように。

九

「……久史《ひさふみ》？」

浅い眠りから眼を覚ました黄辺《きべ》は、寝心地のいいベッドからむくりと上半身を起こした。露天風呂に、黄辺が志波《しば》と入っていたのは三時過ぎ。四時前には寝間着に着替え、一緒に布団に潜りこんだ。寝室でも志波は甘やかな態度で、黄辺は胸に抱かれて眠りについた。けれど深く眠ることはできなくて、うとうととまどろみを繰り返し、ふと目覚めて時計を見ると、まだ朝の五時過ぎだった。一緒に寝ていた志波はいなくなっている。

「久史」

もう一度呼んだ。寝起きで声がかすれている。

早朝の薄明かりの中、室内は妙にシンとしている。黄辺は広い部屋を隅々まで確認したけれど、やはり志波はいなかった。なにより、入り口から志波の靴が消えている。

（……どうして。帰ったのか？）

心臓がどくりと、いやな音をたてる。

落ち着け、散歩に出ただけかも、と思いながらもう一度部屋に戻り、テーブルに置かれたミネラルウォーターを取ったとき、黄辺は思わず動きを止めた。

大きめのリビングテーブルの上に、見たことのないものがいくつか並べて置いてあった。黒いクレジットカード。下にメモがあり、「あげる」と書かれていた。心臓が、きりっと痛む気がした。その横には大小の封筒があり、小さいほうの封筒は分厚く、表に「宿代」と書かれてある。ミネラルウォーターのペットボトルを元に戻し、震える手で封筒を摑むとそれはずしっと重たくて、中身は全て一万円札だった。

数百万、もしかしたらそれ以上あるかもしれないそれを、どうしていいか分からずにテーブルに置く。最後に大きな書類封筒を見る。表のメモは一言。「署名捺印《なついん》したら弁護士に送って」だった。いやな予感で、全身が汗ばんだ。それでも見なければならないと、緊張に息を止めて封筒を開ける。クリアファイルに、なにやら難しげな書類が入っており、弁護士の名刺が添付されている。

書類の最初の一行には「贈与契約書」とあり、不動産と土地の名前が書かれている。書面に記された住所を見て、すぐになにを譲渡《じょうと》されようとしているのか、理解した。

夏休みを二人で過ごしたあの山荘と、一帯の山の土地だ——。

「あいつ……なんで」

怖くなり、全身がわなわなと震えた。頭から血の気が退《ひ》いていく。眼の前に、急に思いも寄らない単語が飛び出てきた気がした。

——久史が、自死するんじゃないかと疑っていてね。

深刻に呟いていた、史仁《ふみひと》の声が耳の奥に蘇る。頭の中でなにかが弾けた。

気がつくと、黄辺は書類を放って部屋を走り出ていた。カードキーを掴むのさえ忘れ、宿を出て海岸線を走った。

早朝の無人の砂浜はどこまでも続いており、朝日に照らされて海は白々《しらじら》としていた。

(久史……久史!)

昨日一緒に歩いたところを走る。踵《かかと》を踏んで履いた靴の中に砂がどんどん入ってくる。柔らかな地面に足をとられて、何度もこけそうになった。

(このへん自殺の名所って……あるのか? 携帯で調べて……あ、電話……部屋だ)

汗だくで立ち止まり、黄辺は顔を両手で覆った。荒い呼吸が、手の中にこもる。

(落ち着け、落ち着け、違う、こんなところであいつが死ぬわけない)

焦りを落ち着けようと、黄辺は深呼吸した。全身が重たい。けれどだんだん頭が冷えてきて、宿に戻ったほうがいいと気がつく。ゆっくり戻ればいいと分かっているのに、なにかに急かされた気持ちで、また走りながら宿に帰り、フロントでびっくりしている従業員の顔を見てやっと、自分の状態が異常だと思い至った。

「あ、す、すみません。砂だらけで……」

それどころか、寝間着のままだし汗びっしょりだ。しかも部屋の鍵も忘れている。宿の従業員が眼を瞠ったのはほんの一瞬で、すぐに笑みを浮かべて対応してくれた。

「いえ。鍵をお出ししますね。なにかお手伝いできることはありますか？」

「……あの、志波……志波久史って、チェックアウトしましたか？」

従業員は黄辺のことを、志波の連れだと認識しているらしい。「志波様なら、お急ぎの仕事ができたと早朝ご出発されました」と教えてくれた。

「お連れ様にはごゆっくりしていただくようにと、七日分の宿泊費をいただいておりますが、早めにご出発されたいようでしたらそのようにして大丈夫だと承《うけたまわ》っております」

黄辺は自分の口から、そうですか、と、蚊《か》の鳴くような声が出るのを他人事のように聞いていた。

頭の中がごちゃごちゃだった。志波はとっくにここを出ていて、けれど黄辺には好きなだけいろと言付《ことづ》けてある。おそらく超過分の支払いができるよう調整もつけている。

（じゃあ宿泊代の封筒ってなんなんだよ）

あげると書かれたブラックカードも、贈与の契約書も、なんだというのだ。どういうつもりなのか。わけが分からず部屋に戻り、砂だらけの足を洗ってから携帯電話を摑む。そこで、黄辺は志波の番号を知らないと気がついた。

（大和《やまと》……大和なら知ってる）

大和にコールして、三コールめでハッとして通話を切る。大和はスケジュール的に、今の時期はおそらくパリに移動している。咄嗟《とっさ》には現地時間が分からず、調べて連絡しなおそうとしていると、折り返しの着信があった。大和だった。

「ご、ごめん、大和。そっち何時だった？」

上擦《うわず》った声で出ると、少し遠くから『夜十時すぎだよ。大丈夫』と返ってきた。

「あ……寝る前だったよな、ごめん。久史の番号が知りたくて……」

『全然いいよ。それよりなに、一緒に住んでるのに番号聞いてないのかよ？』

呆れたような大和の声に、「そうだよな……」と乾いた笑いを漏らすことしかできない。ちょっと待ってと大和が言い、黄辺の携帯電話に一通のメッセージが届いた。

『今メールで番号送った。なんかあったのか？』

気の良い幼馴染みは、心配そうに訊いてくれる。黄辺は一瞬口ごもり、それからどうしても気になったことを訊いた。

「大和……久史からなにかもらった？　なにか、普段もらわないようなもの」

自分に大金とクレジットカードと、不動産をよこしてきた志波の行動からふと、大和にもなにか渡したのではないかと思った。けれど大和は間髪《かんはつ》を容れず、

『え？　なんももらってねーけど』

と、答えた。

『そもそも連絡もほぼとってねえし。なんで？　やっぱ久史と、なんかあった？』

「あ、ううん。なんにもない。すぐ電話しなきゃだから、また」

大和に詳しく話すと、大和の父親に連絡がいくかもしれない。そうすると志波の家にも志波が黄辺に財産贈与しようとしていることが漏れて、おおごとにされかねない。黄辺は瞬時にそう判断して誤魔化《ごまか》し、通話を切る。

なるべく息を整えながら、大和に教えてもらった志波の番号へかける。混乱はしたままだったけれど、頭の隅っこで冷静になろうとしていた。

ただそのわずかな「冷静」も、次の瞬間打ち破られた。電話が繋がらなかったのだ。かけた番号は、「現在使われておりません」と案内された。

（……え？　番号間違えた？）

信じられずに、何度もかける。だが不通だった。かけてもかけても繋がらなかった。

そのうち大和からメッセージが届き、『気になったから俺からもかけてみたけど、久史、電話解約した？』と書かれてある。

黄辺はへなへなと、その場に座り込んだ。体から力が脱《ぬ》け、絶望で眼の前が真っ暗になった。最後だの、思い出だのと言っていた志波の姿がちらつく。まさか本当に、黄辺を抱いたのは身辺整理で、志波は死ぬつもりだったのか――？

（まさか……。そうだ、仕事で帰るってフロントに言ってたんだ。本当に仕事かも）

自分に言い聞かせて、黄辺はよろよろと立ち上がった。

体中が、どこか硬い場所に打ち付けられたあとのように痛んでいた。どうしてこんなふうに節々が痛むのか分からない。海岸を走ったときに変な動きをしたのかもしれない。

心拍も呼吸も妙に速い。頭がうまく働かず、視界もいつもの半分くらい狭く感じられた。だがそれでも、黄辺はできるだけ急いで身仕度をした。

テーブルに並べられていたものをボストンバッグに無造作に突っ込んで、部屋を出る。明らかに自分の様子がおかしいのは分かっていながら、フロントで「仕事ができたので」と言い訳してチェックアウトし、タクシーを呼んでもらった。

高額になるのは分かっていたけれど、電車に乗る気力がなくて東京の自宅の住所を告げる。連休だが、上りはまだ空いていると言われたとおり、ほとんど渋滞はなかった。二時間ほどの道のりを、黄辺は景色を見ることもできずうなだれ、震えてやり過ごした。いやな想像が何度も浮かび、そのたびに慌てて打ち消した。

——もしかしたら、久史は今ごろ、俺の家にいるかもしれない。

志波は合鍵だって持っている。身勝手で、すぐに黄辺のことを振り回す男だから、予想もつかないような行動をとる可能性だってある。

何度かそう思って自分を宥《なだ》めたけれど、やっと着いた自室には誰もいなかった。

そしてキッチンカウンターで黄辺がせっせと育てている豆苗の横に、志波が勝手に作った合鍵がぽつん、と置かれているのを見つけた。

　それを見た瞬間、黄辺は志波がもう戻らないつもりで旅に誘ったのだと気がついた。我慢していたものが壊れて、黄辺の眼から音もなく涙が一粒こぼれ落ちた。

（出て、行ったんだ……）

　もう、志波はここには帰ってこない。

　誰に言われなくても、それが分かった。ただ元に戻っただけなのに、まるで置き去りにされたような心地だった。悲しみが、激しく胸に突き上げてくる。

（そんなことどうでもいい、とにかく久史の所在を確かめて、この書類を返さないと）

　金もカードも、受け取るいわれなどないと思う。乱暴に涙を拭《ぬぐ》い、黄辺はスーツに着替えた。仕事用の鞄を摑んで家を出て、休日だけれど志波製薬に向かった。

（いない……、いない）

　電車に乗っている時間ももどかしく、駅に着いてからは足早に入った志波製薬本社に、やはり志波の姿は見つからなかった。志波の持っている個室、開発部のフロア、休憩室、七階の会議室フロアと思いつく限りのところを巡った。

　休日出勤している社員は一人二人見かけたが、志波はいない。美容品総合部まで降りてきて、フロアを見渡した。部長代理の席にも、志波は当然のようにいなかった。なにか手がかりはないかと、思わずその席に近づいて机上を見たが、きれいに片付いたデスクにはメモ一つない。

（あとはもう、久史の実家くらいしか思いつかない……）

しばらくの間その場に棒立ちになっていると、

「黄辺くん？　どうしたのよ。忘れ物？」

と、声をかけられた。我に返って顔をあげる。すぐ隣の机の前に、眼を丸くした桜葉《さくらば》が立っていた。どうやら休日出勤していたらしい。彼女はいつになく、驚いた様子だった。

「あ、お、お疲れ様です。す、すみません、志波部長代理に確認があったんですが……」

不審に思われるかもしれないと感じながらも、その部長代理の机の前に立っている時点で誤魔化しはきかないと観念してそう言った。

桜葉は数秒黙って、ふうん、と頷いていたが、やがて「社用の番号知らないんだった？

社内イントラに載ってるわよ」と教えてくれる。

「でも今、電話には出られないんじゃないかな。東北工場が納品トラブルで昨日からやばくって。専務と二人で、志波部長代理、あっちの大口取引先に謝罪に行ってるから」

（……え）

聞かされた言葉に、息が止まる。

「東北一帯シェア率ナンバーワンのDS相手に大量の納品ミスしちゃったらしいわ。うちで作ってるジェネリックね。以前、開発で部長代理が一枚噛んでたの。今回のミスに責任はないけど、相手先の社長が部長代理のことお気に入りだから、まあ、丸くおさめるために朝イチで飛んだって、部長クラスにはメールで連絡あったのよ」

「それは……大丈夫なんですか？」

志波が本当に仕事だったことが分かってホッとしたのと同時に、思っていたより事態が深刻そうでたじろぐ。だが桜葉は「私も関係ないなりに、心配で一応出てきたんだけど」と、肩をすくめた。

「さっき東北工場にいる同期に連絡とったら、北部の工場在庫かき集めてなんとか当面の分は見繕《みつくろ》えたから、あとはまあ、休日返上で東北工場だけ稼働させるって」

「……け、結構巨額の損失が出ますよね」

「まあ、こういうときのための余剰利益よ。目先の損失より末永い信頼ね。地方はデパートなんて少ないし、うちにとってもDSは主戦場よ。印象悪くなるよりはよほどいいわ」

対応が専務で助かったわよ、と桜葉は言った。

「これが常務だったら最悪……あ、これは聞かなかったことにして。それより黄辺くん、急ぎじゃないなら帰ったほうがいいわよ。気づいてないのかもしれないけど……その状態でうちの会社いるのまずいんじゃない？」

黄辺はハッとして、「すみません」と頭を下げた。混乱しながら出てきたので、よほどみっともないのだろう。たしかに鏡で、身だしなみのチェックすらしなかった。それに海辺で汗をかいたのに、シャワーも浴びてない。きっとかなり臭《にお》うはずだ。
「慌てていたのでお見苦しい姿をお見せしてしまい……出直します」
ただでさえ化粧品を扱う部署なのに、失望されたかもしれない……と恥じ入る。桜葉は
「お見苦しいっていうか……うち、オオムラサキ出身者が多いから」と言いかけて、なに
を思ったのか途中で言葉を切った。それからしばらくの間、無言でじっと黄辺を見つめる。
(……なんだろ?)
シャツが汚れてでもいただろうかと、黄辺は物言いたげな桜葉の視線にそわそわした。
「うん、まあ。連休明けたら飲みに行こう。あ、これセクハラになる? とりあえず顔色
もよくないし、無理せずもう帰りなさい。志波部長代理なら、今日の夜までは向こうの社
長に捕まってるだろうけど、明日には連絡つくんじゃない?」
ひとまず志波が、本当に仕事だったのだと分かって黄辺は少し落ち着いた。なぜ話して
くれなかったのかとか、プライベートの電話はいつ解約したのだとか疑問はあるけれど、
それよりも今はひどい格好で社内にいるのが申し訳なく、黄辺は再度謝って退社した。
マンションに帰り、やっとシャワーを浴びる。
(……本当に仕事だった。会社の電話は生きてるってことだよな)
濡れた頭を拭きながら、帰る間際にイントラに繋いで、メモしてきた電話番号を見る。
そういえば志波が、色気のない通話専用の機体を持っていたのを覚えている。

（桜葉さんの話しぶりからしたら、明日中には東京に戻ってくる）

そのときこそ、契約書やら金やカードを返そう、と思う。専務と一緒だと桜葉が言っていたからには、志波と一緒にいるのは史仁だろう。ならばちゃんと東京に戻ってくるはず。

少し迷って、けれどいつまでも大金を持っているのはいやだし、この状態が不安で、黄辺は会社用の番号にショートメッセージを送った。

『時間ができたら連絡ください。黄辺』

（落ち着かなきゃ……）

まだどこか緊張し、気持ちが混乱したままの自分に言い聞かせながら、ふとリビングのソファへ眼をやった。数日前までそこを独占していた男の姿が一瞬眼に映ったけれど、今は無人だった。黄辺はゆっくりと腰を下ろして、ソファを撫でる。

志波がしていたように寝そべってみる。じっとしていると、窓の外から低く飛ぶ飛行機の音がした。カーテンの隙間から差し込む光が、やわやわと床の上に降り注ぎ揺れている。

「……なんで勝手に出ていくんだよ、久史」

思わずぽつりと、呟いていた。

ずっと出ていけと言っていたのは自分なのに、今になってこんなことを思うなんて勝手だと思う。けれど、黄辺は今紛れもなく志波に帰ってきてほしいと思っていた。

——ここに帰ってきてよ。俺を愛さなくていい。ただ、いてくれるだけでいいから……。

猫のようにのんびりと、家の中で寛いでくれていればそれだけでも、自分は満足できる。起き上がってキッチンカウンターを見る。合鍵は相変わらずそこに置かれたままで、そして横の豆苗は、伸びきってくったりとしていた。

その晩、黄辺は寝室で休む気になれずにソファで眠った。じりじりとしたいやな緊張がずっと続いて、何度も夜中に眼を覚ました。空いた時間に部屋の中を改めて見ても、志波の私物はなに一つなく、勝手に持ち出されていた雑誌や貸していた部屋着も、まるで黄辺自身が片付けたかのように元の場所にきれいに収まっていた。

(久史なんて……初めからこの部屋にいなかったみたい)

ベランダに寄りかかってタバコを吸っていた姿や、カウンター越しに、黄辺が料理するのを覗きこんでいたところ、ソファに寝そべって携帯電話を弄っていた光景はどれも鮮明《せんめい》に思い出せるのに、幻だと言われればそうかもしれないという気さえした。

夜が過ぎ、朝になり、昼がきても黄辺の携帯電話には志波からの連絡はなかった。きっと忙しいのだろうから、気にせずに自分のことをしていようと思うのに、結局なにも手につかず、テーブルに置いた電話をじっと見たまま時間が過ぎていった。

食欲もなく、ソファに丸まって寝そべり、結局翌朝を迎えた。

（なにしてるんだろう……俺）

志波が突然消えてから二日め、昼になるまで何度も電話のメールを確認していた黄辺は、とうとう耐えきれずにもう一通、ショートメッセージを送った。

『お前が置いてったもののことで話がある』

けれど着信も返信も、待てど暮らせどなかった。東北工場でのトラブルが落ち着いたなら、今ごろ会社にいる可能性がある。昨日の朝までは相手先に捕まっていたとして、そこから工場の稼働を確認し、専務と一緒に帰ってきたなら、事後処理で会社に泊り、今日は最終チェックをしている……と考えるのが自然だ。工場が無事稼働し、かき集めた在庫が物流に乗ったなら、仕事自体は落ち着いている頃合いのはず。

（会社に行ってみる？　そうすれば会えるかも）

志波から連絡がもらえるとは、もう思えなくなってきていた。いくら志波でも、意味の分からない大金や不動産を黄辺が喜ぶとは考えていないだろう。押しつけて去って行ったのは、今後関わる気がないからだとしか思えない。

行動するなら早いほうがいいはずだ。確実に捕まるだろう場所で待ち伏せしなければ、志波に会うのは難しいだろうし、今を逃せば連休明けまでこのままになる。

（……でも、会って話して、意味なんてあるのか）

ふと、そんなふうにも思ってしまう。

受け取る気のないカード、大金、不動産。黄辺がどういうつもりか訊ねても、志波からまともに返事が返ってくることはないだろうし、会社の住所あてでも、志波の指定した弁護士あてでも、それか最悪史仁に頼んででも、志波が置いていったものを送り返すほうがいいかもしれない。

でも、このまま引き下がって忘れるのも、結局は志波の思い通りになっているだけではないだろうか。黄辺の恋の終わりまで、どうして志波に決められねばならないのだろう？

「……考えるのやめよう」

黄辺はぽつりと呟いて、起き上がった。考えても悪いことしか思い浮かばないのなら、行動した方がマシだ。黄辺はスーツに着替え、再び会社に向かった。

志波製薬に着くと、昨日来社したときよりも人気《ひとけ》はなかった。最初に美容品総合部へ立ち寄ったが、今日は桜葉の姿もない。

(久史も……来てないのかな)

不安になりながら、開発室のある下の階に降りてみた。今日は社員証と携帯電話、財布だけをスーツのポケットに入れてきていた。手には書類ケース。この中に、志波に返すべきものを入れてある。

開発部も人気はなく、黄辺は緊張しながら志波の個室を覗いた。中には誰もいなかったけれど、デスクライトが点いているのが見えて、心臓がどきっと跳ねた。

(個室にはいないけど、久史、社内にいる！)

どこにいったのだろうと、あたりを見回す。開発部の休憩スペースには人影がない。

(史仁さんとお詫びに行ったたって言ってたし……まだ二人で一緒にいるのかもしれない)

個室の前で待とうかと思ったが、開発部の人が出社してきたら不審に思われるだろう。

(七階に行ってみよう。打ち合わせブースにいるかも)

以前、赤星《あかぼし》と使った一画。気軽な場所だ。これだけ人がいないのなら、専務が開発部の部長と話し込んでいても、おかしくはないと思った。もし二人がブースにいるだけなら遠目に確認くらいはできるはずだ。

そう思って行ってみたが、七階のブースには誰の姿もなかった。

意気込んで来たのにあてがはずれて、黄辺はため息をついた。書類ケースを胸に抱き、しばらく思案《しあん》した。やっぱり志波の個室前で、張り込むしかないのかもしれない。

そのとき、後ろでドアの音がした。誰かが出てくる気配があり、黄辺は志波かもしれないと、急いで振り返る。

「あれ……」

けれど、眼が合った人物を見て黄辺は硬直した。志波とよく似た背格好に、赤いフレームの眼鏡。前髪を撫でつけた男は、志波の二番めの兄、史彰《ふみあき》だった。一人で会議室を使っていたらしく、薄いモバイルパソコンを持っている。黄辺を見ると、にやりと口の端を持ち上げて面白そうに嗤った。

「髙也《たかや》くんじゃないか。なにしてる?」

問われて、ぞくりと背筋に悪寒が走った。全身にぎゅっと緊張が走る。だが相手は取引先の常務なので、黄辺は努めて笑顔を作り、「いえ……調べ物を」と誤魔化そうとした。

「調べ物?」

史彰は近づいてきながら、黄辺が胸に抱いた書類ケースを見た。まずい。中身を見られたら面倒なことになるだろうと、直感的に思う。

「常務こそ、お疲れ様です。すみません、急ぎの仕事があるので……」

ほとんど眼の前まで来ていた史彰の脇をすり抜けるようにして立ち去ろうとしたとき、片腕をぐっと摑まれて引き留められた。

「逃げなくていいだろ?　俺ときみの仲で」

嘲弄《ちょうろう》するような声に、心臓が一気に鼓動を速めた。瞼の裏に、無理やり床に引きずり倒され、組み敷かれて犯された——十四歳の記憶が蘇る。

やめて、と泣き叫んだ自分。軽々と足を持ち上げ、黄辺の頰を叩いて嗤っていた史彰。

黄辺は頭の中で必死に冷静になれ、冷静になれと言い聞かせた。

「……放してください」

できるだけ静かに、そう言った。とたんに、史彰は心底から面白がるように——笑みを深めた。一瞬のことだった。摑まれた手首を乱暴に引っ張られて、書類ケースが床に落ちる。黄辺はすぐ後ろの打ち合わせテーブルに、背中から落とされていた。

「……っ、やめろ……っ」

もう笑顔ではいられなかった。史彰が黄辺を押さえるようにのしかかってきたのだ。

「なにをするんですか……っ？　出向社員に乱暴するつもりですか」

怯えた顔をしたら、喜ばせるだけだ。恐怖で全身が冷たくなりそうなのを必死にこらえて、黄辺は史彰の胸を押しのけようとした。史彰はへらへら嗤いながら、「それはないんじゃない、高也くん」と首を傾げた。

「久史の匂いべっとりつけて、ここに来といて。オオムラサキに犯してくださいって言ってるようなものなんじゃないのォ？」

粘っこい声音で言われて、黄辺は脳天を叩かれたような衝撃を受けた。

――あ。

忘れてた、と思う。どうして忘れていられたのだ、と思う。

不意に昨日、社内で会った桜葉が物言いたげにしていたのを思い出した。瞬間、顔にカッと血が上ってきた。

（俺……俺、久史のフェロモンつけたまま、匂い消しも飲まずに会社にきてた……）

ありえない失態だった。いつもなら絶対に犯さない過ち。

オオムラサキのフェロモンは強烈だから、セックスをすると五日は匂いが消えない。以前志波に抱かれた翌朝は、市販の匂い消しを飲んでから出社したというのに——。

落ち着け、落ち着いて対処しろと、と何度も自分に言う。史彰がいかに享楽的《きょうらく》で残酷か、十四歳のときに思い知っている。ここで下手を打ったら、本当に最後までされてしまう。

黄辺は震える手で、スーツのポケットをまさぐった。携帯電話を探り当てる。

「……だとしても、史彰さんが俺になにかしたら、暴行罪ですよ」

放してください、とできるだけ冷静な声で言った。ぐっと手を摑まれて持ち上げられたのは次の瞬間のことだ。両手をひとまとめにされ、史彰の大きな体で組み敷かれる。

「それは強姦ならだろ？　和姦なら関係ないよなあ？」

瞬間、史彰の体からどっと、フェロモンが溢れてきた。オオムラサキの強いフェロモン香に、四肢《しし》が痺れたように震える。体温が急に上昇して、黄辺は「あ……っ」と喘いだ。

「高也くん、久史に抱かれ慣れてるだろ。オオムラサキのフェロモンには勝てない」

耳元で低く、囁われる。うなじを嗅ぐようにして近づいてきた史彰が、黄辺の首筋を軽く舐めてくる。気持ち悪さに、ぞっと首の産毛が逆立った。

「俺が二十歳だっけ、きみを犯したの。あのときのきみはまだ小さくて、女の子みたいだったよな。またきみを寝取ったら、久史のやつどんな顔するかな」

あいつまた、壊れるかな、と史彰が言う。面白がる態度に、黄辺は怒りが湧いてきた。

「放して……放せ。俺は……合意なんてしないからな……っ」

暴れようとしたが、上半身も下半身も固定されたように動かない。史彰は小動物の抵抗を見物しているかのような顔で、愉快そうに黄辺を見下ろしている。

「こんなこと……していいと思ってるんですか……っ、史彰さん、大企業の、志波製薬の常務が……他社の出向社員を無理やり社内でなんて……」

「いいんじゃないの？　バレなければ」

バラさないでしょ、きみは。と、史彰は眼を細める。

「十二年前だって、おとなしく俺と久史に食われたんだからさ」

黄辺は冷たい汗が、額から鼻筋を通って頬にこぼれてくるのを感じた。じっと、史彰の眼を見る。眼鏡の奥で、志波と同じ瑠璃色の瞳が残虐に光っていた。

「……罪悪感は、ないんですか」

思わず震える声で、そう訊いていた。史彰は眉をわずかに動かし、首を傾げた。

「なんのため？　きみの処女……処女じゃなかったか。きみを犯したこと？　でもあれ、俺が悪いっけ？　久史の匂いつけて家に来たきみが悪いんじゃないの？」

「そんな……ことじゃなくて」

頭がガンガンと痛み始める。明滅する、古い記憶。史彰に頬をはたかれ、ろくにほぐされることもなく無理に挿入されて――血だらけになった姿を、志波に見られた。

眼が合ったときの志波の、絶望した顔が忘れられない。

黄辺の中に精を放った史彰は、弟を見てニヤニヤと嗤った。黄辺の中から自分のものを抜き、「ほらよ。やる」と言って、黄辺を差し出した。

志波は怒りにまっ赤になり、けれど本能には抗えずに黄辺を自室に連れ込んだ。そして泣きじゃくりながら、黄辺を抱いた。階下のリビングから、史彰の哄笑《こうしょう》が聞こえていたことを、黄辺は覚えている……。

「たった一人の、弟でしょう。あんなふうに傷つけて……そのことに良心の呵責《かしゃく》は、ないんですか……」

——もしもあんなことがなければ。

何度も、黄辺はそう思ってきた。もしもあんなことがなければ、志波はもう少しまともに人を愛せたのではないかと。そうではないと先日志波に否定されたばかりだけれど、だからといって罪を犯した自分が、許されるわけでもないと黄辺は思っている。そしてそれは、片棒を担《かつ》いだ史彰だって同じはずだ。

けれど史彰はニヤニヤと嗤いながら、嘲るように黄辺に顔を近づけてきた。

「高也くん。あのねえ……そんなこと言ったって、久史もあのあときみと大和で相当楽しんでたじゃない。俺は感謝してほしいよ。楽しい遊びを教えてやったんだから。しょせん久史は、俺と似たもの同士ってこと」

「……久史は、楽しんでませんでした」

楽しそうなフリをしていただけ。興奮してたなどと言っていたが、そんなものは表面上のことだ。心の奥底では楽しんでいなかったはずだと、黄辺は思っている。

睨み付けていると、瑠璃色の眼を冷たく光らせて、史彰は呆れたように息をついた。

「俺が悪いんじゃない。あいつが生まれなきゃよかったって話だよ」

そのとき——一瞬、なにを言われたのか黄辺は理解できなくて固まった。

史彰はなんでもないことのように、「親父がバカなんだよ」と続けた。

「史仁が生まれた時点でやめときゃよかったんだ。スペアがほしいってなら、俺まででな。久史まで作ることなかった。家の中に未成熟なオオムラサキが三人。地獄だろ。久史だって思ってるさ。生まれてこなきゃよかったって——」

三人もいらなかった、と唾棄《だき》する史彰の言葉が、頭の中に銅鑼《どら》のように響く。瞬間、眼の前がぐらりと揺れて、わけが分からなくなった。黄辺は細い体のどこにこんな力があったのか分からないほど、全身をバネにして、眼の前の史彰の額に頭ごとぶつかっていった。

「う、あ……っ」

まともに衝撃を食らった史彰が、黄辺の拘束《こうそく》を解く。その隙を逃さずに、黄辺は相手の胸を思いきり手のひらで打った。史彰は油断していたらしく、その場に尻餅《しりもち》をついた。

「なにする、この……出向社員の分際で！」

立ち上がろうとした史彰の胸ぐらを、ぐいと摑み、黄辺は怒鳴っていた。

「生まれてこなきゃよかっただって？　それと同じセリフ、自分の子どもにも言えるのかよクズ野郎！」

頭が怒りで沸騰している。理性もなにもかも吹き飛んで、史彰を再度突き飛ばす。書類ケースを拾い、「あんたと久史に、似てるところなんて一つもない！」と啖呵《たんか》を切る。

「久史とあんたは全然違う、全然全然違う！」

激しく怒鳴って、それから、と言葉を接いだ。

「俺は、久史が生まれてきてくれてよかったって、思ってるんで」

史彰は怒り狂って殴ってくるかと思ったが、黄辺の反撃が意外だったのか、眼を瞠っていた。ただただ呆然とし、驚いたままの顔でこちらを見上げている。どこかぼんやりとしているようにさえ見える。

クビになるかもしれない――志波製薬から白廣社《はくこうしゃ》に苦情がいき職を失うかも、と思ったが、そんなことはもはやどうでもよく思えた。

踵《きびす》を返して立ち去ろうとしたとき、なにかが落ちる音がした。

黄辺は息を吞んでその場ですくんだ。眼の前に、青ざめた顔で立ち尽くし、持っていたのだろう缶コーヒーを床に取り落とした――志波久史がいたのだ。

（久史……）

見られた、と思った。とたんに十二年前、史彰に強姦されているのを見られたときのことが思い出されて、黄辺は恐怖に固まった。また、志波が傷つくのではと思ったのだ。

ぼんやりとしていた史彰も弟の姿を見て、我に返ったらしい。舌打ちして立ち上がると、

「餌のしつけくらいしとけ、久史」

スーツを直しながらそう吐き出して、志波の横を通り過ぎようとする。瞬間、志波の眼にぎらりと凶暴な色が光った。いつものんびりとしている挙動が信じられないほどに、強く素早く、志波は兄の二の腕を摑んだ。

「史彰。次、手出したら殺すって言ったよね？　忘れてた？」

よほど強い力で摑まれているのか——史彰は腕を震わせ眉根を寄せた。

「出してねーよ、放せ！」

大声で怒鳴り、史彰が志波の手を振りほどこうとする。志波はそれを許さずに至近距離から史彰の眼を睨み付けている。その眼には、ぞっとするほど昏《くら》い殺意が見えた。

「……冗談だ、俺がこんなしけた餌、食うわけないだろ」

勢いの削がれた声で史彰が言うと、志波はやっと手を放した。史彰はいらだたしげに大股でエレベーターホールへ向かった。黄辺はしばらくぼうっと兄弟のやりとりを見ていた

が、ハッと気づいて床に落ちていた缶コーヒーを拾った。

「久史……ここで、会議か？」

志波はスーツの上に、白衣を着ている。片手にはなにか資料も持っていた。トラブルの後処理が残っているのかもしれない。

だが答えを聞く前に、黄辺の腕はぐいと摑まれて乱暴に引っ張られていた。

「え……っ、ちょっと、なに」

大股に歩いて行く志波に、引きずられる。驚きながら振り仰《あお》ぐと、志波は今までに見たことがないくらい怖い顔をしていた。

エレベーターホールで史彰と鉢合わせるかと思ったが、もう人影はない。待つ間もなく一基の扉が開き、黄辺は瞬《また》く間《ま》に階下に連れて行かれ、志波の研究個室に押し込められた。

「な、なんなんだよ」

訊いたが、答えは返ってこない。志波は怒った顔で、棚の奥からなにか錠剤と、水の入ったペットボトルを取り出し、黄辺に押しつけてきた。

「飲んで。匂い消し。早く」

きつい口調だった。こんな志波の姿は珍しくて、黄辺は言葉もなく受け取った。けれど従うのも癪《しやく》な気がして戸惑っていると、志波は舌打ちし、イライラと続けた。

「早く飲んでよ。それとも無理やり飲まされたいわけ？」

冷たく眼を細めて言い放つ偉そうな態度に腹を立てながら、薬を口に含む。黄辺が匂い消しを飲んだのを見届けると、志波はデスクにもたれたまま、聞こえよがしのため息をついた。

「……黄辺がこんなにバカだと思わなかった。うちの会社に、そんな匂いつけたまま来るなんてね。もうちょっと要領いいと思ってたよ」

言われた言葉に、とうとう我慢ならずにカッとなった。抱いたのはお前で、こうなったのも全部お前のせいだろうと言いたくなる。

「俺だっていつもならこんなふうにならない。元はと言えばお前が悪いんだろうが！」

食ってかかると、志波は腕を組み、「はあ？」と黄辺を見下ろした。

「僕が？　なんで僕が悪いの」

「朝眼が覚めて、お前が宿にいなかったから……」

「フロントに言付《ことづ》けといたよ。仕事だって。べつに慌てる必要なかったでしょ？」

「だとしても、こんなもの置いてかれて平静でいられると思うか？」

黄辺は投げつけるように、持っていた書類ケースを志波の胸に押しつけた。もう手にしていたくなくて、急いで手放す。ケースの中をちらりと確認した志波が、ふん、と息をついてそれを黄辺のほうに差し戻してきた。

「いらない」

絶対に受け取りたくなくて、黄辺は自分で自分の腕を押さえ、志波を睨んだ。

「黄辺の意見は聞いてない。あげるって言ったんだからもらってもらう」

「もらう理由がない」

「黄辺の意見は聞いてないって言わなかったっけ？」

志波はこの議論そのものがどうでもいいように、つまらなさげに眼を細めた。黄辺はぐっと息を飲み下し、言い負かされないようにと構えた。

「じゃあお前が俺にこれを渡す理由は？　なんとなくとかではぐらかすなよ。きちんと言葉を尽くして、俺に分かるように言え！」

いつもいつも、志波は都合が悪いと本心を語らないのだから。こんなときまで誤魔化されてたまるか、と黄辺は強く主張した。一歩も引かない気持ちで、じっと志波を見つめる。

志波は一瞬、瑠璃色の眼に苛立ちを浮かべたが、諦めたのかため息をついた。

「……資産は全部処分したって話したよね。半分は娘にあげたし、他のものは売り払ったけど――この山荘は黄辺との思い出があったから、変なやつに売られたくなくて黄辺にあげようと思っただけ」

単純な理由だろ、と志波は囁いた。

「けど結構広い土地だし、税金や維持費のことを考えたらもらっても金がかかる。だったらそれは、カードとここの現金でまかなえばいいと思ったんだよ。黄辺の稼ぎは悪くないけど、こういう不動産は逆に金を食うだけだろうから」

べつに変な理由じゃないでしょと言われて、黄辺は数秒黙った。変ではない。それどころかこれが普通の関係性や状況なら、志波のことを親切に思うかもしれない。けれどやはり、受け取るわけにはいかなかった。

「お前の考えは分かった。でも、なんでこんなこと？　身辺整理みたいに……死ぬんじゃないかって思われるぞ」

確認するために言った。緊張で、胃がきりきりと痛む。睨《ね》めつけている黄辺に、志波は一瞬眼を丸くし、それから小さく笑った。

「死ぬって……そんな積極的に死ぬほど、人生に期待してないよ。言ったでしょ、持ち重りするから手放してるだけ」

黄辺はじっと、志波の瞳を見つめた。嘘があるようには見えない。ひとまず自死する気持ちはないようで、安堵した。だがそれならそれで、まだ解決してない問題がある。

「でも、俺はその資産はいらない」

「いらなくてももらってもらう。ここで受け取らないならご実家に送るよ」

「お前の実家に送り返す」

「受け取り拒否にする。なにをどうしてもあげるから、抵抗しても意味ないよ」

ムカムカと、腹の底から怒りが湧いてくる。体が震える。横暴だ、横暴だ、横暴だとわめきちらしたい気持ち。どうしてお前はそうなんだ？　と問い詰めたくなる——。

「そんなに言うなら……お前を脅すぞ」

ぐっと、力を込めて呟いた。志波が形のいい眉を、わずかに持ち上げる。

「お前は、史彰さんに寝取られるのだけはいやなんだろ？　俺がその札を使えるって知ってるなら——」

志波のほとんど動かない感情の、唯一の弱み。

黄辺への情がどういうものかは分からないが、志波は史彰が黄辺を抱くのを厭《いと》っているはず。だからとうとう、黄辺はそれを引き合いに出した。

だが瞬間、がっと距離を詰めてきた志波の片手に乱暴に顎を掴まれ、上向かされていた。凶暴に光る瑠璃色の眼に睨み付けられると、息をすることもできないほどの本能的な恐怖が背を駆け抜けていく。

「黄辺。お前はそんなことしない。できないんだ」

僕の前で、史彰の名前を出すな、と、志波は低い声で命じてきた。

「史彰のことなんか語るな。見るな。意識するな。この体を史彰に触らせたら……黄辺のこと、殺したくなるかもしれないだろ」

冗談とは思えないセリフだった。黄辺は息を呑み、志波を見つめる。全身が、恐怖で冷たくなっていく。黄辺の唇が震えるのを見て、志波は眼を細めると、「いい？」と低い声で、諭すように、脅すように囁いた。

「お前は僕から受け取るんだよ。いやでも受け取る。──僕がそう決めたんだから」

胸に、書類ケースを押しつけられる。体が震える。悔しさが、怒りが、腹の底からこみあげてくる。三日前、優しく抱かれたことが頭の隅にちらつく。

だがあれは、愛ではなかった。あれは暴力と、ほとんど同じものだった──。

「ふざけるなよ久史……っ」

激しい怒りと一緒に、涙が溢れる。黄辺は叩くように志波の手を払い、地団駄を踏んだ。

「ふざけるな、ふざけるなふざけるな！　全部全部お前の思い通りにしてるだけだろうが……っ、お前は俺から奪いたいものを奪って！　与えたいものを与える！　金も情も優しさも、全部暴力と変わらない……っ」

どんなものでも、ただ黄辺は言いなりに受け取るだけ。それに対して嬉しさや喜びを感じても、怒りや悲しみを感じても、それはただの結果であって、志波の望みは自分がしたいようにする、この一点だけだ。黄辺がどう感じるかは、きっとどうだっていい。

「俺は尽くした！　お前に尽くしたろっ！　お前がどう思ってたのかは知らないけど……俺はずっとお前の言いなりだったよ！　一回くらい……一生に一回くらい！」

声がかすれるほど悲壮に、黄辺は泣き叫んだ。

「一生に一回くらい……俺の言うこときいてくれよ……」

叫ぶ気力はもうなく、黄辺はうなだれて泣いた。たった一つでいい、なにか一つくらい、志波に黄辺のためだけに動いてほしかった。志波がそうしたいからするのではなくて、黄辺を想って行動してほしかった。

「……きいたと思うけど。十四歳のとき。お前が抱いてくれって言うから抱いたよ」

そのときぽつんと、志波が返した。瞬間、絶望が胸に押し寄せてくる。数秒の沈黙のあと、「でも」と志波が呟く。

「べつに僕がきいてあげられることなら、何回でもきくけど。……山荘を受け取らないっていうのはきけない。これ、手切れ金だから」

志波が黄辺の腕をとる。力なくされるがままになっている手に、書類ケースを戻される。

「それ以外で望むことがあるなら、きくよ？」

首を傾げて、志波は無垢な表情でうつむく黄辺の眼を覗きこんできた。黄辺は見るともなく志波の顔を見て、「はは……」と自嘲《じちょう》の笑みをこぼした。音もなく涙がこぼれる。

「……そう言えば俺が傷ついて退く。お前……分かってて言うんだな」

自分で言っていて、その事実に傷つく。

自分が滑稽で、愚かに思えた。黄辺、と呼びかけてくる志波を押しのけ、黄辺はその部屋を出た。

そこからまっすぐエレベーターホールに向かい、会社を退出する。書類ケースがやけに重たい。持っていると泣けてきて、電車の中でも泣きながら立っていると、乗客がちらちらと黄辺を気にしていたが、もうどうでもよかった。

これは手切れ金だと志波は言っていた。

黄辺はやっぱり、志波に片付けられたのだ。

十

残りの連休は、どこにもいかずに部屋に引きこもって過ごした。

匂い消しの薬のせいか具合が悪く、カーテンも開けず、日がな一日ソファに転がっていた。

（忘れたらいいんだ。……忘れて、誰か他の人を愛したらいい）

書類ケースは中身もそのままに、触らずに寝室の隅っこに投げてあった。しばらくは、その存在を思い出したくもなかった。

眠ると、黄辺《きべ》は幼いころの山荘の夢を見た。志波《しば》が笑うと嬉しかったころ。そばにいて、少しでも志波が幸せになれたらと、ただひたむきに願っていたころ。

（俺がいて、少しくらい幸せだったこと……久史《ひさふみ》はあるんだろうか）

最後にその答えくらい聞いておけばよかったと思ったが、「片付けられた」今となってはもう、訊いても意味がない気がした。志波は過去という過去を、くずかごに入れてしまうのだろう。それをひどいとなじっても、届かないことを知っている。

連休明け、何度も身だしなみをチェックしてから出社すると、美容品総合部のフロアはなんとなくざわついていた。ふと見ると、珍しく志波が自分のデスクのところにいて、部の女性社員に囲まれている。志波の手には段ボールがあり、名残惜しそうな社員たちに頭を下げて、フロアを出て行った。黄辺は隅から見ていただけなので、眼が合うこともない。

「黄辺さん聞きました？　部長代理、会社辞めちゃうんですって〜」

泣きそうな声を出しながら、同じ島の若い女性社員が話しかけてくる。

「あ……そうなんですか？」

「急に退職願出したって……送別会もできないみたいで、ショックですよお」

肝が冷えた。

（どういうことだ？　史仁《ふみひと》さんからは、なにも連絡を受けてないけど）

退職願の存在そのものは、史仁からの相談で聞いていた。だから、なにかあれば自分のところに連絡があるはずだと、黄辺は高をくくっていたのだ。

（連休中に出したってことかな……でも久史みたいな役職、すぐ辞められるものか？）

午後からは新規ブランドの会議が入っている。連休明けから参加を許された、大事なプロジェクトだ。集中して臨《のぞ》まなければならないから、動くなら今しかないと、黄辺は用事を見つけたふりをして休憩室に入った。

以前、白廣社《はくこうしゃ》で会ったときに史仁からもらっていた名刺の、プライベートの番号にショートメッセージを送った。

『黄辺髙也《たかや》です。久史くんが辞めると聞きました』

取引先の専務なんて雲の上の人に本当に連絡していいか悩んだが、すぐに返事があった。

『少し話がしたい。いいかな？』


役員室がずらりと並ぶ九階は、他のフロアと違って床には柔らかく豪奢《ごうしゃ》なカーペットが敷き詰められ、歩くたびに靴底が沈む。壁は鈍く光る錆《さび》色だった。廊下にはオオムラサキの甘い香りが濃く漂っている。この中には史彰《ふみあき》の部屋もあるのだ——と思うと、緊張で脈拍が早まった。

社長室の一つ手前にある部屋をノックすると、中からどうぞと声が聞こえた。怯えながらもできるだけ堂々とドアを開ける。デスクに向かっていた史仁がすぐに立ち上がって、

「ありがとう、悪かったね」と穏やかに言いながら、応接ソファを勧めてくれた。

向かい合って座りながら、黄辺は呼び出されたとはいえ、とんでもない失礼をしたらどうしようと気が気ではなかった。もっともとんでもない失礼なら、先日史彰にしたあとだったけれど、あの件については後悔していなかった。

「これ——東北工場に二人で行った帰りに、久史に渡されてね」

と言って、史仁はスーツの内ポケットから『退職願』と書かれた封筒を出してテーブル

に置いた。きれいな字は、たしかに志波の筆跡だった。

「情けないことに、引き留められなかったよ……」

ため息まじりに、史仁は自分を嗤うような声音で呟いた。

「もう……受理されたんですか？」

こわごわと訊くと、頷かれる。

「前から準備してたらしい。父は認めないと言ったんだが……久史が、社内の不正の証拠をかなりかき集めて握ってて……」

大きな会社なら、不正や不祥事は珍しいことではない。一般的に知られないだけで年中裁判しているようなことだってある。だが社内の中枢《ちゅうすう》に近い場所にいた人間が握っている証拠と思うと、その重さはとてつもないものだろう。

「父も退《ひ》かざるを得なかったみたいだ。まあ、久史はほとんど勘当《かんどう》状態になった」

史仁は頭痛がするように、頭をおさえて息をついた。

「……今さらですが、部外者の俺にそんな話をして……大丈夫ですか？」

そっと訊くと、史仁は顔をあげて小さく微笑む。

「これは志波製薬の専務と、出向社員との会話じゃなくて、弟の友人とその兄との会話のつもりだからね。……きみはそういうの、裏切れないだろう」

あの久史と仲良くしてくれてたくらいだからと言われると、黄辺はなにも返せなくなった。黙り込んでいたが、やはり言わないのはフェアではないという気がして、訥々《とつとつ》と志波が黄辺に、財産の一部を贈与しようとしていることを伝えた。

「……史仁さんにお返ししてよければ、今度契約書など持ってきます」

そう言ったが、史仁はしばらく考えて、「よければきみが持っててくれないか」と言った。

「負担でなければ贈与を受けてほしい。……久史には久史なりに、なにか意図があるんだろう。これからなにをするつもりなのか……訊いてもまるで答えてくれなかったが」

まったく、情けない兄だと、史仁は独り言のように自嘲した。

「仕方ない。こちらが愛情を持っているつもりでも、久史には伝わってなかった。正直、父と史彰は冷たい人間だ。俺もこれまで、なにかしてやれたわけじゃない」

「……久史は、ご家族を恨んだりはしてないと、思いますが……」

黄辺は一応、そう言った。実際志波が、家族を憎んでいるかというとそんなふうには見えない。史彰には嫌悪を抱いているらしいけれど、家族というくくりにしたとき、志波には感情がなさそうだ。あるとしたら諦め。最初から期待していないように思える。

（だからって……久史の家族が、久史に対して誠実だったとも思えないけど）

せめて母親が生きていれば……史仁がもっと年上だったなら、違ったろうか？

愛してくれる家族が存在していたら、志波はああはならなかっただろうか……。

そう考えた黄辺はふと、海辺の宿で志波に言われた言葉を思い出す。

――もしお前に育てられてたら、僕も人を愛せたかもしれない。お前が僕に、愛することを教えてくれたかもしれないって考えたりした。……でも、無理だって分かったけどね。

(久史はもう、他人になにも求めてない……)

史仁が言うには、今日で志波は会社にすら来なくなるらしい。今どこに寝泊まりしているのかは、家族も分からないという。弟を助けてやれず、差し伸べた手を無視された悲しみを、史仁は「情けない」と何度か口にした。こんな失意と弱音を、この人は誰にも話せないのだろうなと、黄辺は察して、史仁の気が済むまで付き合ってから専務室を出た。

美容品総合部に戻ると、黄辺は古い資料を一冊手にして一つ下のフロアに降りた。

深呼吸して、志波の個室をノックする。初めてこの部屋を訪れた日と同じように、中からは落ち着いた「はいどうぞ」という声がした。

そっと扉を開くと、志波は段ボールに、資料などを整理して入れているところだった。顔をあげた志波と眼が合う。どくりと心臓が音をたてたけれど、後ろ手に扉を閉めて、

「お忙しいところ……すみません」と呟いて、持っていた資料を差し出した。

「お借りしていた『エトレ』の資料です。お辞めになると聞いたので、お返ししようと」

志波はファイルと黄辺を交互に見、それから「いえ」と柔らかく応えた。

「それは黄辺さんが役立ててください。見られてまずい書類は破棄《はき》してありますし」

後継ブランド、頑張ってくださいね、と言われて、黄辺は黙り込んだ。

そんな気はしていたけれど、志波はもう、黄辺と個人的に話す気持ちはない様子だった。ここまできては、なにを言っても無駄だと分かっている。六年前と同じだと黄辺は思った。志波が結婚した日と同じ。花嫁を連れて眼の前を歩き去って行く志波を、ただ見送ることしかできなかった。手も足も出ず、どんなに好きでも諦めて退くしかない。

「あと……これ、差し上げます」

そのときふと、志波が白衣のポケットから小さなメモリ端末を出した。黄辺は受け取る前に、ぱちりと眼をしばたたいて問うように志波を見つめた。

「常務取締役の不正の記録です。なにかあったら使ってください」

さらりと言われる。常務取締役とは、史彰のことだ。つまりこれは、黄辺がもし史彰に手を出されそうになったら使え、と言われているのだろう。

黄辺は受け取らずに、自分のスーツのポケットから携帯電話を取りだした。不思議そうに見ている志波の前で操作する。とたんに、端末からもみ合う音と、自分と史彰の言い争う声が聞こえてきた。

——こんなこと……していいと思ってるんですか……っ、史彰さん、大企業の、志波製薬の常務が……他社の出向社員を無理やり社内でなんて……。

——いいんじゃないの？　バレなければ。

録音には、しっかりと名前が入っている。黄辺はそこで音を止めた。ぽかんとこちらをすぐにワンプッシュで録音できるよう設定してました。……もう、二十六歳ですから」

言外にそう言うと、志波はしばらく呆けていたが、やがて目元を緩め、にこりと笑った。

「さすがですね」

たった一言だったが、そう褒められた。その言葉に、わけもなく胸が熱くなるのを感じる。ホッとしたように笑っている志波は、なぜだかとても満足そうだ。

「これで最後の心配も消えました」

そう言いながら、志波はメモリ端末をくずかごに入れた。瑠璃色の瞳はどこか優しく、その表情は明るくスッキリして見える。

——俺も今、くずかごに捨てられたのかな。

最後の心配が消えたのと一緒に。黄辺という存在も、志波はくずかごに捨てたかもしれなかった。かといってなにひとつ、言える言葉がない。「じゃあ」と頭を下げて出て行くことしかできなくて、入ってきた扉に手をかけたとき、志波が「黄辺さん」と声をかけてくる。顔をあげると、志波はデスクに凭れて、微笑んでいた。

「常務と……言い合いになってたとき。僕のこと、生まれてきてくれてよかったって言ってくれて、ありがとうございました」

どきりと、胸が跳ねる。史彰が志波を生まれてこなきゃよかったと言ったから、黄辺は腹を立てて言い返した。

——俺は、久史が生まれてきてくれてよかったって、思ってるんで。

あの言葉を、あのとき志波も聞いていたのか、と思う。

「嬉しかった。だから、ありがとうございました」

凪いだ声で、凪いだ表情で、静かに言われる。嬉しかったと言いながら、明日にはもう忘れているんじゃないのかと感じながら——黄辺はもう、なにか口を開いたら恨み言になりそうで、ただぺこりと、頭を下げた。


志波が会社を辞めたあと、黄辺はただひたすらに仕事をし、食べて眠るだけの生活を繰り返した。いつしか季節は、五月も下旬になろうとしていた。

黄辺は志波が、どこにいてなにをしているのか知らなかったし、他の社員もそうだった。一度赤星《あかぼし》に「知ってる?」と訊かれたが、知らないと答えた。

志波から渡された贈与契約書や現金、カードは手つかずのまま寝室に放ってある。弁護士からなにか言われるまでは忘れておくつもりだった。社内では時々志波を恋しがる声があがったが、それもだんだん聞こえなくなった。黄辺は新規ブランドのチームに入れてもらい、真面目に取り組んでいたが、ぼんやりとすることが増えて、小さなミスを連発する日もあった。

普段しないような決裁書類の記入漏れなどで、再雇用組の年長者にぐちぐちとイヤミを言われ、「使える子って聞いてたんだけどなあ」とため息をつかれる日もある。

志波に去られたあと、黄辺は自分の気持ちの整理が、ずっとつかないままだった。

なにもかも終わったのだと分かっているのに、気持ちが切り替えられない。

志波がいなくなって一週間ほど経ったころに、国際試合を間近に控えた大和《やまと》から電話があった。久史が会社を辞め、実家ともほぼ縁が切れたと父親から聞いたらしかった。

『あいつ、お前にそんなもん押しつけてったの？』

休日の午前中に電話を受けた黄辺は、ベランダの草花に水をやりながら、志波が置いていった山荘や金のことなどを話した。大和は志波のいとこなので、志波家の財産について話しておかないのは悪いと思ったのだ。

「史仁さんからはもらってくれって言われて……でも、それもなんだか違う気がして放ってあるんだ。大和は結局、なにももらってないの？」

『いやいや、もらってねえよ。あいつが財産贈与したの、娘さんと元奥さんだけって聞いてたから、あとは黄辺で終わりじゃね？　でも気が重いよな。そんなもん遺《のこ》されても』

売っちまえば？　と言われて、黄辺は小さく笑った。

五月の朝、風はあたたかくそよぎ、育てているトマトの葉が気持ちよさそうに揺れている。ここでこうして、植物を育てたりしているのを志波は、「黄辺っぽい」とよく言っていたのを、黄辺は毎日のように思い出している。

『……大丈夫か？　さすがにへこんだろ』

気遣ってくれる大和の気持ちが嬉しくて「まあでも、久史らしいよね」と強がった。

「もうすぐ試合だし……もしかしたら大和のところにも、ふらっと応援にくるかもね」

仕事もしていないのなら、その予定かもしれないとふと思う。史仁が当初危惧していたような自死が志波の頭にないのなら、生きて、なにかするつもりはあるのだろうから。

『いやー、興味ねえだろ。たぶん来ないぜ』

「そうかな……」

大和の素っ気ない返事に、黄辺はそうかな、と心の中でも思った。志波にとって、大和だけは特別な存在だったはずだ。憧れの対象であり、同一視《どういつし》していた時期もあったという。

しばらく黙っていると、言いにくそうに大和が「あのさ」と切り出した。

『今さら……俺から言うことでもない気がするけど。俺らの問題に巻き込んで悪かったな。……黄辺、辛かったろ』

一瞬息を止めた。高校時代、志波に言われるまま大和に抱かれていたことを――黄辺はその昔一度だけ、大和に謝ったが、以来話題に出さないようにしていた。心の伴わないあの行為は、黄辺が望んでいなかったとしても大和への暴行だったと自覚しているからだ。

「俺の辛さなんか、大和が思いやる必要……ないよ」

『いや、でもさ。あのころ久史は……たぶん俺にムカついてたんだろうから』

自分と同じようにならないいとこが、気に食わなかったのだろうと大和は言った。

『俺のことどうでもよくなったあとも、久史が生きてられたのは黄辺のおかげだと思う。十分尽くしてやったと思うから……もう、黄辺も忘れていいんじゃねえ？』

山荘も売り払って、現金も使い切って、と大和は続けた。

『カードははさみ入れて捨てたらいいじゃん。もうさ……久史のこと忘れていいと思うぜ。そのほうが、久史も喜ぶんじゃねーかな』

「……そうかな」

小さな声で訊き返した黄辺に、大和は『そうだって』とはっきり言う。

電話を切ったあとも、黄辺はしばらくそこから動けなかった。

——久史のこと忘れていいと思うぜ。そのほうが、久史も喜ぶんじゃねーかな。

耳の奥に、大和の言葉がリフレインする。そうかな。そうなのかな。本当にそうなのか。久史は、俺が久史を忘れたら嬉しいんだろうか。

分からなかった。分からないまま黄辺は、日々を生きていくしかなかった。

折に触れてそのことを思い出しながら、仕事をし、食事をし、眠った。

ずっと水中でもがくように、ただ眼の前のことを必死にこなしていった。五月も下旬になったとき、急ぎの稟議書に判をもらいたくて桜葉《さくらば》を探していると、エレベーターホールで史彰にばったりと出くわした。

連休中に襲われて以来だったので気まずい空気になり、史彰も不機嫌そうに顔をしかめた。いつもならすぐくるエレベーターがこずに、少しの間二人きりになる。そうしていると不意に、史彰が「俺は謝らねーぞ」と言ってきた。

「……オオムラサキはそういうものだってあいつに教えたのは俺だ。なのに自分の餌をおめおめ家に連れてきたんだから、痛いめみるのは当然だろう」

思わず振り向いた黄辺にそう言う。その言葉で、黄辺は史彰が言っているのは十二年前の強姦のことだと分かった。べつに謝ってほしいとは思っていないから、黙っておく。

それから数秒の沈黙のあとに、ぽつりと史彰が呟いた。

「久史って、バカだよな」

会社辞めて、どっか行って、どうするんだか。

呆れたような、独り言のような口調。

「昔から変な弟だったよ。人間ぽくないっていうか。俺はこんな腐った人生でも、しがみついてないと不安になるけどな。あいつは……未練ないのかね。神さまなんだろーな」

「……神さま」

史彰が使う言葉にしては意外で、思わず繰り返すと、史彰は初めて黄辺の眼を見た。

「人間じゃないって意味だよ。……それでも、羨ましいわ。久史みたいなヤツにも、生まれてきてくれて嬉しいって思う相手が、近くにいるんだろ」

それが自分のことだと分かって、黄辺はどきりとした。そのタイミングでエレベーターが来たので、黄辺は先に史彰に譲《ゆず》った。礼も言わず、当然というような顔で史彰はエレベーターに乗り込み、もう黄辺に眼をくれることはなかった。

(神さまか……)

黄辺は、史彰が弟をそう呼んだ気持ちが分かる気がした。持っているものをすべて手放しても平気で、誰かを愛したいと願うこともない。たしかに人間より、志波は神さまに近い気がする。

ぼうっとしていて、エレベーターを二つ逃した。

「黄辺さん、最近元気ないですねえ」

新規ブランドの会議が終わり、若手の女性が心配げに声をかけてくれる。黄辺は「あ、すみません。ミスが続いて……」と謝った。どれも書類不備や遅刻などの凡ミスだが、黄辺はこんなふうに仕事で失敗することが今までなかったので、重なるたびに深く落ち込んでいた。しかも自社ではなく、他社でミスをするなんて、恥以外のなにものでもない。

とはいえ押さえるべきところは押さえているので、クレームには至っていない。

自分より三つも若い子に心配されるのは情けないなとため息をついていると、桜葉が「黄辺くん、ちょっといい？」と声をかけてきたので、黄辺は会議室にとどまった。

なんでしょう、と首を傾げると、「今日話した内容なんだけど……」と切り出される。

「新規ブランドのコンセプトとネーミングについてですか？　弊社のデザインチームに、そこから入ったほうがよければ掛け合いますが……」

ブランドはまだ生まれたてで、やっと臨床結果が揃い始めたところだ。これからコンセプトと商品名を決定し、そこから黄辺の会社のデザインチームが入り、広告を練る予定だった。が、コンセプトから一緒に考えてほしいという場合もあるので、一応確認した。

「いえ……白廣社さんじゃなくて、黄辺くん個人で、コンセプト案考えてもらえたりしないかな？　今回のプロジェクトでは、一般社員からの意見も取り入れることにしてるの」

公募とまではいかないが、新規ブランドチームの社員全員が、コンセプト案を出すよう宿題にされている。黄辺は出向者でおまけなので案を出す権利はないかと思っていたが、桜葉は考えてほしいようだった。

「それはもちろん、参加させていただけるなら嬉しいですが……」

会議室にはいつの間にか、桜葉と黄辺の二人になっていた。桜葉は少し息をついて、「気づいてると思うけど……今回のブランドは以前あった『エトレ』っていうブランドのとっくに資料も集めている黄辺は、しかしそのことは黙って桜葉に頷く。

「『エトレ』は私が発案したブランドで……使ってくださる方を自由にしたいって気持ちがあった。そういうコンセプトだったわ。でも、浸透《しんとう》する前に撤退《てったい》することになったの」

戦略不足ね、と桜葉が付け加える。

「今回は、成分やラインナップは刷新しているけど、気持ちとしては『エトレ』のときと同じ。使ってくださる方が、自由になれる、ありたい自分であるための商品にしたいの。……今の黄辺くんには、その気持ち、分かるんじゃないかと思うのよ」

わずかに申し訳なさそうに、桜葉が肩を竦める。黄辺は数秒その言葉を咀嚼《そしゃく》したあと、意味を理解して苦笑した。

桜葉には、連休中に志波の香りをつけていたところを知られている。直後に志波が会社を辞めて、黄辺がくだらないミスをしている姿には、なにか思うところがあるだろう。

(きっと失恋して、自分を見失ってる男……に見えてるよな)

実際、今の黄辺は一言で言うならそういう状態ではある。

「……そうですね、今、ありたい自分でいられてるかって訊かれたら……違います」

肩肘《かたひじ》を張っても仕方がないから、素直に認める。すると桜葉は「私だってそうよ」と気安く笑った。

「やりたいことをやれてるし、人から見たら普通より自由で、幸せそうかも。でも……自分なりに不自由を感じてるし、理想の自分じゃない日のほうが多い。ほんのちょっと不幸せ。……そんなこと、よくあるでしょ？」

そうですね、と黄辺は囁いた。

「化粧水を塗ってる一瞬くらい、自分を好きでいてほしい。私がそうありたいから。……黄辺くんにも、自分を好きでいてほしいの。だから、考えてみて」

優しい声音で言われて、黄辺は頭を下げた。桜葉の気遣いが、胸にしみる気がした。ささやかでも、きっとこれは桜葉からの優しさと思いやりで、親切だった。

とにかく明日があり、明後日もあり、来年も生きていく以上――今の自分と向き合って、進んでいくしかないのだ。もやもやと悩み続けるのは終わりにしたい。仕事を通して、その答えを見つけられたらと、黄辺だって願っている。桜葉はたぶん、その機会を作ってくれたのだと思った。

金曜日だったので、黄辺は会社を出たあとスーパーでゆっくり買い物をして帰ることにした。志波がいなくなってからは、自炊もおざなりになっている。なにか作って、ちゃんと食べなきゃなと自分を戒《いまし》めて立ち寄ったが、途中で材料を二人分買っていることに気づくと一気にやる気が削《そ》がれて、惣菜をいくつか買って帰ってきた。

夕食は味気なく、もそもそと食べた。こんな日々を続けていたらいけない、と思う。

風呂上がりに鏡を覗くと、前より痩《や》せて顔色の悪い自分がいた。うっすらとクマもできている。これじゃあ同僚に心配されるわけだと、黄辺は眼の下をぐっと圧《お》して揉んだ。

(六年間、久史がいない間もちゃんとやってたろ。その生活に戻っただけなのに……)

今はこんなふうだが、きっと慣れれば元に戻れる。そんなことを思いながら、頭の片隅では本当にそうだろうか、と疑問だった。

リビングで、新規ブランドの資料を取り出す。コンセプト案は休み明けに各自提出だ。

「……ありたい自分であるための……か」

今日桜葉に聞いた言葉を思い出して、黄辺はごろりとソファに横になった。カーテンを開けた窓からは、夜景がよく見える。

(俺は、どうあったら幸せだって感じられるのかな)

ぼんやりとそんなことを考える。

――やりたいことをやれてるし、人から見たら普通より自由で、幸せそうかも。でも……自分なりに不自由を感じてるし、理想の自分じゃない日のほうが多い。ほんのちょっと不幸せ。

優しく話していた桜葉の言葉に、俺も同じかも……と思ったりした。

　仕事は充実していると思う。夢があるわけではないけれど、やりたいことをやれている。独り身で自由だし、稼ぎも悪くないから幸せそうかもしれない。他人からは要領よく生きているように見られていて、事実、不器用というわけでもない。

　それでも、不自由を感じる。ちょっとしたことで、今の自分を虚しく思う。嘆くほどではないけれど、幸せだと胸を張れない。

　黄辺は自分の周りにいる人のことを少し考えてみる。大和は幸せだろうかとか、久史は結局どうだったんだろうとか——そのうちに、史彰のことも考えた。

（案外、史彰さんは不幸せな人なのかもしれない……）

　好き勝手に振る舞い、人にも横暴な態度。それが許されるだけの権威も金も持っているけれど、「こんな腐った人生でも、しがみついてないと不安になる」と言っていた。

　幸福だとは思い切れない人生でも、今いる場所で生きていないと不安になるのは黄辺も一緒だ。だからなにもかも捨てて、どこかに行ってしまえる志波のことが羨ましい気もするし、史彰が言うように神さまみたいだなとも思う。

　志波は自由で、気ままで……もしかしたら今、とても幸せなのかも、と思う。

（俺はずっと、久史は淋しいだろう、不幸せだろうと思ってた。それは……久史が愛の循環の中に、いないように見えたから。だけど久史は……愛し愛されなくても、本当は幸せだったのかもしれない）

愛を必要としない。渇望しない。愛したいと思わない。そんな自分に生きづらさを感じていたころもあったと志波は言っていたが、今はもうそうではない。だから黄辺の尺度では、愛し愛されない志波は不幸に見えても、志波の尺度ではまったく違っていて、幸せなのでは、という気がした。

（俺は……俺は違う。愛していたい。……愛することが好きだ。人に親切にしたいし、優しくしたい。優しくされたいし……誰より、久史のことをずっと、愛してたい）

愛していたい。愛していたい、愛していたいと、自分の命が叫んでいるのを、黄辺は感じた。

ベランダにある植物や、食べ終えた豆苗を育てること。時々、ペットがほしいと思うこと。仲睦まじく歩いている家族連れや恋人同士に、羨望《せんぼう》を抱くこと。

黄辺はもう分かっている。自分はなにかを、愛して生きているのが好きなのだ。

誰かを世話したいと思うし、尽くしたいと思う。そうすることが好きだ。ただ独りよがりになるのは怖いから、できれば相手にも喜んでほしいと思う。自分だけのために生きるのは辛くて、自分以外の誰かのために生きたいと常に望んでいる。そして、その相手は志波がいい――。

（……愛することを、許してほしいと思う）

じっと、自分の心を見つめると、そんな答えがある。最初に愛した志波久史を、ずっと愛していたい。それがありたい自分だとしたら、それが黄辺にとっての理想の状態なら、どんなに抵抗をしたって心はそこに戻っていくだろう。

けれど愛が返せないから、志波は黄辺に愛するのをやめろと言った。終わりにしろと。

黄辺が一番苦しかったのは、本当は愛が返ってこないことではなく——愛するのをやめなければならないと、思い込んだからではないだろうかと、ふと思う。

（だって俺、六年間会うことすらできなくても、平気で久史を愛してて……そりゃ淋しかったけど、でも、仕事して、関わる人には笑顔で接して……親切にして、親切にされて。結構、幸せだった……）

桜葉が黄辺の傷心を気遣ってくれたことを、思い出す。心配してくれた女性社員。黄辺をいい子と言ってくれた井出《いで》。

全部嬉しかった、と思う。優しさはどれもしみるように嬉しい。優しさや親切は、たとえそれがどれだけささやかでも、どれだけ遠くからのものでも、どれだけ一瞬のものでも、やっぱり思い出すたびあたたかく、嬉しく、ほのかな幸福をもたらしてくれる。

（……優しさが愛じゃないなら、なんだっていうんだ）

親切が、誠実が、丁寧さが、気遣いや心配が、愛ではないならなんだというのか。

そこにあるのが激情じゃなくても、蓋を開けてみれば深い意味はなくても、与えられたわずかなあたたかさを、人は恩に感じることもあるし、日々の孤独や悲しみを、癒やされとなくすべてが入っている、と思う。

かな気遣いだって――やっぱり、分類するなら愛で、愛という箱の中には、区別されるこ

同僚からの親切、友人からの心配、名前も知らぬ通りすがりの誰かから与えられる、わず

親が子どもに与えるような無償《むしょう》の愛や、恋人同士が交わし合う強い恋情とは違っても、

た気持ちにもなる。

愛せる人も、愛せない人も、愛されていない人も、ごちゃまぜに入れられた箱の中で、

強い愛だけではなくて親切や優しさという、ささやかな愛もまた一緒に、この世界を巡っ

ていて、この世界を回している……。

ささやかな気遣いがあったから、今こうして生きていられるという人だって、世の中に

はきっと大勢いるし、ささやかな気遣いをすることで、眼の前の誰かを励ませたらと願っ

ている人だって、数え切れないほどいるはずだった。

（たとえ一方通行でも、俺が久史を心配してたのも、幸せを願い続けたのだって愛で）

愛することで、黄辺は生きてこられたと思う。

そしてそんなふうに考えていると、ふいに初めて志波製薬で会った日、志波が井出にポ

スターの刷り出しを渡していたことを思い出した。

（あれも……久史にその気はなくても、やっぱり愛なんじゃないか……？）

自分が井出なら、きっとそう感じる――。

一生、あの瞬間を思い出すたびに嬉しくなる。胸があたたまる。心にしまった宝物のように、時々取り出して眺め、そうすることで、そのとき抱えた淋しさが薄らぐ、そんな大切な記憶の一つになる。

黄辺にだって、志波からもらったそんな記憶がちゃんとある。

日に当たる髪をきれいだと言われた幼い日。山荘で過ごした日々。海辺の宿で、大切にしてくれたこと。史彰から守ろうとしてくれたことや、職場で親切にしてもらえたこと。どんな気持ちで志波は、黄辺に山荘を渡そうとしていたのだろう。思い出があるからもらってほしいと言っていた。

きっと志波にとっても、山荘での日々は美しい記憶で――誰かに、勝手に踏みにじられたくないものがあるのだ。

(あれが久史の、愛の上限なんじゃないか)

不意にそう思い、黄辺は体を起こした。

(俺はめいっぱい、もう、もらってたんじゃないのか――?)

「自分を好きでいたい……俺の好きな自分は……」

ぽつりと呟いた。テーブルの上に広がっている、仕事の資料。黄辺は急に思い出して、鞄から古いファイルを取り出した。志波から譲り受けた『エトレ』のファイルだ。ページをめくると、ある書き文字が眼に飛び込んでくる。

『幸せとは？』

志波が書いた問いかけの下に、きれいな字で記されていた。

『ありたい自分でいられること』

（俺は、久史を愛してる自分のままでありたい）

愛したままの自分でいたい。そのほうが、自分にとって自然な気がした。

黄辺は立ち上がり、寝室の本棚を確かめた。いつだったか志波が読んでいた、写真集のような旅行雑誌を手に取る。パラパラとめくる。もしかしたら志波は、ここに載っている場所のどこかにいるんじゃないか、と思った。

（会って一度だけ、話したい）

そう思った。なにもかも終わったと思っているだろう志波に、そうではないと言ってやりたかった。けれど雑誌を見ても、志波がどこにいるのかは当然分からない。手がかりを遺すような、そんな間の抜けた男ではないことは黄辺だって知っている。

それでもふと、あるページで手が止まった。

（……なんか、見たことある）

そう思う景色があった。高原の風景。美しく可憐《かれん》な高山植物の群生《ぐんせい》。

そのときまるで天啓《てんけい》のように、頭の中に閃《ひらめ》いた記憶があった。十二歳の夏、山荘にこもってばかりではかわいそうだと思ったのか、いつも付き添ってくれていた家政婦に連れられて、黄辺は志波と一緒に近くにある山のリフトに乗せてもらった。

高山の景色を眺めるためのリフトだった。きれいだったが、十二歳の黄辺には景色を眺めて楽しむ情緒《じょうちょ》はまだなくて、ぼんやりとしていた。隣に座っていた志波が、「きれいだね」と眼を細めていたのを覚えている。

夏なのに涼しいその場所には、花以外にも見物《みもの》があって、それが高山性のチョウたちだった。キベリタテハも飛んでいて、花の群れの中を行き交っていたかと思うと、リフトの鉄の部分にくっついてじっとしていたりもした。

その晩、眠るときになって志波がこんなことを訊いてきた。

――原初の夢って、見たことある？

ベッドルームの窓からは、満天の星が見えた。星の海は灯りを落とした部屋の中も青白く照らし、志波の瑠璃色の瞳もそのわずかな光源を映して、薄闇の中に光っていた。

――原初の夢って、なに？

黄辺は志波に、訊き返した。

――俺たちが太古《たいこ》の昔、節足動物だったころの記憶を、夢に見るってやつ。たまに見る人がいるんだって。

ああ、と黄辺は納得した。黄辺ならキベリタテハになった夢。志波ならオオムラサキになった夢を見るというもの。それは都市伝説みたいに、時々噂になる話だったが、黄辺は当然見たことはなかった。

あのころ、なんでそんなことを訊くんだろうと、黄辺は不思議に思っていた。

「……高原のチョウ。キベリタテハ……」

珍しくもない、美しいがありきたりな起源種。けれど、志波はキベリタテハのことを、なんと言っていたっけ？

気がつくと、黄辺は携帯電話に飛びついて、電車の時間を調べていた。明日の朝一番に、特急が出ていた。最寄り駅からのルートを調べる。バスが出ている。ほとんど衝動的に、切符を手配した。なにをしているんだろう、と思ったし、ここに行ってもたぶん志波はいないと分かっていた。

分かっていたけれど、もう一度あの景色を見るだけでも自分には意味がある気がして、黄辺はその日早めにベッドに潜り込んだ。緊張で、ほとんど寝付けなかったけれど。


翌朝黄辺は、寝不足のまま特急に飛び乗った。

この時期の高原はまだ寒いだろうと、持っているものの中からそれらしいアウトドアの衣類を着てきたけれど、準備が足りていないことが不安だった。

（登山するわけじゃないし、大丈夫だと思うけど……）

そういえば志波が唯一残して、着ていた衣類が、どれも登山に使えるものばかりだったなと思い出した。

朝の八時過ぎに、黄辺は目的の高原に着いた。あたりには霧が出ていてひんやりとしている。観光用のバスやレンタカーが、駐車場に数台停まっていた。

幼いころに見たリフトの入り口には、昔のままの看板が立っていた。あたりを見回したが、もちろん当然のように志波の姿はない。

（当たり前か……）

国内にいるかすら怪しい相手が、見つかるはずはない。券売所で切符を買って、二人乗りのそれに一人で乗った。子どものころは、志波と一緒に乗ったのだ。

盛期は夏だというから、古いリフトに揺られて見る高原の景色はまだ淋しいものだった。霧が出ていてあまり見えないというのもある。それでも空気は澄んでいて美しかった。頂上に近付くにつれ気温が下がり、着くころには体が冷えてしまった。

山頂の展望台の眼下には霧が広がり、その向こうに雄大な山の尾根《おね》が広がっていた。今日は格別天気がいいわけではなく、空はどんよりと曇っている。晴れていたらさぞかし美しかったのだろうなと、少し残念だった。

しばらく展望台をさまよって、キベリタテハがいないか探したけれど、夏のチョウなので見当たらなかった。黄辺と同じタイミングで山頂まで登ってきた観光客は、少しの間景色を堪能するとまたリフトを使って下っていった。

黄辺は自動販売機で温かな飲み物を買い、ベンチに座って一時間ほどその場にとどまった。志波に会えたら、という微《かす》かな期待があったからだが、会えないと分かっていた。いつの間にか、展望台には誰もいなくなっている。帰ろう、と腰をあげて黄辺はまた一人でリフトに乗って、下へ降りた。

朝来たときに停まっていた車や観光バスは出払っていて、切符売り場には一人しか人影がない。霧も濃いし、シーズンでもないのでこんなものだろうなと思いながら行き過ぎようとしたとき、切符を買った男が黄辺を見た。

「あ……」

黄辺は息をこぼしてその場に立ち尽くした。相手も眼を瞠り、動けないでいる。

登山用の服を着て、バックパックを背負った男。志波だった。

(会えた？　いや、幻かな？)

しばらくの間は理解が追いつかなくて、信じられない気持ちだった。気がつくと志波が黄辺に近づいてくる。無視して横を通り過ぎるつもりかも――と思ったとき、志波が黄辺にリフトの切符を渡してきた。

「乗る？」

訊かれて、黄辺は切符と志波を見比べた。

「黄辺がいたから。二枚買った」

志波はなんでもないことのように言った。結局黄辺はもう一度、リフトに乗った。

「やっぱり夏とは違うね。また来たほうがいいかも」

霧深い景色を見ながら志波は言ったが、そのうちに満足げに、「でも、霧もきれいだ」と微笑んだ。

黄辺は緊張で、なにがなんだかよく分からなかった。どくどくと、心臓が鳴っている。なんでここにいるんだと問いたかったけれど、それは黄辺にも言えることだと思う。

リフトは中継地を挟んで山頂に向かう。乗り換えたときには少し落ち着いてきて、黄辺はゆっくりと息をしながら、隣から香ってくる志波の匂いを鼻に吸い込んだ。懐かしい香りに、胸が緩んだ気がした。ちらりと横顔を見ると、景色を眺めている志波の顔は満足そうで、幸せそうに見えた。ふとこちらを振り返ったとき、志波は「うん？」と小首を傾げて笑った。

瑠璃色の瞳に、柔らかな光がある。

――久史、好きなこと、してるんだ。

そう思うと、じわりと喜びが胸に広がった。人気のない高原。リフトの軋《きし》む音以外にはなにも聞こえない場所。ここは志波に似合っている、と黄辺は感じた。

頂上に着いて、並んで景色を見た。黄辺が一人で来たときよりは少しだけ霧が晴れて、遠くの尾根が緑に見える。

「一昨日あそこの頂上あたりに登った」

と、志波が教えてくれたので黄辺はびっくりした。

「……もしかして会社辞めてから、ずっと山登ってたのか？」

「そういうわけでもないけど。きれいだから見てみたいなって景色を、見て回ってるよ」

はぐらかされるかと思った問いには、案外簡単に答えてもらえた。そっか、と黄辺は呟き、ならそのついでにここにも寄ったのか……と知ることになった。

「黄辺がいるなんて驚いた。……ここのこと、覚えてたんだね」

「急に思い出して。来たくなったんだ」

東京から離れたこんな場所で、奇跡みたいに再会して、それでなんでこんなに普通に話してるのだろう、と不思議だったが、山の静けさの中ではそれが当然のようにも思われた。

しばらく無言でいたけれど、黄辺は「あのさ」と切り出した。

「十二歳のとき、ここに来たあと……お前、『原初の夢って見たことある？』って訊いてきたろ。あれ、なんだったの？」

今さらの問いかけに、志波が黄辺を振り向いて眼をしばたたく。もう覚えていないかと、説明を付け加えようとしたら、「前に答えたのに、忘れたの？」と訊き返されて、今度は黄辺が驚く番だった。

「前に答えたって、いつ？」

「僕が結婚するちょっと前。二人で飲んだでしょ、そのとき訊かれたから答えたよ」

覚えていなかった。たしかに志波の結婚式直前、これが最後になると思って、飲みに誘ったのは覚えている。黄辺は緊張から飲み過ぎて、店で眠ってしまったことも。

「まあ黄辺、大分酔っ払ってたからな。半分寝てたし」

当時のことをよく覚えているらしく、志波があっさりと言う。

「あのときも言ったけど……十二歳のときにここへ来たとき、キベリタテハが飛んでたんだよ。すごくきれいで……黄辺がご先祖様の夢を見るなら、高原の景色を夢に見るのかなって思ったんだ。黄辺の眼を通して見る世界、見てみたかったから」

思ってもみなかった理由だった。黄辺は眼をしばたたき、それから少し考えて、「でも」と言った。

「オオムラサキの見ている世界も、たぶんきれいなんじゃないか？」

オオムラサキは森の王だ。山荘のまわりにもよく飛んでいた。きれいなものを見たいのなら、志波が見る原初の夢も同じようにきれいだろう。

「うん、まあ、でもそういうことじゃなかったんだ。なんていうか僕は、黄辺をすごくきれいだと思ってて……なんだろう、信仰対象《しんこう》？」

ありえない単語を聞いた気がして、固まった。

「ごめん。なんか聞き間違えた気がする。なんて？」

「だから黄辺を信仰してるようなものだから、黄辺の世界が見てみたいんだよ、ずっと」

信仰という言葉の意味が分からなくなって、黄辺はぽかんとした。

またなにか、変な言葉で自分を振り回そうとしているのかと疑って志波を見たが、志波は無邪気な子どものような顔で、黄辺を見下ろしているだけだ。

「信仰っていうのは、神さまに使う言葉だ」

「僕にとっては黄辺は、神さまと変わらないけど」

優しくてきれいで、と続けられてますます困惑する。だが志波は、真面目に言っていた。

「神さまみたいなのは……お前だと思うけど」

「それは人間ぽくないからでしょ？　そういう意味では、僕が神さまで、黄辺が人間で……僕は唯一人間の中で黄辺だけ興味があって、じっと観察してるみたいな……」

「お前は俺には興味はないだろ？」

「なんで？　黄辺のこと好きだよ。だから最初に会いに行ったんでしょ？」

難しい？　と志波は訊いて、笑った。

「離婚したら、仕事辞めて、自分がきれいだと思うものを見て回ろうって決めてた。聖地《せいち》巡礼《じゅんれい》っていうの？　そういうことしたいって。だから最初に、僕が一番きれいだと思ってる黄辺のところに行ったんだ」

もちろん黄辺に、謝ったりしなきゃとも思ってたけど、と言われて、黄辺はぼんやりとしてしまった。俺がきれいだって？　と思う。

――お前がきれいだと思うものの中に、俺は入ってたの？

高原の景色や、青い海。降り注ぐ星空と同じもののなかに、自分は入っていたのかと。

「黄辺が僕にくれる感情はいつも優しくて、あたたかい。一緒にいると居心地がよくて、あの部屋で料理したり、鉢植えに水をやったりして暮らす黄辺を見てるの、飽きなかったよ」

意地悪もいっぱいしてごめんね、と志波が謝る。

「どんな顔で怒るかなとか、どんなことで傷つくかなとか……六年会えてなかったし、知りたかった。ひどい神さまだよね。でも神さまって大抵こんなものだよね」

それで言ったら、黄辺は神さまって感じじゃないか、と志波は言う。

「……よく分からない。お前、俺のことが好きみたいに聞こえる……」

「好意は持てるって言わなかった？」

愛せなくても好意は持てるし、親切にもできる。大切にもできるし、優しくもできる。そんなことを、志波は前に言っていた。愛せない志波の孤独を黄辺は考えたけれど、愛せない志波の孤独も、愛さなければ生きていけない自分の孤独も、本当は大差《たいさ》ない気がした。

「……久史。教えてほしいことがあるんだけど」

黄辺はぐっと、腹に力を入れて志波に向き直った。不思議そうに、志波が首を傾げている。ずっと訊きたくて訊けなかったこと。勇気が出なくて確かめられなかったことを、黄辺は今ここで、きちんと知りたいと思った。

「十四歳のとき、俺がお前に抱いてって頼んだの、いやだった？　そのあと、史彰さんに寝取られて……寝取り返したとき、お前はなんでこんな汚いことさせるのって泣いてた。あれで、俺のこと汚いって思ったんじゃないのか？　だから、大和との寝取りゲームで、性具みたいに使ってたんじゃないの？　俺は……もうずっと、お前に嫌われてて、お前が俺を汚いと思ってると……思ってた」

一息に言った。そうしなければ、途中で挫《くじ》けそうだったから。

志波は長い睫《まつ》毛《げ》をしばたたき、それから、当時のことを思い出すように「うーん」となった。

「黄辺が抱いてって言ったとき、いやだったけど……それはなんていうか、黄辺を抱くのがいやだったんじゃなくて、黄辺が僕を、史彰側のセックスにだらしない男って思ってるのかなって……そう思って、ショックだった」

好きだから抱いてって言われてたら、いやじゃなかったと思う、と志波は言い、黄辺はぽかんとして志波を見つめた。

「黄辺が僕を愛してるのは知ってたけど、まだ子どもで……それが恋愛感情だと分からなかったし、セックスと結びつけるのも難しかった。だから、抱いたら黄辺が僕を嫌いになりそうで、いやだった」

「……俺に嫌われるって、思ってたの？」

驚く黄辺に、志波は無邪気な表情で、こくりと頷く。

「だって史彰みたいな人間、黄辺が好きになるわけないし。それだけでもいやだったのに、僕の不注意で……家に連れてって、史彰に寝取られて。寝取り返して……黄辺みたいにきれいなものに、史彰と僕の汚いものが入り込んだみたいで、すごく腹が立ったよ。黄辺を壊しちゃった気がして……あの記憶が人生で一番最悪。だからそのあとは、なんか拗《す》ねてたんだと思う」

でも大和はきれいなものだから、と、志波は続けた。

「大和と黄辺はどっちもきれいだから、きれいなもの同士でセックスしても、黄辺は汚れないって思って……今思うと身勝手だけどね。感覚的にはそうだった。ただ、大和のこと今はもう興味ないし……黄辺と寝てほしくない」

誰と寝たからって、べつに黄辺は汚れないけど、と志波はつけ足した。

「黄辺のこと、汚いって思ったことなんかないよ。嫌いになったこともない。小さいころは、黄辺の髪の毛に日があたるのを見るのが、すごく好きだった」

その言葉に、胸が跳ねる。志波は覚えていたのか、と思う。

「黄辺はずっときれいなものだったよ。結婚して離れてる間も、頭の隅っこにずっと黄辺がいた。後悔してたよ。最初から自分が人を愛せないって気づいてたら……大和になりたいなんて願わなかった。そうしたら、黄辺をあんなふうに苦しめずにすんだのにって」

ごめんね、と志波は淡々と、謝罪する。

淡々とした、なんの感情もなさそうな声音なのに、言われている言葉は告白のようでもあり、これが志波の、志波久史という人間の、最大限の愛ではないかと、ふと腑に落ちるように黄辺は感じた。

「……俺のこと、きれいなものに入れてくれてたんだ」

囁くと、うん、とただ一言返ってくる。

じわりと胸が熱くなり、なんだか泣きたくなってくる。

「……聖地巡礼が終わったら、どこ行くの？」

そっと訊くと、うーんどうだろうね、とだけ返してきた。

「また最初の聖地に帰ってきたら……？」

気がつけばそんなふうに、自然と言葉が出た。

「俺はお前の聖地の最初なんだろ？　俺はずっと同じ場所にいるから……聖地巡りが一段落したら、また、俺を見に来たら？」

驚いたように、志波が眼をほんの少し見開く。黄辺はじっと、その眼を見上げた。

「久史。……お前を愛してる。一生愛してるよ。忘れたりなんてできない。だって俺は、お前を愛してるのが好きなんだ」

俺は一生、片付かないよ、と黄辺は伝えた。

「俺は世界の片隅で、いつまでも一人で生きてるから。思い出したら帰ってきて」

それだけでいいから、と黄辺は紡《つむ》いだ。声は凪ぎわたり、自分でも驚くほどに、心が穏やかになっていく。自分の生き方が決まる。覚悟が決まれば、なにも怖くない気がする。

「俺はいろんなものを愛せるから、お前がいない間は、仕事だの生活だの、育ててる緑だの、愛して幸せに生きてられる。だから心配しなくていい。ちゃんと幸せだから。……それでも、またお前に会えたら嬉しい」

生きてきた大半の時間が、志波への愛情と一緒だった。だからこれからも、ずっとその愛情と一緒に生きていきたいと思った。

「お前が俺をきれいだと思っててくれて、すごく、すごく嬉しい」

ぽつりと言うと、胸いっぱいに喜びが広がってきた。あたたかな、幸福な感情。生きていく中で、いつでもこのときのことを思い出して、孤独を癒やせるだろう。

志波はずっと、黄辺のことをきれいだと思っていてくれた。

そうと分かれば、すべての思い出が優しいものに変わる。

辛くて仕方なかったときも、絶望に苦しんだときも、志波は黄辺を、きれいなもののひとつに数えていてくれたのだ――。

「久史……ありがとう」

言ったとたんに、心が自由になった気がした。志波が黄辺をどう思っていたか知らなかったのは、たぶんきちんと訊いたことがなかったし、改めて言われたこともなかったから。けれど自分だって、志波にちゃんと、言えていないことがある。

「久史。俺の人生に、いてくれてありがとう。……そばにいさせてくれた時間、全部ありがとう。俺を、思い出して会いに来てくれて……ありがとう」

ありがとうと、黄辺は志波に言ったことがなかった気がする。生まれてきてくれたことに感謝していて、出会えたことに感謝している。志波と一緒にいて苦しかったことや、傷ついたことがあっても、じゃあ志波が、自分の人生にいなければよかったろうか？　と振り返ると、やっぱりいてほしいと思う。

いてほしい。黄辺の人生に、志波にいてほしかった。

いてくれるだけでいいと思う。いてくれることが、嬉しい。生まれてきてくれたこと、出会えたこと、愛させてくれたことが、奇跡のように嬉しいと思う。

「……久史が前に言ったように、この世界はやっぱり、たぶん愛で回ってるよ」

そして、と黄辺は続けた。

「久史は誰も愛してなくても、俺は久史を愛してる。久史を愛してる人は、他にもいる」

たとえば史仁や大和は、きっと志波を愛しているだろう。大袈裟《おおげさ》な意味ではなく、ささやかなものかもしれなくても、そこには愛がある。志波を愛している人はいるし、そして逆に、志波がした親切や優しさに、助けられている人たちもいる。

自分だって、志波にきれいと言われて慰められる。そしてありがとうと言えたことで、深く幸せを感じたりもする。そこにはたぶん、愛がある。

「どんなに世界からはずれて見えても、愛の循環の中に、久史もいるんだ。……お前がどう感じてても、お前だってきっとどこかで、そうと知らずに……ただ存在してるだけで、誰かに、愛に似たものを与えてる……」

志波は愛せなくても、優しくできる。親切にできる。

優しさや親切は、最上級の愛の一つかもしれないとすら思う。誰にでもできる簡単なことだし、相手を愛していなくてもできるけれど、親切にされたほうは、喜びを感じる。

黄辺はにこりと笑った。

「でも、久史はそのままでいいと思う。愛について、考える必要なんてない」

それが正直な、黄辺の気持ち。やっと見つけた、一つの答えだった。

必ずしも、人は誰かを愛さなければいけないわけではない。親切で、誠実であれば十分だと思う。

そして志波は、そうしようと思えばそう振る舞える。黄辺が志波を史彰とは似ていないと思うのは、その点でもあった。愛はないかもしれない、けれど優しさを、ちゃんと志波からは感じられる——。

毒気《どくけ》を抜かれたような、拍子抜けしたような顔で、志波が黄辺を見ていた。黄辺は小さく笑って、背伸びした。触れるだけのキスをした。

思えば自分から志波にキスしたのだって、初めてのことだった。

志波はますます眼を瞠り、自分の唇へ、指で触れている。

黄辺は悪戯《いたずら》が成功したように、志波のその反応を見ただけで満足した。

「さよなら久史。またね」

笑顔でそれだけ言って、黄辺は先に山頂を降りた。

後ろに立った志波が、自分の背を見送っているのは感じたけれど、振り向かなかった。

いつしか霧が晴れて、雲間から青い空が覗いている。また観光バスが着いたのか、上りのリフトにはちらほらと人が乗っていた。家族連れや恋人同士。

笑顔で寄り添い合う彼らを見ても、もう淋しさに、胸が締めつけられることはなかった。

志波を愛している。

これから先も一生、愛して生きていく。

愛の循環の中に、自分もいる。

与えることも、与えられることも、この先ずっと何度でもある。

そう思うと、自分はそれだけで、とても幸福に思えた。

エピローグ

新規ブランドのコンセプトは、若手女性社員の案が起用《きよう》された。

「好きな自分」でいるためには、独立した個の自分だけではなく、周囲の人とどうあれるかも含まれているという考えに、チームメンバーが納得したからだ。議論を重ねて、ブランド名は『モエト』に決まり、黄辺《きべ》の仕事は忙しくなって、大規模なプロモーション、店舗開店、著名人を招いたイベントなどをしているうちに瞬く間に二年が過ぎ去った。

『モエト』はメイクアップ商品も展開し、着実にシェアを伸ばしている。

ブランドのコピーは「愛する私。愛せる私」、自分を好きになることで世界を愛してほしいという、チームの想いがこめられている。

出向社員として成果を出した黄辺は、そのあとも志波製薬《しばせいやく》の大型プロモーションへの参加を許されて、日々は多忙ながらに充実していた。一方で、生活も大事にしている。時間があれば自炊をして、ベランダでの家庭菜園も続けていた。実家暮らしの若手社員から、猫もらってくれませんかと頼まれて、仔猫を飼うようになった。可愛くて、休日はもっぱら猫と戯《たわむ》れて時間が過ぎる。

近所を散歩したり、映画に行ったり、時々テニスをしにいく。三ヶ月に一度ほどだが、日帰りできる山に登ったりもするようになった。休日の過ごし方を訊かれて答えると、一人で楽しそうですねと言われるようになり、いつの間にか「遊び慣れている男」から「山と猫が趣味の男」に評価が変わっていた。

どちらでも、黄辺はあまり気にしていない。接する人に親切に、誠実に、あたたかくいるよう努めた。愛の循環の中に、自分がいられるように。

志波製薬にいる後輩の社員から、ぽつぽつ本気で口説かれることが増えた。優しくされて、好きになる人は多いのだと知った。黄辺は好きな人がいて……と包み隠さず答えて、片想いなんだけどと笑った。

片想いだけれど、その人にきれいだと言われたことがある。

それが嬉しかった。

史仁《ふみひと》と史彰《ふみあき》とは、社内でごくたまに顔を合わせると挨拶をする程度だったが、気にかけてもらえているらしい。たまに自社に戻ると、志波製薬の専務取締役や、常務取締役がお前を褒めていたと社長からじきじきに喜ばれたりした。史仁は分かるが、史彰が自分を褒めるのは意外だなと思った。

結局、録音した不穏な音声は使わないで済んだ。

志波からもらった契約書もろもろは、手つかずで残してある。弁護士から、特に連絡もない。カードは気づかぬうちに期限が切れていた。大金の入った封筒は、猫に破られないよう厳重にプラスチックケースに入れてクローゼットに隠した。そしてそれらの存在を、忙しく過ごす日々の中で黄辺はすっかり忘れた。

志波のことは忘れなかった。時々、思い返した。

幼いころの淡い幸福でも、十四歳の苦い記憶でもなく、高校時代の苦痛でも、結婚式の日の悲しみでもなく、霧深い山頂で志波が黄辺をきれいなものに数えていたことを思い出した。

それが一番幸せな記憶だった。

瑠璃色の美しい瞳の中で、黄辺は志波の好きな、きれいなものに見えていたのだ。

夏がきて、冬になり、春を迎えて夏が去り――いくつか季節を見送って、二十八歳になったある夏の晩、黄辺はスーパーで食材を買って、建物の隙間に蠍座のアンタレスを探しながら帰路《きろ》についた。

マンションの灯りが見えてきて、黄辺はふと立ち止まった。

エントランスの前に、背の高い男が一人立っていて、ドキリとした。志波の姿がそこに重なって、立ち止まると「あ、黄辺さんですか」と声をかけてくる。

男は志波ではなくて、宅配便のドライバーだった。実家からの荷物らしい。黄辺は自分の思い違いに苦笑しながら、受け取りのサインをした。

（実際よく、見間違うんだよな……）

毎晩、マンションに着く間際、黄辺はそこに志波が立っていないかと考えてしまう。志波の聖地巡礼が今どこまで進んでいるのか、あるいは終わったのかも分からないが、自分のところにまた来てくれる保証などない。それでもどこかでずっと、黄辺は志波を待っていた。


その日、ふと夜が明ける時間にぱちりと眼が覚めた。

（わ、まだ五時前だ）

時計を見て、寝直そうかと思ったけれど、意識がくっきりと覚醒《かくせい》していて眠れそうにない。飼い猫は図太い性格で、黄辺が起きてもベッドの上に丸まり、気持ちよさそうに眠っている。

今日も仕事だし、このまま起きるかと薄暗いリビングへ向かった。

なんとなくベランダに出る。夏まっただ中だが、夜明けのこの時間、空気はいつもよりひんやりとしていた。

高台にあるここからは、はるか東の空も見晴《みは》るかすことができる。ビル群の向こう、空は白みはじめており、西を見ると夜の闇が、ぐんぐんと追いやられていくところだった。

（前に、夜が明けてすぐの時間に、久史《ひさふみ》がこのベランダでタバコ吸ってたっけ……）

青白い朝の光の中、立っていた幼馴染みの姿を思い出す。

あのとき黄辺は、志波がベランダから飛び降りると勘違いしたのだ――それをおかしく思い出し、なんとなくベランダの下を覗いたときだった。

薄明かりの中に、瑠璃色の瞳を見つけた。

どっと、心臓が鼓動を打つ。幻かと思う。夢かとも思う。思いながら気がつけば玄関を飛び出て、マンションのエントランスまで走っていた。

夜が明けきる前の、薄闇。

そこに、志波久史が立っていた。使い古したバックパックに、すり切れたマウンテンパーカー。靴もずいぶんくたびれていた。けれど二年前別れたときと同じ、志波の繊細な面立ちは、神さまのように整っていた。

「久史……」

全速力で走ってきて、息がきれている。ぜいぜいとしながら、黄辺は次になにを言えばいいか分からず――。他に思いつかなくて、続けた。

「……お帰り」

志波が、小さく口の端で微笑んだのが見えた。

「巡礼が終わったから、最初の聖地にまた来てみた」

うん、と黄辺は頷いた。

「あちこち巡ってるうちに、黄辺のこと忘れるかなあと思ってた。でも……どこにいても思い出した」

頭の隅っこに、いつも黄辺がいたと、志波は独り言のように言う。

うん、と黄辺はまた、頷く。鼻の奥がつんと酸《す》っぱくなる。なにか熱いものが、胸にこみあげてくる。

「だから今回は、黄辺のところに長くいるかも。僕のこと、置いてくれる……？」

置いてくれる？　と訊いたって、どうせいるつもりだろう。志波久史は、そうと決めたらそうするし、黄辺はそれが好きなのだから――それに、と思った。

「久史、俺の言うこと、聞いてくれてありがとう」

ちゃんと帰ってきてくれた。一歩前に踏み出すと、大きな手が伸びてくる。

もう一秒も我慢できなくて、その広い胸に飛び込む。

抱きしめられると、オオムラサキの甘い香りがした。黄辺は志波のぬくもりを受け入れ、志波は黄辺をきつく抱いている。甘やかな幸福が、胸に広がる。

抱き合っているうちに、夜は消えていた。

あたりは夏の青白い朝の光に照らされている。

「久史、夜明けだ……」

囁くと、志波はうん、と言った。

志波は覚えているだろうか？　二人きりの夏休み、山荘で星に抱かれて眠っていたころ。

きっと一緒に夜明けを見ようと、何度も約束したことを……。

これから先のことなど、なにも分からない。志波がいつまで黄辺のそばにいるのか、またそのうち出ていくつもりなのか、次に帰ってくることはあるのか。

なにも分からないけれど、それでよかった。

黄辺のやることは決まっている。

幼いころと同じように、ずっと志波を愛している。愛せることが幸福だと思える。

志波からもらえるものが愛でなくても、愛のように感じられる。

自分は愛の、循環の中にいる。

夜明けの淵《ふち》で、黄辺はそう思いながら、志波の大きな背に手を回した。

あとがき

こんにちは、または初めまして。樋口美沙緒《ひぐちみさお》です。このたびは、『愛の夜明けを待て！』をお読みくださりありがとうございます！

このお話は、『愛の本能に従え！』に出てきた脇役、黄辺《きべ》と志波《しば》のスピンオフということで、もし前作を読まれてなかったら読んでいただけるとよりお楽しみいただけます。でも、これだけで読んでも大丈夫です。

いやー……書けたよ。書けましたよ。

本作を書く前に前代未聞《ぜんだいみもん》の「書きすぎて疲れたから小説書けません病」にかかっていて、そんなこと初めてだったのですが、最初のころはだましだまし書いてたんです。けど、どう頑張っても六十ページ書いたところでダウン。担当さんが理解してくださって、一日休みましょうと。結局半年休んだんですが、休んだからって書けるかどうかなんて自分でも分からなかったので、書く前には相当緊張してました。

でも、書けた。書き上げられたことが、本当に嬉しかったです。それもこれも、黄辺と志波というキャラクターのおかげかもしれません。

この話はどうしても巻末のお話を入れたかったので、ページ調整も本気でやりました。あとがきの後ろにあるので是非お読み下さい。彼らなりの愛（と言っていいか分からないけど）の形がこれ、という感じです。

常々このシリーズでは愛することをテーマにしてきたし、愛をポジティブに捉《とら》えてきました。でも、そうではない一面もあるというのを書きながらずっと意識してきたので、志波というキャラのおかげで新たな愛の一面を書けたこと、本当に嬉しかったです。志波の視点でこのお話を書くと、全然違う雰囲気なんだろうな。黄辺くんは愛が深いのに、欲張らず偉いなと思ってました（笑）。

私の気持ちを最優先に、一緒に苦難を乗り越えてくださった担当さん。また信頼が深まってしまった……ありがとうございます。

志波の絵をもっと見たいが一番の原動力でした、いつも予想をはるかに超える絵を提供してくださる街子《まちこ》マドカ先生。今回も感謝でいっぱいです。

そして待っててくださった読者のみなさま、初めて手に取ってくださった方、支えてくれた友人、家族。この本に関わってくれたすべての方に、沢山のありがとうをこめて。またお会いしましょう。

樋口美沙緒

夜が明けてから

「仕事見つけてきたから」

そう言われたとき、黄辺《きべ》は「えっ」と小さく叫び、呆然と立ち尽くしてしまった。

到底、理解しがたかった。起こりえるはずもないことが眼の前で起きたとき、人は思考停止するのだと思い知ったが、それはここ三ヶ月の間で何度も経験していたことでもあった。


幼馴染み兼、初恋の相手兼、初体験の相手であり、かつてのセフレで、そしてはっきりとフラれた相手……。それなのに自分を「きれい」とのたまう特殊な存在でもあった志波《しば》久史《ひさふみ》が、黄辺のもとへ帰ってきた――帰ってきたと言っていいのか分からないが、他に形容しようがない――のは、二十八歳の夏のことだった。

会社を辞めた志波が、黄辺の前から姿を消したのが二十六歳なので、実に二年以上が経過していた。二年間、黄辺は毎日働き、食べて眠っての繰り返しで、志波がどこでなにを

えも、志波の行方や動向を把握していなかった。共通の幼馴染みである大和《やまと》も、志波の兄である史仁《ふみひと》さ
しているのかまるで知らなかった。

きっと世界中をふらふらと歩き回っているのだろう……と黄辺は思っていて、それは志波が最後に別れたときに、きれいな場所を見て回っている、と言っていたからだし、黄辺としてはその「聖地巡礼」なるものが終わったら「自分のところへ戻ってきて」と頼んではいたけれど、はたして志波がそれを聞いてくれるという確証はどこにもなかった。

(約束したわけじゃないし、一通り放浪して満足しても、俺のとこには来ないだろうな)

という気持ちが半分。

(でも俺のこと、きれいって言ってくれてたから、もしかしたら一回くらいは顔を見せにくるかも……近くを通ったとかで)

という気持ちが半分。

めちゃくちゃに待っていたというわけではないが、待っていなかったわけでもない。帰ってきてくれるといいな、一目だけでも会えたらそれでいい。ほんのわずかに思い出してくれるだけでも満足だと思いながら、眼の前のことを一つずつこなして、志波のことを想い続けた二年だった。

黄辺は自分を一途《いちず》な人間だと思う。見返りなど期待できない志波を愛していて、その愛だけで満足して生きていられるのだから。

そんな自分の前に、志波が戻ってきたのだ。世界中を好きに旅して、見尽くしたあと、志波が黄辺のところへ戻ってきたのは、「どこにいても黄辺を思い出した」からだという。黄辺はその一言に胸がいっぱいになり、一生ぶん、生きていけるほどの喜びをもらった……と思った。

帰ってきた志波は、黄辺の家にしばらく置いてと言ったが、黄辺は当初、それをあまり信じていなかった。仮宿《かりやど》みたいに次の行き先が決まるまでの短い期間、泊まらせてくれという意味だろう。三日だか一週間だか、長くても一ヶ月程度で出て行くだろうなと思っていた。そしてそのときは、さすがの自分も淋しいだろうと分かっていて、

(でもそれが、久史だから)

と、なにもかも納得ずくで受け入れたのだった。

黄辺は、額面通りに志波の言葉を受け取っていたので、志波が家に「置いてもらう」こと以上になにかを望んでいるとは、まるで考えていなかった。

――俺は久史が好き。久史も俺をきれいと思ってくれている。

けれどそこに愛とか、肉欲とか、そういうものはないと黄辺は思い込んでいた。

嬉々《きき》として志波を家にあげたその日、黄辺は出勤日だったので普通に仕事に出た。

帰ってきたら志波が消えているかもしれないと、やや緊張しながら戻ってみると、志波はちゃんと家で待っていて「お帰り」と出迎えてくれた。

わざわざ玄関先までひょっこりと顔を出したことにも驚いたが、志波の衣服が薄汚れた登山服ではなくて、新品の部屋着だったことにもびっくりした。

「久史、その服。どうしたの？」

「え？　ああ。さすがに黄辺の服じゃやっぱりサイズ合わないし。洗い替え用いれて三着だけ部屋着買ってきた」

志波がさらっと言った言葉に、黄辺は当惑した。

二年前、この部屋に一ヶ月滞在していたとき、志波は「持ち重りする」と言ってまともに服さえ買わず、黄辺が貸した寸足らずの部屋着を着ていたのだ。

そんな志波が、部屋着を買った？

ぽかんと口を開けて立っていると、「今日なんか、作ってあげようと思ってさ。黄辺、辛いの平気？」と言いながら、志波がキッチンの方へいく。追いかけながら「あ、ああ、うん」と返事すると、ニッコリ笑顔で振り向かれた。

「よかった。夏だし、暑い国の料理作ったから、着替えてきなよ」

——え、ええ〜……なにが起きてるんだ……。

と、黄辺はなんだか騙《だま》された気持ちだった。寝室にいくと、クローゼットの空いたところに志波が買ってきたらしい部屋着と、寝間着、下着などが置いてある。かわりに今朝まで置いてあったはずのバックパックやら、薄汚れたマウンテンパーカーやらがごそっと消えていた。

（あれ？　そういえば玄関にあった靴、なんか普通のスニーカーに変わってなかったか？）

黄辺は一瞬だけ眼の端に飛び込んできた、見慣れぬスニーカーのことを思い出した。サイズからして志波のものだろう。かわりに、ぼろぼろの登山靴が見当たらなかった気がする。

「ひ、久史。お前、荷物どこに……」

部屋着に着替えてからリビングへ出ると、なにやらエスニックな、香ばしい匂いが漂ってくる。今日も日中は暑かった。食欲をそそる香りに吸い寄せられてダイニングに行くと、色鮮やかなアジアン料理が並んでいた。

「……うわ。美味《おい》しそう。なにこれ……」

東南アジア系の料理、とは分かったが、あとはあまり分からない。スパイシーな匂いをたてる骨付きの鶏肉に、パクチーやラディッシュ、エビの盛られた春雨サラダ、目玉焼きがのったご飯。

「タイ料理。現地にいたとき、飲食店でしばらくバイトしてたの」

ビールあるよ、と言いながら志波が冷えたロング缶を出してくれる。お前がバイト？　飲食店で？　と問い詰めたい気持ちもあったが、ひとまず座って食べると、鶏肉はがつんとしたスパイスのあとに旨《うま》みが口いっぱいに広がり、ビールが進む。ガパオライスだと言うご飯は辛みとジューシーな肉の味がたまらないし、サラダは酸味とほのかな甘みで舌が洗われ、とんでもなく美味しかった。

仕事の後に、家でこんなに風味豊かな食事を楽しめるなんて、思わず天国にいるような心地になった。

「やばい。美味しい……お前、料理の才能あったんだ。こんな凝《こ》ったもの作れるんだな」

味を噛みしめていると、向かいの席では志波がニコニコと笑っていて、その笑顔がまぶしいほどだった。瑠璃色の瞳で、食べる黄辺を満足げに見ている。

「口にあった？　よかった。明日はインドの料理作ってあげる」

「えー……そこでもバイトしてたのか？」

半信半疑で訊くと、志波はおかしそうに笑っていて「カレーしか作れない」と言う。十分じゃないのか、と思いつつ、海外の飲食店でアルバイトをしていた志波の姿を見てみたかったなあとも思った。写真はないのか訊いたが、二年間ほとんど撮らなかったという。志波らしいと言えば志波らしい。

（まあこれも、気まぐれだよな……？　まさか本当に明日も料理してくれるわけじゃないだろ）

と、思っていたのだが、翌日志波は本当にカレーを作ってくれた。海外のカレーではなくて、日本の一般的なカレーだったけれど。

それでも黄辺は、志波が既にマンションを立ち去っていても驚かないくらいの気持ちだったので、ちゃんといてくれて、そのうえまた夕飯を作ってくれてびっくりした。

その後も、志波は時々料理をしてくれたし、もっとびっくりしたのは、「ないとさすがに困るから」と、携帯電話を契約してきたことだ。

さらに志波から黄辺の連絡先を訊いてきて、毎日夕方になると「今日夕飯作る」とか「今日は面倒くさいから黄辺、なんか買ってきて」などと、食事の連絡が入るようになった。

（……同棲《どうせい》してるみたい）

と黄辺は思ったが、浮かれるよりも狐《きつね》につままれたような気分のほうが強くて、「ありがとう」だの「じゃあ今日は俺が作るね。なに食べたい？」だのと返事しながらも、これは本当に現実なのだろうか……と自問自答《じもんじとう》したりした。

志波がいついなくなってしまうのか分からないし、なにを思って黄辺の家に転がり込んでいるのかもやっぱり分からない。いちいちそれを訊くつもりももうなかったので、黄辺は大和にも史仁にも、志波が帰ってきていることを伝えられなかった。

世界を巡っている間、ずっとお供していたバックパックや衣服、靴などはやはり処分したらしい。古びていたのでそのせいかな、とは思う。また放浪《ほうろう》するならそのときに一新するのだろう。だからまさか、黄辺の部屋に定住するつもりはあるまい、と思っているうちに、志波は外出用の服を一式と、スーツも一式買ってきた。

「……これ、どうするの？」

そろえられたスーツに戦々恐々《せんせんきょうきょう》というか、訊いていいものか分からないというか、困惑して訊くと「そのうちいるかもしれないから」という曖昧な答えが返ってきた。

あまり踏み込むまい、志波の行動について文句は言うまい、いつ立ち去られてもいいように覚悟だけはしておこう……と思っている黄辺は、それ以上は突っ込めずに「ふーん」とだけ返した。

働かずに日がな一日ごろごろし――実家にも連絡してなさそうだ――黄辺が飼っている猫と戯れてばかりいる志波に、スーツが必要には見えなかったが、なにか考えがあるのかなと放っておいた。

ちなみに猫は志波にすぐなついた。もともと人なつこい猫なのもあるし、波長も合うのかもしれない。休日など、ソファに寝転ぶ志波の腹の上に、猫が乗っかっているのが日常的な風景になりつつあった。

そんなこんなで一ヶ月、二ヶ月……と滞在が延びていったのだけれど、黄辺を困惑させる志波の行動は、あともう一つあった。

「あのさ、今日、していい？」

週に三回、食事が終わったあと、皿洗いなどしていると、志波が後ろから黄辺の腹に腕を回して抱きしめてくる。そうして耳元で、そんな許可をとるのだ。

それは大抵翌日が休みだとか、仕事がそう忙しくない前日だとか。見計らったようなタイミングで、耳に吐息をかけるように訊かれると、黄辺は全身熱くなり、頰は赤らみ、緊張と恥ずかしさで、うん、と頷くことしかできない。そして許すと、志波は蕩けるような笑みを浮かべて「ありがと」と言い、黄辺の髪にキスをする。

（これって、性欲処理？　なんなの？）

と、黄辺は思うが、前回の滞在時一ヶ月で二回しかなかったセックスが、週三回なのだ。平日に一回と、土日にそれぞれ一回。しかも、一回一回が長くて、やたらと甘やかだった。

志波はかつて海辺の宿でそうしたように、黄辺の体をぐずぐずに溶かし、奉仕するようなセックスをするようになった。

丁寧なキスと愛撫に始まり、性器を口に含まれ、後孔まで舌でほぐされる。

「あ、だめ、だめ、汚いから……」

と、黄辺が涙声で止めても、「きれいだよ」と聞いてもらえない。挿入までに二度は射精させられて、いざ大きなものを中に入れられるころには、黄辺はくたくたになっている。

志波は挿入すると、いつもしばらくの間ぴたっとくっついて、動かない。

そのうち黄辺の中が我慢できないように動き出し、全身が震えて、突かれていないのに喘いでしまう。中に入っている志波の性器をぎゅうっと締めつけ、そのたび感じて、甘く達しては泣きながら「う、動いてぇ……」と懇願《こんがん》することになるのだ。

「可愛い……いっぱい擦ってあげるね」

志波はいつも黄辺がねだるまで待ってから、こめかみに口づけ、ゆるゆると動き始める。その動きの緩慢《かんまん》さに焦れて、黄辺は「あっ、あ、あ……強くして、強く」と欲しがるしかなく、羞恥でまっ赤になったまま涙を噴きこぼして感じるのだ。

志波は可愛い可愛いと言いながら、やがてベッドが軋むほど激しく動いてくれる。もうそのころには黄辺はイキっぱなしで、脳の神経が焼き切れたみたいになっていて、叫ぶように喘いでいる。

ほとんど失神寸前まで抱き潰《つぶ》されて、ハッと意識が戻ると大抵志波に抱きかかえられて、湯船の中にいるのだった。志波は終わったあと、力が入らない黄辺の体をきれいにし、眠りにつくまでとてつもなく優しくしてくれるのだが、

「……お前さ、最近するセックス……なに？　なんか、そういうブーム？」

と、黄辺はとうとう訊いてしまったことがある。海辺の宿ではたしかに甘やかされたが、あれは最後のセックスだったからで、その昔体を重ねていたころは、前戯はおざなりだったし、挿入してからも道具のように扱われた。だから黄辺は、志波は本来ああいうセックスが好きなのだと思っていた。

「簡易スローセックス。黄辺がいっぱいイイくの見てるの、好きなんだよね」

泡風呂になった湯船の中で訊いたので、志波は上機嫌で黄辺の頭を洗いながら答えた。

「世界中うろついてるとき、日本に帰って黄辺に会ったら……こういうセックスばっかりしたいなって思ってた」

なんだかすごいことを聞いてしまった気がする。志波の発言を深く考えると混乱しそうで、黄辺は「久史はスローセックスが好きなんだな」と思うことにした。実際「いつか十日連休とかのとき、本当のスローセックスしようよ」と言われたし、そういう趣味なのだろう。

だがスローセックスが志波の趣味なのだとして、性欲も、黄辺が思っていたよりはずっと旺盛《おうせい》だったのだとして、セックスしない日でもいってらっしゃいのキスや、お帰りのキスや、なんでもない……ただ単に近くに座っているというだけの理由で突然口づけられたり、後ろから抱き込まれたり、髪を撫でられたり、風呂上がりの黄辺の髪にドライヤーをかけたがったり、一緒のベッドで毎晩寝て、寝るときは腕枕されたり、おやすみのキスを何度もされたりするのは、一体なんなんだろう……と黄辺は思って当惑し続けていた。

いやではない。もちろん、黄辺は志波が好きなのだから、その一つ一つに心臓がきゅっと締めつけられるくらいときめくし、嬉しいし、赤くなってしまう。志波はからかっているのか、黄辺がそんなふうに反応すると眼を細めて、満足そうに微笑んでいる。

（まあやっぱり、暇つぶしかなにか……そもそも俺のことを見てるのが好きなんだから、反応を見てるんだろうな）

と、黄辺は考えた。それが一番妥当だと思う。この前なんてとうとう「黄辺の着替え、僕がさせたいなあ」と言われて、困ったくらいだ。反応を見尽くして満足したら、また部屋を出て行くだろう……と思って、放っておくうちにとうとう三ヶ月が過ぎ、季節は夏から秋になっていた。

週末は時々、二人で郊外へ車を出して星を見に行ったりしていたのだが、夜空も大分様変わりした。

そんなある日、志波がなにも言わずに家を空けて、一晩帰らなかった。

携帯電話に連絡はなく、「ご飯どうする?」と送っても返事すらない。志波の部屋着やらは置いてあったが、携帯電話と、スーツがなかった。他の服は二束三文だろうが、スーツは高価に見えたし、これはとうとう出て行かれたのかな……と思っていたら、翌日の夜、志波がスーツ姿で帰ってきた。いつの間に買っていたのか、革靴を履いている。

「お、お帰り……?」

夕飯を準備していた黄辺が言うと、志波は「ただいま。あー疲れた」と言って、抱きついてきた。髪に鼻を埋《うず》めて、すんすんと匂いを嗅がれる。どういうつもりだか分からず動けないでいると、猫が二人の足元をぐるぐるしはじめる。

「あ、メール返さずにごめんね。実家にいてさ、親と兄二人が面倒なのなんのって。それで、仕事見つけてきたから」

さらりと言われて、黄辺は眼を剝いた。え？　と訊き返す声が、間抜けに響く。志波は来週から働いてお金入れるね、と言う。職場は志波製薬に属す小さな研究所だという。

「本社に戻れってうるさくて。絶対いやだったからごり押しで研究所に入った。しばらくマネジメントしなくてよさそうだし、実験楽しみ」

などと言っている志波に、黄辺はぽけっと突っ立っていた。

「……その仕事、え？　仕事……えっと、いつまでやるの？　ていうか、じゃあ、うちは出てくってことだよな」

おそるおそる、訊いた黄辺に志波がおかしそうに笑った。

「僕、出てくなんて言った？　ずっといるつもりなんだけど」

ずっと？　ずっとっていつまで？　頭の中で疑問符がいっぱいになる。志波は瑠璃色の眼を細めて黄辺の眼を覗きこみ、「だめ？」と訊いてきた。

胸に悲しみにも似た喜びが、切なく湧き上がってくる。それはいつまでなの、と思ったけれど、同時にこうも思う。

久史、お前。俺のこと、ずっと見ててくれるの。

それなら嬉しい。そうだったら嬉しい――と。

黄辺は言えなかったし、志波もなにも言わない。けれど瑠璃色の瞳は、満足そうに輝き、生き生きと光っているようだった。

Hanamaru Bunko

作家・イラストレーターの先生方へのファンレター・感想・ご意見などは
〒101-0063 東京都千代田区神田淡路町2-2-2
白泉社花丸編集部気付でお送り下さい。
編集部へのご意見・ご希望などもお待ちしております。
白泉社のホームページはhttps://www.hakusensha.co.jpです。

白泉社花丸文庫
愛の夜明けを待て!

2021年6月30日　初版発行

著　者　樋口美沙緒
発行人　高木靖文
発行所　株式会社白泉社
〒101-0063 東京都千代田区神田淡路町2-2-2
電話 03(3526)8070(編集部)
03(3526)8010(販売部)
03(3526)8156(読者係)
印刷・製本　株式会社廣済堂
Printed in Japan　HAKUSENSHA　ISBN978-4-592-87749-3
定価はカバーに表示してあります。

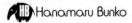

Hanamaru Bunko